七等生全集[9]

譚郎的書信

七等生 著

1990年　退休後在樹林寫生

七等生繪畫作品 — 茶壺與茶杯
（1990年 粉彩）

七等生
冷眼看繽紛世界
熱心度灰色人生

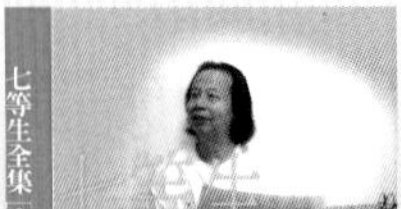

《七等生全集》總序

七等生

黎明前，詹生駕車來到進城的那條道路上停下，無數的日月他駛過平原田疇和爬山越嶺，經歷許多的鄉村街巷，意欲想回到城市，探望年紀老邁的母親，以及分離許久的妻子兒女，但他不能確信除了他自個孑然獨身之外還有什麼親人，或許他盼望重見老友。他停下車是因爲前面有車擋住，灰灰濛濛的霧氣中，他沒有看到城門，蜿蜒的山路上停靠著一排長龍似的各形各色車子，不知綿延有多少距離。他下車向前走到前面去，一部大卡車的車窗裡，一個斜頭坐睡的人朝車外露出一張錫白的面孔，當詹生走近時，半睡半醒的他緩慢地微開眼皮，裂出眼瞳的一條黑線和一點晶亮的白光，沒有說話，司空見慣似地有種幽深隱埋的表情，眼皮又合上像他先前的休息和等待般的樣子。詹生再走前幾步，注視另一部車子的景象，有一男一女睡著很熟，他沒有叫醒他們，感悟不會探問到任何什麼事，只好往回到他自己的車旁。他想他們和他們的車子都是在等候天亮預備進城，但這景象的意味是他所料不及的，好像回到了久遠的古代。在這黎明的時刻，他是最後到達的一個。他無法可想將來進城是否要有手續，他不能明白將來會遇到什麼事，爲何前面那些人只顧睡覺，沒有聚集談論事情，也沒有任何跡象好教他能夠了解狀況。或許根本就沒有情況會發生，只是詹生個人的一種疑慮而已。一個熟悉的聲音在他耳膜響起：「你總以為這個世界的人誤解你，其實是你對這個世界充滿了誤會。」他回想起許久以前他是如何離城的，那時刻他年輕，現在他年老了；十年前，二十年前，三十年前……他有些記不清楚，無法可想他是什麼原因出城的。那時似乎是在一個人潮擁擠的車站，他搭上火車，然後火車移動後就迅速消失了城市的踪影。而現在由這山區的隘口進城似乎有些離譜。他自己什麼時候像大家一樣開起汽車來也有點糊塗了。時光或時代在不知不覺中移轉了，他懷疑自己的存在和記憶，似乎個人活命的感覺是無法言傳的……

這段話頗像我寫小說的開頭，我曾經寫過「離城記」，陳述想像和眞實搞不清楚孰是孰非。我們知道在現實生活中是不能有任何含糊不清的事體，否則會有爭執和打戰。但是在思考的世界裡，語言變得十分詭譎和有趣。譬如我總是由現實出發，以免讓人搞不清狀況和分不出頭緒，而有的人的閱讀習慣很頑硬，當小說由現實轉入虛構時，他們不肯跟隨進入，以致大叫荒謬和違背語法倫常。但所幸還有一些認眞和能掌握感覺的人，他們明白沒有幻想的部分是無法釐清現實眞相的。經過了這半世紀的努力和陶冶，人們更為認清存在的現象是一種單獨、短暫、變幻和多樣的事物，而這一切事物似乎越來越快速地往前行邁，感覺現實和想像是一體的兩面，互為裏外和互為眞假，經由電的傳導，知悉宇宙的事物，經由符號而獲得普遍的知識。我們吃食物，是在吸收各種的元素，我們是由元素發酵而成長和演化的不同軀體，個別由意志形成不同的容貌表情。然後由感覺產生了快樂和痛苦的意識，我們意圖在痛苦的意識中尋覓途徑去追求快樂的人生意義。

我的一生徬徨和掙扎於思考和寫作，由年輕到年老力衰，這些思想的記錄累積，似乎歸不到任何的結論，僅只約略而勉強踏出一個平庸者苟且存活的方法而已。如果人生的目的是在追求快樂的感覺，那是純粹的幻想，就像我們藉助短暫的生涯遙想永恒，想到要全靠這虛無的幻覺去體會眞實存在，不免悲從衷來，有如百姓期盼聖君帶來和平和幸福。此番生存的境遇，重憶過往種種情事，一切屈辱和承受都拋諸於腦後而不復遺留。我的存在意識不外保留一份擁有的醒敏，但這層意涵與酒醉沉迷或昏昏噩噩沒有兩樣。我一直感激於我的父母賜給我這份涵容的軀身，讓我流連在寫作和繪畫的天地裡自由自在獨來獨往。好笑的是，我在鄉下的教職退休後，意想天開地遷來台北，這個城市曾是我受學和遊蕩的所在，年邁的我依然如故，喜歡縱情聲色，想和這打扮起來的都會一同邁向二十一世紀，想到這個，有詩自我調侃一下：

粗茶淡飯人猶在
夜遊酒廊入庸塞
高麗歌女唱哭河
站看雲裳天使懷

最後，全集的出版要歸功和感激兩位特別的人士，一位是夢幻出版家沈登恩先生，一位是資深的台灣文學的文評家張恆豪先生。後者說好高興義不容辭地負起編輯的責任，前者表示有始有終地出版七等生的作品是一種對台灣的愛。呈現一個大略的全貌給二十一世紀的新興讀者，我自己也有提前告別的意味，尤其想在此刻向陪伴我度過貧賤半生的尤麗（百合）致敬和感謝，她辛勤而負責任地養育三個子女長大成人然後隱居身退，我常想起她年輕時美麗的樣子，在早年艱困的日子裡如果沒有她爲伴，不會使我持續不輟進行幾近苦行般的寫作。還有少數幾位不嫌和我飲酒笑鬧的朋友，祝你們健康快樂。

二〇〇〇年七月

編輯說明

張恆豪

一、本全集包括《初見曙光》等十卷，蒐集七等生一九六二年首次在「聯合副刊」發表的〈失業、撲克、炸魷魚〉，至一九九七年「拾穗雜誌」發表的〈一紙相思〉，歷經三十五年的創作及論述作品。

二、全集的分卷，不以文類做區隔，而是以寫作年代來劃分，此一編輯構想來自作者七等生本人，自是有別於本公司過去出版的版本，是作者親編的新版本。

三、第一卷《初見曙光》，蒐有小說與散文，是七等生在一九六二年至一九六五年作品，即寫作於二十三至二十六歲。

第二卷《我愛黑眼珠》，蒐有小說、散文與論文，是七等生在一九六六年至一九六七年作品，即寫作於二十七至二十八歲。

第三卷《僵局》，蒐有小說與詩，是七等生在一九六八年至一九七一年作品，即寫作於二十九至三十二歲。

第四卷《離城記》，蒐有小說與論文，是七等生在一九七二年至一九七四年作品，即寫作於三十三至三十五歲。

第五卷《沙河悲歌》，蒐有小說、散文與論文，是七等生在一九七五年至一九七七年作品，即寫作於三十六至三十八歲。

第六卷《城之迷》，蒐有小說與散文，是七等生在一九七七年至一九七八年作品，即寫作於三十八至三十九歲。

第七卷《銀波翅膀》，蒐有散文、詩與小說，是七等生在一九七八年至一九七九年作品，即寫作於三十九至四十歲。

第八卷《重回沙河》，蒐有散文、小說、講辭與詩，是七等生在一九八一年至一九八三年作品，即寫作於四十二至四十四歲。

第九卷《譚郎的書信》，蒐有小說與詩，是七等生在一九八四年至一九八八年作品，即寫作於四十五至四十九歲。

第十卷《一紙相思》，蒐有小說、散文及序文，小說與散文，寫於一九九〇年至一九九九年，是七等生五十一至六十歲作品。

四、每卷七等生作品之後，大多附有評論者與該卷作品相關的論文，這些論文都由七等生選定，論文之後，都附有評論者簡介。

五、每卷本文之前，都蒐有相關的照片身影，提供讀者對照參考。尾卷作品之後，另附有七等生生平年表及歷來相關評論引得，以便於有興趣的讀者查閱。

《譚郎的書信》目次

譚郎的書信

譚郎的書信——獻給黛安娜女神

第一封

多日來我都在盼望你的來信；我也想給你寫信；幾天前我就有寫信的欲望，我心裡有許多話要對你說；每日對你湧起的想念中，隨之湧起無數的意念想要告訴你；這些蓬勃的思潮是我從未有過，我想原因是我們分別時就有的默契。有時我反省著這種熱情，到底是我的天性，還是創作生活的孤寂？我的生活其實並不算太寂寞，我有許多日常的工作幾乎讓我做不完，按著預定目標做些進修的課程，每天練草書，專門的書近來雖看的比較少，但每天必得看報或雜誌。寫作暫時停頓了，卻想到要繪畫，譬如今天我到海濱散步，坐在沙灘的救生船上望著海洋湧來的潮水，和沙灘上插著的竹籬，就想繪一張簡單的水彩畫。簡單的形象是我喜愛的，這或許預示著將來所要過的單純生活的意願。我重看你和我合拍的照片，我幾乎不敢相信這是事實，但這畢竟是千眞萬確的事實，我們曾親愛的在一起度過許多小時，合算起來是幾天，你的記憶和筆記中，你給我的信中都明確地記著這件不可磨滅的事。所以我看這不敢相信卻無法否認的照片時，我備增對你的思念。你說要變得很美，我想不論如何你是在對我說出一件不可能沒有意義的事。不論我心中的期望是否將來要在我眼前實現，我心中卻不能忘懷你這份慰藉的好意。我多麼希望將來眞的有實現美景的一天，我可以給你保證：你對我的和我對你的將會是完全相等。你柔美的好意是會啓迪我給你應得的報償。但我是否有這等幸運，我不敢確信；這對我完全是一種過分美滿的夢境；在這個夢景之前，也許我應該抑制我的激動，而耐心地做些增長信心的準備工作。我希望隨時給你寫信，就像你在我的身邊，我可隨時對你說幾句想到的話；有如我們生活在一起，我要將生活的一切都告訴你。在這一年內，什麼事都可以放開，卻必須記載一切我思和我做的事讓你知道；在這一年內，我們就憑著思想而生活在一起；雖然我們之間有千里的海洋相隔，這對生命並非沒有而應該是極有意義的。

今天午後我說到海邊散步，前天颱風過境的影響，海浴場遊客稀少，我也沒有做游泳的打算，只信步在沙灘走。正是漲潮的時候；潮水我一向熟悉，依照陰曆去推算，從小我就十分清楚，並且憑我的肉眼也可以觀察出來。當我望著那些剛長成的木麻黃樹林，它們成排密集在沙灘之上，把海洋和市鎮的人界分隔，我想著如果你在這裡，我應該把你隱藏在林內，然後等所有的遊客都離去後，那時天暗下來，我們就可以完全擁有那片樹林和整條的海岸，甚至眼見的海洋也屬於我們獨享。我們可以自由地處在沒有任何監視和拘束的自然天地裡。當然我們會預先準備糧食和毯子；我們整夜都赤裸著與自然的世界親密地在一起。世界只有我們兩個人，一男一女，有如太初宇宙的開始。

我沿著水邊散步，潮水一次又一次的湧來浸濡沙岸而留下波紋和泡沫。我離開游泳的浴場很遠了，獨自一人走到有一條海溝的地方。這地方是新近海濱墾殖海產掘開的一條水流，正好將一條綿長的沙丘在中央截分兩半，引水流向內海的區域。我聽到從那裡傳來船塢的馬達聲響，因爲漲潮的緣故，水流分外的急速。我走到那裡時，看到這條海溝覺得是個極好的練習游泳的好地方，在被截開的沙丘兩岸可以來回游著，也可以經由這條海溝，由內海游到外海，像一條魚自由地進進出出一定非常的愜意。事實上在幾天前，我曾單獨一人遠離浴場走到海溝的地方後，就轉入木麻黃樹林內，然後在樹叢的圍屏裡，解開我的衣物躺下來做赤裸的日光浴。我躺在那裡，外界是完全看不到的；我覺得這樣做眞正感到無比的輕鬆和舒暢；有時我坐起來，從樹枝的隙間注視光耀的海洋，以及從水平線經過的船隻；我想到魯賓遜在荒島上，他仍然赤裸著坐在岸邊的木塊上縫補衣裳，我不知道他是否有同樣適舒的感覺；他注視海洋是爲了盼望有船經過和發現他；但我則無需如此，我寧謐地坐著，沒有厭棄也沒有急切的盼望情緒，如果心中有希望的跳動，那是我活著能如此自由，能和你在一起的快樂。固然我不知道這樣的美景可以維繫多久，但只要有半天我也覺得滿足。可是有時，我反覺得單獨一個人比二個人好得多。

我在海溝的地方沒有逗留很久，轉回來時我開始注意沙灘上蟹類佈置的繁複的沙粒陣圖，它們從洞裡搬出一粒一粒揉圓的沙球，就在退潮後沙灘無水的這段時間中，幾乎將整個廣大的地面都堆積成像語言般詭巧的圖畫，我雖不能明瞭它們代表何種意圖，但當我看到潮水又將它們覆滅重歸虛有時，對牠們的徒勞感到無比的嘆息。

自我認知以來，我從不願將沙灘上的任何生物捉來玩耍，我也痛惡釣魚。有幾次，我那三個小孩喜歡捉住小蟹，並想將牠們帶回家去，我向他們解釋應尊重別的生命，不能隨意將牠們弄死，不要帶回家，看完之後要將牠們放下。有時遊客用塑膠袋裝著牠們帶走，那些小動物既不能給他們食用，我總不解爲何他們要隨意主宰牠們的生命？史懷哲醫生提到他在非洲做客不得不吃猴肉時，他的內心總是感到無比的慚疚和不安。人類的不仁可以看出人類的無知，他們的歡樂總是帶有罪行的色彩。有一次我路過沙灘去勸阻幾個年輕人，他們跪在沙灘上用手指挖洞做捉小蟹的比賽，他們抬起頭來望我，似乎對我的干涉感到疑惑，並且用笑鬧的聲音來輕忽我，我只得惘然地走開。

浴場的地方在黃昏突然有一些前來戲潮的男女，今天根本不適用游泳，也沒有救生員在場，事實上昨天和今天浴場根本沒有營業（我前面說到颱風的關係），但昨天我曾冒險來游泳，今天我猶感肌肉的痠痛。我來散步是我不能老待在家裡，我必須出來舒散情緒和理清我的思維。我走回來時看到一對年輕的女郎，其中的一位小心地攙扶著另一位，我坐在船上歇息時，看到他們在柔軟的沙地上幾乎舉步艱難，那位跛腳的女郎彎身跌倒許多次，而另一位非常耐心地照顧她，並且站在她的面前想要背負她。我離她們有一段距離，但我看得很清楚；最後那位跛腳的女郎把她猶穿著的半高跟的鞋子解脫下來（我在觀察中正那樣想：她應該脫下鞋子），終於可以順利的一步一步拐走到水邊去。我坐的地方只能看到她們的背部和半側面，當她們抵達水邊時，我看不到她們的表情，可是我看到那跛腳的女郎彎身用手掬水，這種動人的景象（有如朝聖）使我一直坐在船上思想和揣摩她們勝利得償的心情，然後我又看到她們只逗留十分鐘就轉身離開了。

黃昏的海洋最能傷情；在沙灘上的人漸漸離去；有一位漁夫肩扛著網走過時，幾乎遊玩的人都走光了；我是閒情逸致的人中最後離開的，但新闢的海埔新生地那一面還有電廠的堆土機和大卡車移動和工作的人。

早上我騎車子到學校簽到，並且在校園的竹林裡割了一些竹筍帶回家。晚飯之後，我已經按捺不住，所以提筆記錄以上諸節。

八月二日

依然沒有你的來信，但你想知道我收到什麼嗎？郵差在門口喚著說掛號信，我心裡很失望，因爲你的信不可能是掛號，我知道今天又落空了。掛號的是一個大紙袋，我還猜不出是什麼東西，另有一張卡片，是經常寄來給我的阿波羅畫廊畫展的預展酒會請柬；這一次是苗栗籍的一位水彩畫家，卡片上彩印著一張黃澄調子的收割，背景是十分詭譎的日落彩霞，近景有五個農人推拉著一部鼓稻機，寫實而生動，比起我們一起到阿波羅看的畫家郭的造作的水彩畫要自然和誠懇許多。這個且不談。那一個紙袋裡經過拆開後是一本「畫詩」的印象，原來是我在師範學校的同學，韋的鋼筆素描和她爲每張畫的題目所做的詩詞。去年我曾和他們在李家敘飲，我也到過他們在石門水庫附近康園的家裡，那天在石門吃魚至今印象極好。她的丈夫也喜歡喝酒，但韋卻非常霸道，當面警告他要小心，不讓他和我盡情喝個痛快。自此我沒有再見到他們，現在寄來她很得意的詩情畫意的作品集是我始料不及的。我甚至已把他們忘記了，我的意思是我沒有和他們有信息的來往或生活上有相互的關懷，當時的見面都是李去安排，而這整個一切似乎完全過去了。你知道除了有什麼機緣，否則我與外界幾乎不來往，我和所認識的人保持一種疏遠而淡默的友誼，除了和我的生命有直接的關係外，我很少去關懷那些生活和成就超乎一般水準之上的人。我的感情主要有兩端，一個是直接涉入我生命體的，與我同樣思想和享受生命的熱情，互相關愛也一起憂患共甘苦；另一個是扮演社群的一份子所應負的責任和義務的道義情感，也就是我所賴以維生的工作，譬如我是小學教師，還有我是個創作者，關於後者我便不必詳說了。

我有些懷疑你是否可能和我在將來同步於一條旅程？可能或不可能到底決定於誰呢？對於現實生活的一切我很少採取主動，卻有可能去構想，如果你回來時願意和我過另一種新生活，那麼我會毫無推拒的去爲你和我的一切做各種的準備。但我眞的不敢相信這一切會在將來實現。在我們的默契裡，現實的部分所佔的份量最爲微小；我們可能在一起是所有你的較好機會沒有或喪失後，也聊爲慰安和滿足的一種安排。你的學業何時結束我不敢預測，雖然你說快則一年，慢則要到三四年之後，其中由於父母的關係，你可能選擇一位有較高地位的如意郎君做爲結婚的對象。總之，我們的命運處於陰晦和矛盾，其渺茫猶如吹過森林的晚風，只能察覺而不能撫觸，黑夜眼看就要來臨了，如果你是一隻徬徨的小獸，可能驚逃而去。

我無意於逼你做決定，我甚至不忍那樣做；你也不一定經我的強求就會順從，難道你不是這樣嗎？讓一切都順其自然發展是最好的辦法，不是嗎？關於將來的事畢竟是奢求而無益罷了。我不知道你是否同意這樣的看法？我們要在一起，想怕是人間最爲艱難的結合，於你於我（我的困難重重）都如此，不是嗎？可是我們卻不能避免要爲此而苦惱，或者我們也想爲此而獲得喜悅。

今天我帶三個小孩到海邊去，到了黃昏北風吹得很急，我留他們在一處水淺的地方，我則奔向急浪的海洋；我的肩膀一向不太堅實，左肩一直有疼痛的感覺，但我在急流中游著，希望能夠藉此鍛鍊。最後我放棄在水裡掙扎，因爲那樣不能獲得多少游泳的快樂，我改在沙灘上跑步，然後去沖洗淡水。我看到木麻黃樹林處有近乎十個露營的帳篷。回來的時候，我在軍營的左近球場看到一堆人聚集在那裡，那時有一隊兵士在水泥球場上做軍操，有一個男人在我的背後呼叫我，我停下來，一個陌生人追上我，一直問我不記得嗎？我望著他根本記不得他是誰？然後他站在我面前說出他的名字，並說是師範的同學（同屆而不同班），我終於記起來，他（包括所有的）和我競爭歌唱隊的優勝（我是連保三年的優勝者），然後和他寒暄一陣，我又記錯他的住地，我以爲是鄰鎮，他說是台北，我啞然失笑。他帶合唱團的團員遠從台北來露營，我不知道要如何表示我的歡迎；因爲他們來並不是因爲我住在這裡，而是這裡有個海水浴場；他遇我完全是偶然，我說希望他們能夠玩得愉快；他們正要去街市的餐館吃晚飯，我只得回家走了。

我希望我說的這些事不致使你厭煩；我想你一定煩透了；可是我必須記載這些與你沒有相干的事，這是因爲我在等候你的信而十分無可奈何的關係，如果你的信早點來，我就不會顯得如此無聊，不是嗎？

八月三日

郵差根本就沒有探頭，假如我心中沒有你，我倒希望郵差都不要前來騷擾我的清淨；我心中根本沒有安寧，只盼望你的來信做我的安慰劑。昨日我熾熱的盼望，結果是收到一個預想不到的包裹，但我心中只想到你；你知道我心裡主要的繫念並不會因爲另外的收穫而消滅，反而在片刻的停頓之後，更爲貪婪地迫切渴求。奇怪的是在天亮之前，我做了一個情緒上很失望的夢；你並沒有完全在我的夢裡出現，出現的是另一個女子的印象。當許多許多年前我和她有交往時，她是修瘦端莊的，夢裡她的肥胖和滑稽把我嚇跑了，她的家庭充滿喜氣洋洋的景象，這是做爲排斥我的明顯表示。我的腦中一直盤纏著她的長兄有一次前來興師問罪的威脅情形，他對我家居的模樣加以譏嘲；我想不出爲何他會以我簡陋的家庭佈置做爲輕蔑我的對象；他事實上是對我整個人格看不起的；就因爲我在家庭中顯示了我個人中心的愛好和性向而讓他看出來了，他無法容忍我和他的妹妹的親密而整個對我的一切加以痛誹。事後我倒非常諒解他對我的侮辱。我的獨特性格是和我們的社會觀感相牴觸的。人類的心裡內在是壓伏著一股不甘姐妹被人佔有的私欲，如果沒有依照社會習俗的成規合理的讓出，就會轉而爲名譽的理由表示出憤怒。這種私欲的人類心理，可以追朔到遠祖的動物狀態；自然界的亂倫是普遍而合理的，聖經中最初的亞當和夏娃，爲了傳續後代必須要和他們的子女行交媾。人類或動物的慾望是上帝的意志，從這我們知道愛戀的背後有一個自然不可抗拒的事實，不應用浪漫和自私來形容或誹謗。我在夢中的意識彌漫著苦惱和不快，在清醒時一直追問爲什麼？夢中爲何是她不是你？我不惜在此窮究底因，一層一層解開我內心隱藏的黑幕；關於她和關於你可以做個比較，現在和過去可以做個辨明；我在那過往的事件中和現在的渴念情況中是否依然還是同一個人？整個問題是我對女性的永不絕斷的渴慕和企求，時間是事物變換的催促者。坦白說，自我和她斷交之後，我不止一次在夢中見到她，今晨的夢顯得更爲明晰和特別，夢中的形象的變異已經十分清楚有它的現在寓義存在。顯然的，應該出現你，而竟出現她，是因爲你和她是同一類型的我內在的欲求的對象，你和她對我的生命慾望而言，是同一種足能滿意的象徵，所以才會那麼怪異的出現她的頭，你的身體。你曾說你要變瘦要變得漂亮，這是你的意識要迎奉我的表示，因爲男人對生命的追求的整體意義就是一個「美」字可爲代表。那麼我的苦惱就不難解釋是社會環境對我的阻擾了，當初她的情形如此，現在你所受到的壓迫恐怕也是如此。

今天報上有兩則新聞，其一是已故抗日志士蔣渭水的哲嗣蔣松輝委託律師要求對於未經他本人委任而欲利用紀念他父親逝世四十八週年名義舉行追悼會者，立即通知他們停止舉行，否則應依法追訴。據了解，宜蘭縣議會曾通過決議定期紀念蔣渭水逝世四十八週年。部分黨外人士可能於八月五日蔣渭水逝世四十八週年紀念日集會紀念。其二是上個月廿八日，某些份子在台中集會活動，眞正參加的人數只有三十餘人，因爲他們集會地點是選擇在市民聚集的公園及交通孔道上，而引來兩千餘人圍觀。台中警方在事前曾經發佈舉行消防演習。這兩種不同事情，竟爲他們透過某一外國通訊社，蓄意合併渲染爲有萬餘人參加此項活動，並且由消防隊使用救火喉噴水驅散。警備總部鄭重向民衆呼籲，對於國內幾個某些份子利用各種機會所做的不法活動，不要抱著看熱鬧的心理前往圍觀，以免受騙上當，在不知不覺中被人所利用。

以上二件事與我們追求幸福的生活不無關係，人們的熱情所爲何事使我們不得不關心和深慮。今晚我從電視影片看到一位憤怒的青年由於誤失過期繳納保險費而未能獲得飛機失事受傷的賠償，於是構想出另一次意外的死亡而由其妻冒領四萬鎊的賠償金逃到國外，又由於撿到一本別人的護照而假冒他人的身分，結果弄巧成拙不但失去了愛妻的情愛，同時喪失了自己的生命。這是喪失眞我的例證。人生到底應追尋什麼？財富或眞我？答案是簡明的，但眞我是什麼樣子？眞我如何追尋和保持？要討論這些事體眞不容易。無論如何是難以啓口道明眞理的，但對以上幾件事的瞭解總有一個「感覺」，且由這個感覺去判斷，並接受這個感覺的指導。

現在大概是晚上十一點多鐘了，我已經有些疲累和睏倦，本來在午睡後，我就開始記錄前半段有關夢的事，希望能多追究我個人的過往行爲，不料闖進幾位我不甚喜歡的親戚，而將我的思緒打斷了。平時我都在下午五點到海水浴場去，我爲了不想和他們談話，便提早騎車走了。關於你和她在夢中交混的涵義只有另待機會再加以補述，我希望明天能夠有時間來重尋追蹤，沒有把它說清楚我是不能安寧的，要能清晰地敘述它也需唯靠身心的醒敏，否則就有力不從心的瑕疵。我後來加記今天的新聞和故事，也由於它們的事件不能等閒視之。

八月四日

昨日的新聞孰是孰非不需要我加以評論，但人類間的敵對是一種不幸，那種爭鬥根本沒有眞理可言，而互相間爲了求得勝利便會不擇手段。昨夜的故事更讓人看出個人的報復行動，完全是愚蠢無知的個人內在的爭戰，因爲他已放棄了寶貴的良知，而他的報復對象，本身有如那位無心追查只有憐憫的保險業務員，他在公司的合理付償後根本沒有個人間的恩怨，他一無所知，只對那自取疑心且由此導致滅亡的亡命徒的巧計感到遺憾罷了。這位亡命徒是誰演的，你知道嗎？是我一向也頗喜愛的英籍影星勞倫斯夏威，他是好演員，你必定看過他許多片子，二十年前當我初到北部礦區當教師時，我在那木造的小劇院第一次看到他演《我是照像機》《小樓春潮》《I am camara》時就喜歡他，後來他演《親愛的》則更喜歡，他的憤怒表情和特殊的步態令人難忘，當然還有他的成名作《羅蜜歐與朱莉葉》，以及他演的沉醉在寡婦慾情裡的角色都表現出一種現代精神感。木造的小劇院是仿照古典型式在日據時代礦區產金好景氣的時候建造的，第三年（我離開的那一年）因一次颱風在夜間被吹倒，當第二天早晨我跑去觀看時，感到無比的傷感，因爲那三年之間，它是我休閑和知識的糧食，暑假完後我就被調走了。

昨日的疲累並未能使我在今天恢復到完全的暢適，身心還留有一點慵倦，早晨的工作便覺得不甚靈活，書寫一陣之後，我只得停下來閉眼聽音樂，然後突然門外有一聲「信」的叫聲喚醒我，聲音並不很響亮，我走出去時郵差已經返身離去，門口留下一封信，你的字跡馬上攫住我，一瞬之間，幾日的悶困就爲加速的心跳所驅逐淨盡了。我很感激你來解救我，終於如約的履行你的承諾；我還未看內容，但手裡握著它有如一件珍貴的禮物。我不計較你在信中的話是否會帶給我心冷或失望，我心中早有準備，對於人類常情的行爲我應該十分清楚，我自信可以跨越它，我能判斷和選擇其中有價值的，好像在一畚箕的沙石中洗淘出其中爲數極少的金粒。我最親愛的，假如你願意領受我對你的稱呼，我敬重你是因爲你是一個純潔的少女，像我久遠前的戀人，像愛倫波詩中的安娜貝爾．李，如果你有默契，我同樣以最純淨的愛意對你，我可以將你的存在視爲我愛的象徵，我要以此告訴我內心去膜拜，把我最苦的心志奉獻給你，只要你能使我從扼困的精神中解脫出來，使我能日日洗清被染蓋和自生的污穢。

我是一個最需懺悔的人，矛盾的心和不潔的生活都需要梳理。我這樣說並不以爲我是罪惡深重；對你來說，也許我不應如此形容我自己；我的眞正意指是我的內心多麼嚮往單純的精神，不應繼續過凡世的混雜生活。其實我現在不應如此誇張的做出宣告來使你驚嚇，這樣做反而使你誤會遠離我。我說「我愛你」也不是一般文人的矯飾和濫言，以爲這樣說就能感動對方。你知道，我不必如此，我無須要你一定按照我的願望去做。如果我們要相愛，只有在最自由的條件下去相愛，目前你最需要的就是這一點，而不是在有條件和束縛中去相愛，這樣一定毀掉你的青春生命和你追求的知識學業。我們只需要一種默契，即使從此我們不再相見，永無緣分在一起，那根本無需去計較，只要領會愛意就可，有如我們對造物主上帝敬愛的義務，對天堂的嚮往和許願。這種義務只需透過最隱密的知覺去了解，有如我們談到克羅齊的美的眞諦，這種感知是達成一切的中心，無需在人間註冊和宣告而將它揭示出來，只需對自己負責，而無需聽從命令。

眞的，我無需去想像太多，這是我最大的瑕疵。可是，如果沒有這些繁複的想像，人活著和自然界動物一樣是粗俗和現實。我全部接受你對我的叮嚀，譬如我在午後提筆書寫的時候，三個小孩就在我面前吵嚷和做對話問答的遊戲，我並沒有斥退他們，我還有另一份心在觀察他們，並且隨時指導他們。你要知道，你的存在並不足以使我去排斥另一些人，我同樣愛那些和我生活在一起的人，不過其愛意有所差別罷了。再說，他們讓我重視，甚於你呢，因爲他們的存活是我的一份付給的責任，我絕不輕忽。你也要相信，如果我對他們不好，那麼我也不配再去愛你。我知道天賦給我一份精緻的良心，如果你沒有此私心對我抗辯，我便能依照我的本性對待你和我所關愛的家人，因爲依天意，和我們在一起的每一個人，都對我們本身有一個特別的意義，由於有特別的區分，所以並不顯得矛盾和錯誤。所以我愛他們並不會對你有絲毫的損失，如果天賦給我的能力照應得到和周全的話，我們都會融洽而和諧地生活在這個地球上，雖然會有衝突和私慾泛起的不滿，但都能透過認知和了解而得以化解。

今天你的信已做到你說的給我安慰的話，你給我的已是你全部的施予（不包括你對家人、朋友、師長等的關心），我已全然獲得滿意，到今天為止，我不再需求更多。

八月五日

第二封

我想問，你看到我的信會覺得負擔很重嗎？我是否太瑣碎？你明白我寫信的方式嗎？最後你懂得我對你的準備嗎？我把你視爲一個親近的意象，你容許我的表白嗎？對意象的本身而言，它有如神明不害怕壞人或好人來膜拜。

接到你的信的第三天（七日）我動身到台北，距離上個月在台北與你見面已有一個月了，我猶記得十分清楚，我在明星咖啡屋等你，然後我們路過阿波羅畫廊再到春之藝廊看洪瑞麟先生的畫。在這些過程中，我和你漸漸地把情感拉近。當我們在國父紀念館旁邊的一家簡速餐廳吃晚飯時，你要求我明天不要走。在那個窒悶的黃昏，許多事你表現得非常惶恐，甚至想要更動計劃，要我陪你去看白蛇傳的歌劇演出；先前是我表示想去看，你說和妹妹已約好了（我不該突然來台北，並且突然要見你，這一切使你沒有絲毫的準備，而你在台灣的生活步調都是預定好的）；此時你想妹妹和同學的約定沒有比我在一起更重要，但我已覺得看不看歌劇演出實在無關宏旨，想到台灣的音樂界，實在不敢恭維，我心中升起一股灰意，想一走了之，我想我和你的見面就到此爲止了，我打算明早的火車回鄉下去，那裡才是我可以安寧生活的地方。當我看到你走出餐廳門外，跨過馬路朝那廣場走去時，我覺得人是眞無情極了，我和你再也不會見面了。你要走時我表示要去看朋友，但你走後，我反而無意去找任何人，卻想到某個地方去獨自買醉。我也沒去，覺得那樣做無異是愚蠢之至，完全是挫折心理的發洩罷了。我到木柵去看母親和姊妹，然後躺下來睡覺。翌日清晨醒來覺得自己依然完好感到十分慶幸，記得應該打電話給你。當我們同步邁進台大校園時，我覺得有你在身旁感到興奮快樂，只是天氣十分悶熱罷了。當黃昏我們在火車站分別你要我吻你時，我知道這世界已對我有新的意義存在，雖然我們要分開，但心會繫念。這一次我去台北，由於你已不在台灣，除了應行辦理的事之外，都盡量找時間給你寫信，使我在這個城市感覺有你的存在。九日早晨搭車回鄉時，信已抄好，在火車上重讀一遍，在家吃過中飯後，我考慮用什麼信封，根本沒有那麼大的信封可用，我只好用紙袋剪小裝上，再到郵局去投遞。投遞那第一封信並不使我感覺輕鬆，而且延遲了幾日也使我不安，今後我要隨時寫下和抄好，也不一定要等你下封信來時再投遞，我想約可半月或二十天給你寄去一封（多天累積的），我仍然按寫的時間記下日期。這彷彿是我的日記，都是完全單獨爲你而寫的；其實也不是單爲你，也爲我自己。

八月九日

昨日投下給你的信之後，我帶小麗（其他二個男孩怕看不到六時的卡通影片）到海浴場去。在台北的那兩天，因天氣無比的悶熱，也無法睡好覺，使我倍想鄉村海浴場的舒暢，我撲在水面上再潛進水裡感到又自由又爽快，二三日來的勞頓和煎熬都在接觸海水時得以解開和鬆放。我不喜外出的原因不止是氣候或交通的不便，使我對外出感到厭煩的是雜亂和醜惡的世象，每一次遠離我生活的家所深受的刺激，便使我更眷戀我自己佈置的簡樸居室，有時我可留在屋內一整天，連門口都沒有踏出一步，平時除了上班，在假日除了散步和運動外，我也足不出戶。但事實上我現在的居室也並不十分舒適和安靜，由於靠近街道，晚上的機車聲音常令我頭痛不能成眠。許久以來我就期盼能在山區或僻靜的地方有一居室，目前我當然做不到，希望十年（五十歲）後能夠遠離人群索居，但一切都如此遙遠和渺茫，只有耐心的等待罷。

我要告訴你一件以我現在的處境而言應可注意的事情，對你而言則並不怎麼特別，也許根本產生不了興趣。上星期的某一天，我游泳完畢走回浴場沖洗室的途中，在步行中自然趕上了一位跛足的男人，他的右手殘廢，身材短小而面容和善，他大約近六十多歲，奇怪的是他的另一隻手在肩膀邊托著一塊重石；我走在他的後面就猜想如我要舉著那塊石頭，恐怕要左右不斷換手，而他外表殘弱，爲何有這等實力表現得很泰然地行走下去，況且前面的路還很長遠呢？他是我小時候就認識且有很深印象的人，名字叫泰和，是位漢文老師，鎮上的人都叫他泰和仙，在台灣光復不久，我初識人世的時候，曾好奇跟隨成年的人進他開設的私塾去讀漢文，他看我能一夜默讀三課，第二天晚上便把我叫去詢問，我說在國校讀三年級，他要我長大後有興趣再跟他研讀。那種私塾是民間漢學傳續的所在，尤其在日據時代，我記得大哥雖是高等科畢業，但他後來也在晚上的時間去私塾讀漢文。據說那時，他剛憑媒取了一位高大的美嬌娘，只靠他一人教授所得非常拮据，便常奔逃回娘家去。有天，他又前往要帶她回來，他一反過去央求的態度，在泰山泰水之前，舉手痛打她，並且一面打一面押著她步行回來，從此這位高大的美娘子便乖順不敢輕率撒野任性回娘家去了。這大概就是讀書人也不可避免的馴妻方法（無論如何，我絕不這樣做，可任她而去）。在莎士比亞戲劇裡也有一本《馴悍記》，在電影裡李察波頓和伊利莎白泰勒都演得入木三分，讓人嘆服。我和他在那沙灘上走在一起時，我問他拿石頭做什麼，他說是爲盆景用處。他說得有理，沙岸上新近從谷關運來大批花岡大石做爲擋住海潮，保護將來電廠的用途，在卡車傾卸時會有斷裂的較小石塊，他便爲盆景來撿拾一個，單手托舉回去，這種石塊對他來說尤爲可貴。我和他並行交談，得知他對現勢非常了解；他是傳統的讀書人，卻不迂腐。現在他當然與世無爭了，他的三個兒子皆已成家立業，過去他鼓勵兒子從事木雕藝品的生意，在那一陣好景氣時賺了一筆，由於他穩定持家，而有守成之績，他早已沒有靠教授漢文爲生（事實上國語教育普及後，私塾便衰落了），現在老來無事，玩玩盆景也覺得心安理得。

八月十日

而有一老叟也是我印象深刻的人物，他名爲季伯，是我九年前自山區舉家遷回鄉村後，經由一位年輕的牙科醫師的介紹認識的；雖經由他的介紹始見面相晤，卻是我青少年時期在鄉村即知曉的人，那時傳說他學問修養都俱足，我曾常故意從其屋門經過睹見其面窗讀書寫作的肅穆的君子風貌，他留著唇上的短鬚，完全像個日本學者的樣態，誘引著我的好奇和仰慕。不過等到我成長和他見晤時，他已是垂老虛弱而狀貌萎縮，其意志和風采不可見了。他出生於本鄉田中園富裕人家的子弟，青年時赴日留學，再轉往中國本土，留居上海甚久，據說他曾面晤過蔣介石先生，在台灣光復前回台接辦台大文學部教務長職務，不知怎樣在光復後貶落回鄉，一度曾在海濱幫人拉網捕魚，頗受勢利的鄉人的譏諷，後來屈就本鎮的國民中學教書，退休後仍居在低矮腐塌的日本式宿舍內，他的日本籍的妻子過世後，一直和溫和有禮的女兒住在一起，這位婦女人家的日本籍丈夫回日本後即未歸來，有一子，現已長大，就職在城中。季伯先生還有一長子，性情沉鬱，其樣相完全不若其父溫文，曾就職於鐵路運貨公司，現已遷居他處不復再見。我想見季伯先生是欲窺知其思想著作，他出示一本性命哲學的書給我，書中他把人性分爲陰陽兩大極端，並且以人體的上下兩半區分之，上爲陽下爲陰，有崇陽鄙陰的成見，惟惜我從其著作中未見他與西洋哲學知識有互通之處，其論述僅就綱領和粗枝大葉的陳述而已，幾乎沒有任何創見吸引我的興趣。我大失所望。因陰陽的人性或自然宇宙，本就是古中國術士卜占家的法寶，其中並未引領上昇達致神界的精神，只是自然現象學的原型模樣而已，在中國這一派的哲學並沒有發展，僅保現狀。季伯先生的著作可見其心中的悲鬱，其觀點不外是人慾橫流，以致世界不能和平。尤其讓我失望的是他竟搬入報章上的科學報導，以及英國靈魂學界考究的人鬼的事實，做爲他著作的例證，可笑地把英國的社會福利制度附錄其後，以做爲對現實的控訴。在我探知其著作的意圖何爲，使我對他的貧弱的處境大爲憐憫。我對他的敬仰心理此時已大爲減退，他的性情雖溫雅，可是學問而言實在淺膚而幼稚。他熱誠地說他有一部長篇小說已寫有一半，也要我觀閱，我攜回拜讀之後更覺遺憾，他的形式是俗間的章回小說，雖用白話陳述，內容說一奇童遇神秘的高僧受其傳業，然後由動亂不安的上海遠航至日本，這一奇童成長後就是弘揚性命哲學的人。後來我見到後半部，等於重抄他那本性命哲學的著作。這部小說無趣極了。季伯先生令我傷感的是，從生活費中節省而自費出版了他的小說，在他體弱的晚年依然執著這件名利之事。我雖看不起他寫的小說，也不再對他的學問佩服，但我尊敬他的存活。他已經不容易再了解新思想（他根本沒有深究中西的學識），我就沒有再前往請益。未久他與世告辭了。我想他生長於富有人家，在他年輕求學的一段日子必定過活得很輕鬆，且討個日本姑娘在那時是得意之事，其女兒也許配給日本人，後半生雖落魄不如意，基本衣食並不匱乏；總之，我對他深表惋惜，由於初年對他的好印象，使我在認識他後難以表露對他的眞實情感，因爲其中的差異極大，無能達成相通和互賞。

我給你的信自投遞後今天是第三天，它還在旅行中，你還未收到展讀，我心裡掛慮著你讀後的感想。我也擔心我的信文會不會對你的學業產生不良的影響，你是否有另一心胸來承納這種事實，還有我不知你到美國後的情感是否與在台灣時相連著；我不明白你在那裡的生活情形，我無法感應你的思想，你是否可以將你的所思所爲的細節告訴我呢？我期盼著你能夠將讀信後的感想清楚的告訴我。我想我們往來的信函受到時間的延展，要保持傳達的眞確性唯有忠實地用文字將實際的情形詳加說明了。關於我們之間的信函，好比是文學的創作，在這樣的形式下，應保持它的可感的眞實性。假如我們是在進行一部文學作品，其冒險性可大了，也由於是冒險的精神，使我們不惜投入其中的眞感情來加以完成，使其最眞實的意象能夠展佈於每一個章節和段落。我們的文字是自由的，就像我過去的創作一樣不受約制，只受感情的支配去排列，只爲了傳達事實而應用符號。我對你的愛戀是隱密的，因爲還沒有完成，我會把它保藏在最不爲人知的處所，就像一粒種子埋在深土中，當時間到來時，我會等候著你回來將它啓開，將它認可，將它擁抱受胎而發芽成長，成爲一不可否認的事實。任何的愛戀都是神秘而黑暗的，還不能被納入定義中，而且只受神的指使和安排，它是宇宙間未成爲球體的星雲，醞釀和彌漫在被安排的某一角隅，它的命運不是導入成果就是消散而毫無跡影。所以親愛的，我們不能期待它也不能不期待，一旦你否定或催毀它時，它就沒有事實可尋，留下的只是有如編撰的文學作品罷了。

八月十一日

今天我覺得意外，吃過午飯後郵差才將你的信傳送到（平常在十點左右）；我想我九日寄出給你的信還沒有到達，預料在十五日左右才能到達布城你的宿舍，你的回信最快是月底或下月初才能再來，所以這又是你給我的一份禮物，它充溢在我的心田裡，使我感到無比的喜悅。不止如此，我發現你的心思和我所採取的步驟是一致的；我們並沒有約定，但你寫信與我竟然有逐日記錄的同樣形式，這一點更出乎我意料之外，使我對你的情感和感受產生著信心。

因爲你還未看到我的信（它是否令你吃驚？）不知道我的內容和形式，這是造成你感到寫信很難的原因。但你的二封信都十分感動我，我已了解你的意思，你已表示出你的特殊感情，你想要我知道你的眞誠，眞誠是你信中主要的內涵，除此之外你擔心不知要如何用文字表現這點主旨，但我要告訴你，你的語態就猶如在台灣我們面晤時那種極力要我對你了解的聲音，純眞而且坦率，我現在還能在耳膜回響這種我未曾聽過的可愛音調（我這樣形容乃覺不過，因爲你的聲音使人聽來不能去欺騙或欺負你，這種感覺才是眞正重要的）。

你會漸漸擺脫掉信上所說的困難的意識，不必要像文學作品一樣去計較和應用文字，順其自然的流露出來，才能眞正表達我們要互通的信息。我們的工作是互相了解，不是已經既成事實的保證，要像河水一樣順流而下，不必在意是否要經過特定的地區；我們要使其暢流不斷，一路流下，只害怕阻滯成爲死水，那麼它自然要經過曠野，森林和鄉村，流過草原讓羊和牛暢飲，讓牧童沐浴，讓村婦汲取而食用和濯洗，最後流入海洋。這才是我們心田的滿足，是淙淙不息的過程，不是結果；結果的神聖應來自過程中的感人節奏。你談到的普西尼的歌劇就是如此，那過程中的節奏是因爲陳述和擴展，逐漸的加添而達於高點，我們的呼吸和心跳也隨著急促和撞擊而漸漸溢滿心胸，到達感動的峰頂。

你不必掛慮我在散步中對你的歧疑，那根本不重要，我的所思所想甚至行爲都會在這一年內對你呈現，就好像你親眼看到我的一切生活和表情無異。我說一年，是預計我們明年的今天依然可以相見。不論是什麼，就是友情也值可慶賀和安慰。你也不要說那些笨拙或無知的傻話，做任何事你應比我流利熟練才對，只是你把我舉得太高以致影響你我行我素的自由感。我們是平等的（我可以察覺我不會自抬身價），你應該像與家人相處時同等自然隨便，要是你一定要對我的身價產生想像，那麼我們面對時，你反會對我的平凡感到不習慣，當我們不把名利放在心上時，我們將對一切一視同仁。總之，我們兩個個體之間一定要同等對待，因爲我遇見你，你使我的身體產生一股新生和蛻變，像你同樣的青春再度來臨。我應該感激你，不是嗎？

我也要叮嚀你：你必須先做好你應該做的功課，再來和我說話（寫信）。

八月十二日

五天已經過去了；就在五天前暴發的風暴我想將帶給我至深的影響，恐怕會由這趨向更深的孤獨。災難仍未過去，還在繼續延續著，因爲我不知道最後的命運會如何。這一次發生的事故並不偶然，卻是忽然而至，使我始料不及；但它是必然會發生的，只要我不加以小心提防也會隨時降臨，因爲她似乎早就在偵察我的一舉一動，只要我稍露異樣，就引起她的疑問，然後在我不在（外出散步）時打開我私人的櫃子翻找她所要的答案。你給我的信和照片，還有我爲你寫的日記全部她都知道了。她永遠就是這個樣子，以她的情感尺度來限制我的情感範圍，不容我有另外的私情，包括我的精神寄託在內。我和她的婚姻說來是很悲慘的，長期的僵局總不能獲得解決，我和她都已到了瀕臨絕境的邊緣；她一直不肯寬諒我對我自己的生命的處置，不肯讓我的精神獲得紓解，使我在我的良知上安排我的情感生活。

在婚姻的契約上，我知道我的行爲是錯誤的，可是個人永遠要受到這束縛的約制，不再創發新的生命熱情嗎？當發現互相的歧見日漸增長，沒有融洽的意志，也缺少互給的精神安慰時，要生命在那約束的條件下枯萎和死亡嗎？我同情她，但她應該明瞭整個生命事實，自求解救，不應將感情完全依附在我身上，一旦發現我因不耐而變異，而致使她恐慌的時候，她並不追究整個原因所在，毫無道理地要以她的本能做攻擊的發洩，且憤怒地設法纏絆我於同歸於盡的境地。我很苦惱，覺得苦難一直留在我的身上。我很早就希望她能明瞭我和她相互間的差異，能夠理性而合理地解決情感的問題，進一步調整受其影響的家庭生活。有時（萬般絕望）我想應棄置我的欲望，包括一切追求的精神和物欲，但這是難以做到的，因爲我的新思想和精神卻常由於與她或外界的不諧和而繁衍產生；就是沒有這些東西，我想也不可能求得共同生活的步調一致，因爲我和她從開始就缺乏這些基本條件的認識和了解；有這些認識和了解必能幸福和快樂的在一起，不至於在今天產生如許的敵對和傷害了。

昨夜我爲前途問題思考而失眠，自從她離家（她的父親和兄弟遠從台北南下來理論一番，隨後一同離去的，我不願在此重述一切不快的細節）後，我在想如她回來我要與她怎樣的生活（三個小孩留在家裡，她必定要回來），過去我與她有限度的和諧恐怕再難維持了，我的冷默是很顯然的態度，經過這一次毫無保留和謙讓的指責後，裂痕更爲加深，我也表示不可能再對她的親人有親善的表現，任何人也做不到，尤其她的弟兄還想動粗更令我不能對他們表示好感。如果她決定不回來，事情的解決也許較爲明快，離婚後我再來安排今後的生活。要是她回來，我精神的苦悶仍然存在，而且會加重，其痛苦將比以前更爲深刻，在這樣的情形下，我勢必要設想離開去過個人的生活，但是否做得到有許多的條件限制，經濟問題是主要的考慮條件。昨夜我便爲此事幻想了一個出處，如果有錢，我應該留下給她和小孩做生活之用，然後我開始去做環球的徒步旅行，以勞心勞力的方式來對抗我積久的悲痛。這是唯一仍可求生的解決辦法。固然懷著這種感想去做這樣的一件事一定是非常的可怕，有如重罪者流放的刑罰。在思考中，我曾展現某些浪漫的遐想，暫時排遣了這種流放的痛苦想像。可是我眞的了解我自己嗎？出國的申請能夠順利辦到嗎？那主要的經濟來源要如何籌措呢？幾年後回來又如何呢？最後的問題根本不必加以考慮，因爲出去後是否能安然無恙的回來，實在說不定。整夜反覆思索和追覓，終無定論，啊，生命啊，何時找到你的安寧呢？

八月十七日

想到這十幾年來的婚姻生活，有如烏雲覆蓋在頭頂，心地無法開朗起來，心事的沉重，責任的重擔，從沒有輕鬆的感覺，唯一能自持的就是靠精神力的奮發，使我免於傾倒。現在要我記述經由的過往，自嘆筆力不能至達，只能哀嘆命運的作祟罷了。十多年的創作無非就是心事和對世態的傾洩，從這一工作中排遣了一部分的憂鬱；由於有這一慰安的藉託，使我不敢奢望求名求利。創作雖是感情的抒發，但有理性的成分在；我生活在這紛擾和擺盪的世界，受到它不均衡的思想的影響；我生而爲人受到自身感情的支配，我的痛苦是整個世界痛苦的一部分，我傾注精神於創作，但尊奉的是客觀的藝術形式。

因爲想到自身在生活中掙扎，使我聯想到藝術的問題；像我這樣生活在痛苦中所從事的文學創作，很難再去想像幸福（舒適和幸運）中的人的藝術面貌；我不知道有誰不曾在他的不幸中沒有他的靈思的光芒，將他的思想之光安布於藝術的形式裡？任何藝術家在平時同樣會嚮往他需求的幸福（幸福在此是一個曖昧的名詞，沒有人知道它是什麼樣子），可確定的幸福根本沒有，但創作本身似乎超越了幸福而彌補了另一端（現實）的痛苦。像這一切的體會完全是感覺的作用，而感覺受到意識的支配，而意識又是一種知識歷史。所以我絕對肯定藝術的創作價值，它是一種補償作用，它與痛苦的來源形式因果，沒有它，無人能感覺到所謂幸福。

有好幾個時辰，我坐在沙發休息聽音樂時，將某畫家的畫展請柬拿出來端注，對印在卡片上的兩幅畫尋思很久；一幅是美國西海岸原野，一幅是舊金山街景；不論是所畫何處，我對他的畫是十分熟知的，我的意思也指對他的內在精神而言。他的畫外表很美像生活一樣充滿了故事的內容；這二幅畫尤其像童話一般引人遐思。這一切有如介紹中所說的：繪畫就是他的生活日記。至於裡面說到他不停的蛻變創作的魅力則說錯了，因爲關於技巧而言，他未曾創造過什麼。他的畫充滿窒息的恐怖情愫，詭奇有如步步驚魂，這一些都能從他的構圖和色彩中感悟出來。我看過他許多畫，也唯有這一類的創作可以代表他眞正的性格。關於他的許多事實在不必敘述了，我和他有其共通點，那就是生活在痛苦的深淵中，他的智慧（如果有的話）隱躲在他那種神秘的溫和氣質中。

八月十八日

我的背膀和頸背的痠痛已經有一個星期多了，過去就一直感覺不舒服，好像沒有好過，最近的記憶是去游泳創傷的（懷疑運動的結果），然後是前天修剪籬樹（兩小時）又加重了，今晚不得不聽母親的話，到國術師那裡去揉推貼上膏藥。

晚餐時與母親對談我這十幾年來的婚姻生活的感想，關於我的她的許多內情向母親稟告，但這些事我並沒有在前幾天她的父親和兄弟前來責問時說出來，因此他們並不知情，只一味的指責我的不是。他們應該了解她，事實上並不，即使了解，居於敵對狀態，也對她多所袒護，而將錯誤歸給我。整個事情都沒有錯誤，我和她唯一的錯誤是當時沒有考慮到差異問題而結婚，這是現代的婚姻悲劇，在過去的時代亦不會，只是現代的女性觀念的抬頭，無法事事順從男人罷了。母親聽了我的陳述之後，問我爲何在當時不說出來，反造成他們的誤解。我說我不忍那樣做，我對她十分同情，當時結婚就是居於這種衝動。關於她的身世，她似乎受創頗深，總是默默寡言，沉鬱而毫無歡樂的表情。這點事實我想是她童年和長大後與另一位男人的關係造成的，他們應該了解這是形成她的性格的主要因素。她和另個男人的關係，據她的一位堂姐說，她是受到那個男人的欺騙，當她知道他有家室時，就斷然與他絕交，這件事無疑對她打擊很大，她和我婚前的沉鬱狀況就是這樣形成的。照道理我應該照顧她，使她有幸福的生活，可是結婚後，環境迫使我流離顚沛，她的表現也不能使我滿意，反而常有刺傷我的地方；那時生活雖困苦，但我卻十分單純，因爲我沒有固定職業，情緒也很苦悶，我也迫切需要安慰；我的前途很渺茫，需要助力和了解，那時她對我沒有信心，我們便有了隔膜和裂痕，且隨時日加深和嚴重，俗說冰凍三尺非一日之寒。

對這些回憶總使我悲痛，我知道今天已經面臨了需要改善或抉擇的時候了，因爲再這樣持續下去，將來必然也無可挽救。當我隨著時日增長情感的生活時，她便形成更爲極端的反對我，因爲她的情感是固定而偏激的，與我想解脫束縛追求自由的精神形成了敵對。我和她都明白這種危機情勢，因此她對我監視和索查，有任何的蛛絲馬跡便使她無法忍受，她對我的攻擊都是由這些證據的發現而來的。我另方面不忍放開現在建立的家庭，我深愛三個孩子，我也對她頗表體貼，只要她能了解我寬廣的思想而不對我干擾，我們依然可以維持最起碼的完整生活。但她並不諒解一個創作者的另外的私情，她懷著恐懼和憤怒要將這一切打碎。

她已離家多天，未曾有消息，我靜待事情的演變，但我心裡充滿了悲觀。早晨我騎車來學校值班，背膀和頸部還是不舒服。中午我親自煮了一碗麵吃，並買了一瓶昂貴的茅台酒，喝了一點。午餐後我躺在休息室，天氣很悶熱，無法成眠，心緒一直盤繞著那些未能解決的事。約三點鐘，小麗突然立在我的面前，我問她爲何來，她說騎車來看我；她爲午後的高陽曬得滿臉紅光，頸部流著汗污。我拿汽水給她解渴，然後她陪我到竹林砍竹筍。學校正在修建圍牆，校長領著工人辛勤的工作，令人感動；據說縣府來校檢查時覺得環境太差，給校長申誡，知道這事使我也頗表不平。有一位老太婆（同事的母親）帶來一些接骨草給我，她和我母親過去很親善，母親在五月時手肘關節受傷，醫治未見良好效果，現在求助於古方法，要我來向她問討接骨草，她親自送來使我很感激，她約有七十歲了。生活的世界依然是老樣子，但我的心卻未能平靜。

八月十九日

昨日的黃昏回到家裡看到台北的姐夫給我的一封信，他勸我忍讓，要我上台北帶她回來；我心裡遲疑不決，他忠懇的告訴我完滿的家庭才有溫暖，人生已經度過大半，要以下一代爲重，不要造成遺憾。他說得確是，可是我心裡盼望合理的解決，經過這一次的風波，我已經無法忍受過去受縛不自由的生活，她和我心中早已冷淡而無愛，要在同一屋裡事實上已不可能。我還有另一想法，就是她要回來可以，但要以照顧孩子爲重，我便不反對，今後大家互表敬重，不能干涉私自的情感和思想，各盡應負的責任，養護孩子長大，如果她能明白想通這點，她自可隨時回來。不過，這樣的生活我不敢想像會釀成何種結果，我不敢相信她會和我和平共存。現在的問題根本不是忍讓或不忍讓的問題，事體已經顯露著不能相容的情況，忍讓不是圓滿解決的辦法，而是要有勇氣決定留捨才是辦法，已經不是對錯的問題，而是面對抉擇和承當的問題。我想我還不能冒然以悔思的姿態去接她，此時她是否已經想清楚，我一點都不知道，應該去讓她冷靜思考去留的問題，我心裡已經決定忍受她任何決定的後果，而我不必表現出向她低頭臣服的虛僞姿態。

早晨我出門後後到電信局打電話到台北，準備將我心裡所想決定的事告訴二姐，要她轉告姐夫，謝謝他給我信，但我目前因為家事和學校要值班的關係不可能北上，再說我不可能去接她回來，可以轉達給她，由她自己去做去留的決定，我準備承受一切的後果。電話沒有打通，那邊沒有人接電話，才八點鐘，都出門上班去了。我騎車奔往學校，等我下午五點下班回來時再打電話，或晚上直接和姐夫通話。

我沒有料想到這次的風波來得這樣突然，來得我心裡毫無預感，而且是發生在你來的信上，好在你不在台灣，不會波及到你身上，如果不對你說，你便毫不知情了。我原不想告訴你，使你能順利地通過今年的學業，可是我已答應告訴你我生活的一切，除了將事實說出來外，我無法另編造一套偽裝的事實，要是那樣，我還有什麼可說的呢。或許你也應該負點責任，和我一樣嚐嚐這個痛苦。這雖對你甚不公平，而且發生得太早，因為我們並沒有同謀，除純粹的情感的默契外，沒有任何肯定要做的事。我不知道你獲悉實情後是否感到不安，把罪過委諸在自己的身上，這樣對你不是太嚴重了嗎？如果你有這樣的苦惱，那麼你將比誰都冤枉和難以自持了。你說你遇到我是很倒楣的事，恐怕被你自己說中了，以後請勿隨口說出不祥的話。我現在衷心的希望你不至於像我說得那麼嚴重（產生自責），你無需自責或產生罪惡感，你要負的責任應該很小，因為事情（我和她）總有一天要發生，其大部分的責任在我和她兩個人，譬如炸彈早已埋藏在地裡，因你的好奇和無知而踩在引爆的火點上，你是因此而受傷的。事實就是事實，不能把整個責任愚蠢地往自身充塞。如果你能明瞭和理性的辨明事實（我已經費了頗多的筆墨在前面道白出事實的情況），除了有點道義上的難過之外，不應自責太深，而有影響你努力於學業的精神。你能聽我的話，我會更愛你。

八月二十日

有關這三天延續下來的紛亂到底要怎樣來記述呢？越紛亂漫長的事物只能透過簡約的描述去概括因爲表現的方式難以將細瑣的情節統統依照思想的回憶記錄下來，你只能經由想像來補充整個內容，而我只能給你一些簡要的提示而已。你總能想及紀德在地糧裡呼叫的奈特奈藹，且由這個名字牽引出來的萬絲的情感罷？你是我心中盼望獲得而卻不能到達的愛，因爲你純潔的青春如何來收拾和治癒我破碎離散的心呢？你和我的默契都是一種幻想，我們如何憑著「愛」通過重重關頭呢？想到這些不令人心灰意懶嗎？你的身處之地離我如此遙遠，我不能擁吻你獲得憩息和滋補，我在打擊和操勞中將逐漸地頹喪而衰敗；當你能夠趕來而將你青春的美貌眞眞實實地出現在我眼前時，我已無力站穩將雙臂展開來摟抱你了。不過，我仍希望，或許有可能，你如來到我面前，我會由虛弱中復元。我想事實會這樣發生的，如果你一切都齊備了，你的學業完成了，你又能時時在暗中爲我默禱，我是不至於蒼黃枯衰的，我的信心會支持我的健康到你的降臨，那麼一切都會回到應有的秩序，生活又要開始，只要我們赤裸地貼緊，一切都完成了。但這豈不是非常貪婪的狂想？我在憂患之中有這樣的思想，用這樣的想像能夠躲避沉重的猛擊嗎？我能在愚癡中輕易地逃過厄困的命運嗎？我能用哀愁的語調對你呼叫就能消除和平息內心的不寧嗎？啊，我已對我的文學失掉了信心，因爲沒有你，它也不能十足的安慰我。

首先我的大姊二十一日的黃昏遠從台北到達，她銜著一個使命在雨中進門來，然後是整夜和我討論家庭的事，她也勸我到台北帶她回鄉村來。總之，我的親人對於我瀕臨破裂的家庭無不抱著極度恐慌的心理，經過我力說整個歷史和分析我和她的個性差異，他們還是不能從他們的觀念中消除那點懼怕的疑慮。我徹底寫了一封長信，將保全家庭的一切條件清楚地列出來，希望她能以養育子女爲重，讓我有一點隱私權來從事於志趣上的事，而我也保證對她和家庭都要進一步的關懷。寫完已快天亮了，我躺下來，心疲力竭，腦裡留著那思考後的紛亂，不能成眠，約七點鐘，我習慣起床的時間，我便起來刷洗，母親替我做了早飯。我冒雨到照像館將信函影印一份，再到車站買了一張車票。九點四十分，我將信函和車票交給大姊，希望她回台北時轉交給她，如果她看完同意我說的，我便前往迎接她。

午後，我搭公路車從鄉村出發，到台北時已經四點半，我趕到阿波羅畫廊時，酒會似乎已近尾聲，大部分的人都走了，某畫家還在那裡，正在整理手提箱的文件也要準備離去，我和他招呼後即單獨看看牆上的畫幅。我有點失望，事實上那些畫只能炫人耳目罷了，並不如我期望得那麼好。那兩張前述的畫根本表現得很平凡（是照像技術蒙騙了我），應該是我自己想像的作祟：他不能專心作畫，我感到遺憾，就如我不能專事寫作一樣，我也自覺遺憾。當我的腳步移近休息室時，幾位女士坐在沙發談話，其中的一位驚奇地望著我，抬頭呼叫我，問我記得不記得她，我定睛看她時當然認出她，但一時叫不出名字；我的表現很滑稽，有些窘狀，原因是我的穿著很差，很鄉下氣，我沒有預想到會見到特殊人物。最後旁邊的一位女士就說出了她的名字，爲我解圍。她要我坐在她的身邊，以後的情形只能用友愛來表示了。這是一個久遠的故事，是某畫家，他的妻子，還有這位女士，還有我，還有其他的男女，在六七年前在台北邂逅交往的事。然後湊合十幾個人在一家印尼菜的餐廳吃飯，我喝了不少紹興酒，因爲我內心雜亂極了，需要喝酒來鎭定，其中一位從新加坡來的年輕生意人，還稱道我是高尚的紳士；之後，我和那位女士到中泰賓館的咖啡廳交談往事。

我心裡意外地感覺她（那位女士）會對我如此親切，原來她在美國普林頓大學修過課，據她說那裡對台灣文學的研究很熱門，有人選台灣的作家做他們論文的題目，因此對她請教起來，而她不得不到圖書館啃讀台灣作家的作品。再說某畫家的妻子帶他們的孩子現在旅居加州，和她住在一起，時常談到我，要這一次省親回來如見到我時，向我說他們去那裡的情況。當我要和她道晚安時，她給我她在加州和台北的地址，並說這一次回來最難忘的是能那麼巧遇見我，她說這一次交談加深她對我的印象，然後我就回二姐家去。

今早七點半，我打電話到暫居她二哥家的秋菊，問她昨天看了我的信函後有何感想，她要我過去談。我在八點半時到達那裡，我們又爲老問題爭吵了一番，我心裡很厭煩，她堅持她的原先意見，不許我有另外的私情，我知道無法挽回便急著離開，因爲她沒有想回鄉村的意思，我到車站正好趕上九點四十分的金馬號公路車。一路上我打從心裡感覺，我和她已難再一起生活了，因爲對她而言，她是太委屈了，對我而言，我不能放棄我從事的志趣，無論如何也難再補救了。我急著回來還有另一原因，就是颱風茱迪將於午後登陸台灣。

八月二十三日

今天接到你十八日寄出的信，我還在不寧之中，非常的痛苦，母親和我住在一起，幫我做家事照顧孩子。我感到困頓，倦乏，無心做任何事，年紀最小（七歲）的小保，和我下西洋棋，我都輸給他。你信中所疑問的許多問題目前也無法集中心力來回答你。我期望能夠趕快度過難關，恢復平靜。我內心矛盾著：我希望她能回來照顧孩子，減輕母親的重擔，但又怕她和我合不來，要不是她竊看你給我的信函，就不會發生這次不可收拾的風暴。我保證今後你給我的信函會保管得穩妥。我雖了解她的苦衷，但我對她好也無法補償她內心積壓的痛恨；總之，我和她的裂痕是極其複雜的，過去發生的事比現在尤爲深重，現在要我與你完全斷絕，來成全家庭的圓滿也不可能，也太遲了，雖然我們可以理智地斷絕，也無法挽回我和她之間恩恩怨怨的種種混雜的情感。我非常悔恨並不深愛她而和她結婚，今天的苦痛都是我魯盲的熱情造成的結果；如果她決心要離開這個家庭，我只能單獨承當一切責任，我心裡也這樣打算著，百倍的辛勞我可以擔當，但與她面對的痛苦卻是我不能忍受的；以前我隱瞞不讓她知道的事，她竟然都知道，我現在想起來更不能忍受在她的監視下生活；我期盼能夠愈早與她解決愈好，恢復我性靈的自由是我內心迫切渴望的，我內心籠罩的就是這塊掩蓋我十幾年的烏雲。佔在人類相濡的立場，我同情她，可是我無法完全犧牲內在自由性靈來遷就她，這是婚姻使人性邪惡，造成絕對佔有和敵對的觀念，無法經由智能履行善良的人類愛，只有約束和折磨，使人陷入於悲痛之境。

你看到我大發感觸是否受到驚嚇？你會覺得我十分可怕嗎？因爲我要把倫理的一切摧毀。其實不是，就我私事而言，她了解我做爲藝術家的個性和志趣，卻不能寬諒我由本性直接做出來的行爲，她說她愛我，所以不能容納其他的人，所以她寧可離開，成全我。這就是婚姻的結果，應該打倒致使人性矛盾和掙扎的婚姻關係。倫理的存在應屬於兩個互相全然相愛的人，志趣和個性相近，有許多種互通情感的媒介，這樣才能形成和諧，才是美好的，好像住屋外的美麗圍牆，保障裡面的人的甜蜜愛情以免外洩；可是對永不能相愛的人而言，倫理上的婚約有如帶電的鐵絲網，它是醜惡的，對於想逃出去的人都有致命的可能。

現在我無能用另一份心對你表示內心的誠懇，也無法肯確表示我對你的愛慕，只要我個人的災難過去之後，心裡平靜下來時，我才能完全對你的愛戀，只要我個人的災難過去之後，心裡平靜下來時，我才能完全對你傾述內衷的情意，否則一切都歸屬於幻想。你能明瞭嗎？你能不受這事的騷擾嗎？你能忍耐和等候嗎？你能諒解我的憂患而保持初衷嗎？我不再對這事表示意見了，我已頹喪無能爲力，只待命運的判決下來。

八月二十四日

今天度過了出奇平靜的一天，吃了藥後，肩膀和頸背的痠痛消失了大半，原來是神經的一種痛症，知道它的病源就容易對症下藥，而痊癒就容易了。凡事不是這樣嗎？我日常的工作恢復了，並且能夠安下一點心來給你寫信。

八月二十五日

第三封

你看到我二十七日寄去的信，讀到最後是否大感意外，覺得心驚肉跳呢？你是否聽我的勸告平靜下來？我再說一遍，所有發生在這裡的事雖與你有關但都不會連及到你；你的自責是不必要的，正如我所說的，要發生的事總會發生。我關心你會無法平靜下來，且影響你的學業；你一定要想通這件事；你正好是要發生這種事的年齡；即使心懼也要如常的進行你該做的工作。假如你想停止寫信給我，你就決定這樣做（但我不希望如此），我仍然會將我的事逐日記錄，你如不要我繼續寫信給你，我就停止，但我會繼續我的奮鬥，事情有轉機或告一段落，我會自動寫信給你；如果你害怕不想再與我往來，我也順從你的決定，但你起碼將你的感覺和決定坦白告訴我。你必須要以你最有利的立場考慮你的決定，除此之外，你不必考慮我的立場，你也不必對我說教，只要溫柔對我，因為你知道我做事唯一依憑的是我自己的良知，它是我做人處事的準則。

我說到我很痛苦，你會為這二個字而為我擔憂，你一定不忍我處在痛苦的情況，但我要說明痛苦是人類所不能免的，它與生俱來，尋求解脫或追求快樂變成人類生活和精神的重要課題，沒有痛苦的人根本沒有，就像完全快樂的人也沒有，我們做任何事都是為了忘懷或添補痛苦的情狀。我目前的痛苦是事情懸疑在那裡，沒有獲得解決的緣故。如果你也痛苦，亦是同樣情形。時間會帶往我們離開痛苦這件事，像一首悲歌，引人啜泣悲憫，當最後一個音結束，一切都成過去。雖然我主要的心懷是痛苦的，可是我依然生活的很好和安全，不會因爲它的存在而淹沒整個生活中的細節，就像我們在憂患中乃能飲食和睡眠。我相信我們處在此種情況而有這等思考是極有用處的，使我們能平穩地生活在時空中，當我們視痛苦和快樂爲兩件同等性質的東西時，就不會偏愛那一方了。

不過，有些早先對生活的計劃，因爲發生了這件事而有了更改。前年十二月我在郵局投了七年十萬元的儲蓄人壽保險，每月繳一千零八十元，到這個月已經繳納了二十一個月，昨天我通知郵局終止這項契約。他們很表詫異，說領回的錢是要打折扣的，我表示沒有關係。你知道嗎？貧窮一直是我和她結婚以來感情的障礙的另一項因素，開始時是受她親人的歧視，我和她在前面幾年尤其內心都感暗淡。近兩年來靠薪水的微薄收入，幫助家計不少，雖有改觀，但因果早已形成。我要終止契約是想今後的經濟在生活的分配上恐怕不夠，儲存事實上影響目前的開支，況且自她離家，把這個月的生活費都帶走後，我就得借貸過日，領回的錢可以彌補這次的虧空。另一個心理因素是，這種長期的保險給人一種不自在的感覺，照理性說，所謂保險是不必要的，人之生命在存活時應操在自己手中，如果死亡，像伊壁鳩魯所說的，也就一無感覺了。

今天的天氣已放晴，我重回海邊享受自由奔放的黃昏；當我身在水中感覺非常舒服，風浪還是稍大，人也很少，卻很美好快樂。關於這海洋，近半個月來也十分的不名譽，奪走了幾個生命

（其中有一位是經常來學校照像的照像師），它的模樣顯得惱怒而陰險，天氣和風景已不似往日開朗和可愛。我游了一會兒，潮水漸退，我走到岸上來，坐在沙灘上的一個紅色浮台上。我的背部朝著晚陽，坐著休息，乾燥後的皮膚留下結粒的白色鹽粉，有一刻我垂頭獨自陷入了沉思。後來我知覺到我是坐在新築的堤岸旁邊，近旁就是排列整齊的混凝土的星形石蹲，堤道上有兩部挖土機停在那裡，這兩隻大怪獸通身紅色，有一部的尾部面對著我，使我能夠看到它名叫KATO，並有一排字這樣寫著：「**危險，旋回內立人禁止**」的字樣，較遠較小的一部則叫MS 40。兩部靜止的機械都令人不覺好感，如果愈想到它們極大的工作能和效力，就愈感覺它的冷酷和醜惡的面貌，有如代表魔鬼的兵卒。後來我想到裸露的事，覺得此時的環境越來越對人加以限制，而毫無自由和自然的氣氛。整個黃昏的感想是悲涼的，童年在此隨處可探索尋覓的世界已經消失了，我很難想像有你在我身邊是否能安慰我的感傷，當我獨自一人時或許有堅強的自覺，如你在恐怕反而使我容易落淚。

八月二十八日

我在此時正在聽布魯赫的《蘇格蘭幻想曲》，時間是晚上九點半了，剛才小麗和小保在我的旁邊，因爲對卡式錄音匣上彩色的行星圖感到好奇，要知道那是什麼曲子，於是我放給他們聽霍爾斯特的《行星組曲》，依照聽的順序給他們說明那是火星〈戰爭的挑動者〉金星〈和平使者〉土星〈老年的使者〉天王星〈魔術師〉海王星〈神秘主義者〉，小孩的聽覺十分敏感，尤其對音響所造成的恐怖感最易察覺，而對感傷平靜的東西則有莫名其妙的遲鈍。他們也喜歡節奏輕快的舞曲，但是無法專注聽太長的樂曲，郤因我一段一段的解說而挨到七個樂章完畢才走開。然後我才換上布魯赫的作品。

我接到台南弟弟的一封信，他就是一年前我到台南尋找的那位，後來我寫了幾首詩歌；半月前他曾來通霄，端午節前我曾給他寫信要他回來，他既未回信也沒回來；突然他在二個月後出現，其神色我察覺有異，我問他，他看我母親在家似乎不敢說出來，並匆匆地吃了晚飯就走了。今天他的來信說，他寫這封信十分困難，實在事不得已才寫，他又說我曾告訴他兄弟終歸是兄弟，原來他有一張三萬元的支票在下月三日到期，希望我能多少幫他調一點。我看了信後有些難過，由於是同胞，雖教養不同，但我知道他不能自拔的墮落，現在和他的養母二個人相依爲命，自從去年我第一次見到他後，連這一次有三次的會面，每次都甚無言，而他所說的似乎只是自嘆自己未能像我一樣的自幼好學，以致今天只是一個幹活的木匠，與我之間形貌和態度的顯然差異。他一點都不明白我以前生活和經歷的艱苦，我無需這樣告訴他。我勉勵他不可在這樣的差異上去分別高下或貴賤……而爲了安慰他而說出了「兄弟終歸是兄弟」的話。的確兄弟終歸是兄弟，不論他所爲何事，應該事後再去查明糾正他，現在郤是我義不容辭的時候，因爲我一向掛念他郤未曾幫助過他（他自稱木匠在包工上收入也不錯，而我也想不出有什麼可幫助他的地方，除了心理上的親情感覺），明天我將到郵局去詢問，那前天終止的儲蓄保險費是否已經核下來了，如有七成的錢可領回的話，約有一萬多元，就給他寄一萬元去，除了這個數目，我也不可能再多給了，今後也沒有餘錢可以幫助他了，想到這，我心裡非常酸痛，沒有想到過了四十年的貧困日子，今天依然貧窮而不能照顧自己的同胞兄弟，實在慚愧。依照西洋的生活方式，成年後的子女不但不能依賴父母，弟兄姐妹之間也沒有互給的義務；我們中國人事實上也是，但情感是我們中國人最爲脆弱的部分，理智或理性是敵不過的。

八月二十九日

早晨我還躺在床上，母親自己料理好了事就趕往頭份去，她昨日對我說手臂沒有好（古老的土法也無效），需要再去請教原來的醫師，她又表示順道去台北。她也許會打電話給她，這件事我既不表贊同也不表不贊同，我只能靜待事情自然的演變。你離台灣前我曾告訴你有一篇詩作，前幾天在報紙副刊登出來了。第二天大學的一位教授來了一張便箋，要我給雜誌寫詩，他的話中有一句很奇怪，不，這樣你不會明白，還是全部告訴你。他說：「又想向你約稿，我們一直要，却少登大作。這並不損你的文譽，而只是我們的損失。這次我們再試一次好嗎？希望兩♡能合在一起。」我指的最末一句，尤其那個符號，是不是很奇怪的語句？六七年前（忘掉確實是多久以前），他和某教授在大學外文系，與文學院長三人創辦雜誌時，就曾連續連名給我寄了二封限時信，要我一定參加他們的創刊座談會。我去了；他當面要我支持他們；由於是新刊物，我義不容辭寄給他們作品，其中包括詩劇和試寫的小說兩個長篇；他們壓了約近半年多，始終不能決議登或不登，最後把稿子退還給我；有趣的是「詩劇」，他和我做了一場遊戲，第一次他退了，不久又要我寄去，他再退，隔不久又要我寄，然後又退回來。他甚至答應編譯館爲我的作品英譯，最後也辭掉，理由是不懂我的作品。所以這一次他由澳洲回來重當編輯，又想起我，才會寫這麼一封信來，如果換了你，你要如何答他呢？我的回信如下：「實在寫不出好稿給你們，非常抱歉！現在也沒有稿子（眞情如此），偶爾給報社是爲了較高的報酬，這對我莫無幫助，望能多多諒解。你們學院的人都甚無情義，像現代文學的ＥＴ．歐，在現文歷史中，除ＢＢ．白外，我供稿最多又無稿酬，卻遭她白眼，令人心冷。特此敘懷。祝好。」他們雖身爲大學教授，其實都是勢利的角色，如今某教授名聲太壞已不得寵，他雖較謹慎但庸俗可鄙。雖然不必要得罪他們，但有事來總需說眞話，得罪與否是次要的問題了。ＥＴ．歐，在回顧現文的文章裡，非常自得他們的成就，談到供稿的作者們，却唯獨隻字不提我苦勞的貢獻，而在另外的選集中抱著懷疑我的態度，批評我孤傲，有如ＳＣ．施在背後的誹謗，他們這樣做，無非說明在鄉土文學叫響後所擺出來的政治靠攏和勢力眼的性格罷。在台灣文藝圈中，我最不欣賞他們卑賤的面貌，近代的中國文人大都依附政治勢力而享名存在，這也是他們的作品敗落無趣的所在。

中午簡單地與孩子吃過麵條後，我躺下來休息，却思緒萬端，煩擾無法排除，於是起來把過去聽過的唱片翻出來，選了幾張ＬＯＢＯ的專集唱片來聽。關於ＬＯＢＯ，你在台灣時是否曾聽說過，據說大專的學生思想敏銳的都喜歡他。他的歌不比一般的搖滾樂，也許可以和鮑比．迪倫和瓊貝絲同屬一類，但沒有他們那麼極端，比較客觀，富於詩情而韻味更深遠；我喜歡的原因是他的歌詞和平，唱法中肯，境界高，有如詩人，有如浪者，又有如滄桑但心地善良的男人，所以也很平易近人。無疑他能打動我，我現在重聽一如往日般入迷。

這兩首〈The Albatross〉和〈I'm the only one〉比較簡單短小，由歌唱中容易了解，其他如：〈She didn't do magic〉，或〈Armstro ng〉，或〈Me and you and a dog named BOO〉，或〈Goodbye is dust another word〉，就更爲玄奧，但總叫人感動，我想你在那兒一定可以找到ＬＯ

ＢＯ唱片，不妨在閒適時與朋友聽聽看。也許現在的人趕時髦早把他忘掉了。你在來信中有幾首詩詞，的確很動人，因爲我不是正科生，所以未能如你深入去研究專人的東西。尤其詞大都寫情，往往牽動人的心坎。現代西洋的歌曲裡有些是感時憂天的作品，亦有異曲同工之妙，只要情懷同似亦皆能欣賞，不是這樣嗎？

黃昏時我帶小保到海邊（昨天下雨沒去），風不大，但浪潮卻有些險惡；人很少，小保在沙灘玩沙，我下去游泳；一會兒我就上岸，坐在救生艇上曬太陽，越來越覺得這可愛的海浴場已不如往昔了，回頭又看到那架靜止的ＫＡＴＯ鋁帶挖土機備覺掃興。今天是我單獨和孩子在家，卻過得很平靜，在這一整天中，我做了家事、練字、讀書，給弟弟匯錢去等工作。我心裡突然有個私願，卻不能現在說出來，也許有一天我能當你面告訴你，如果眞有面對面的一天的話。

八月三十日

我原是盼望著能夠像那幾日那樣心無所繫地任憑自己所思所爲；思想是自由的，行爲上只需付出操勞之力而已。我的一切也正邁上這途徑去調整就這樣過了一整天（卅一日那天），直到黃昏準備做晚飯時，聽到屋外的孩子叫喊聲。她回來了，偕同一位她的朋友楊小姐，我走到客廳正迎著她們，我說：「我正在洗好米，有客人來，我再去加添些米好了。」我沒有注意孩子是否雀躍，大概是，我隨之換了衣服騎車到海濱去。她回來得也很意外，我却不能放棄到海邊排遣的喜好，我有意逃避到那裡，可以緩衝地思考思考。我想她回來就回來罷，這原是她的家，有她的孩子，她根本就不應該放棄走開的。我不表歡迎也不表示不歡迎，心裡只爲我的一份自由擔心，因爲一切又得恢復舊觀，可能更糟。

我賣力地游去，在風浪中浮沉，心裡掛慮著左手臂，却也貪得浮游之樂。我後來才發現僅剩下自己一人在滿盆捲動的海洋中，我既恐懼又快樂，幾乎在這兩種心情的混合中要高呼大叫；我從海裡抬頭望著那些人踏著軟沙離去的背影，救生員也走了；後來我發現一個青年坐在石蹲的凹處，隱在陽光的陰影裡，我看到他時很不高興，他朝著海裡的我投視，像是一個候守我的或是一個監視我的警衛，但他絕不是，可能是個心事重重的慵倦的客人。KATO側著面顯得身長，挖斗和觸著地面，彷彿要埋首於沙土中的駝鳥。我登岸後慢跑離開浴場，到達那條分開沙丘的海溝；現在是漲潮時分，水流奔動有序，一波一波地追趕著；我看四周無人，浴場那邊距離我很遠，我欣然地解下泳褲，赤裸地在水邊行走。在光天化日下能完全解開束縛而自由行走是頗爲美妙的事，我想到羅素的自述，在他年輕的時代和長他幾歲的愛人在海灣裸游的情趣，唯一的差別是，他陶醉在情欲的快樂中，而我卻彷彿回返到人類最初赤裸的原始時代那種輕逸和無爲。在寬廣的沙灘面對著海洋而裸露，與在樹林中或浴室的赤裸的感覺大不相同。記得在十五年前，我曾在台北近郊的石牌山上的樹林裡裸遊，這一段經驗曾移入我的詩作裡，我病後回城偕同兩女士在陽明山郊遊的情節，我個自往深山裸奔和憩息，後爲她們找到。我後來坐在淺水裡，曬著將落的太陽，歐洲有許多天體營的處所，使人羨慕他們回返自然的可愛行爲，因獨處和群體的赤裸其意義又有分別。行爲是思想的詮釋，良善無害的行爲尤能代表純潔的思想，這與政治上的爭鬥或男女之間的吵嚷之間有如天堂與地獄之別了。爲何人類不能和平呢？

九月二日

翌日午後，母親從台北回來，她事前不知她已經回來，到家後才知道，正如她老人家所希望的家庭又圓滿完整了。母親轉告我姐夫的話給我，要我今後事事謹慎守密。這種事實在不用任何人來勸告我，我自己知道該怎麼辦。我的心雖然稍微安寧，但這半月來的事端將帶給我極大的影響。我心裡明白：我的理性會對家庭像往常一樣的照顧，但我的個人感情卻更爲鎖緊了。事情雖來的突然，結束的也似無痕摺，但一切都隱入於最深意識裡，造成將來可能的精神面貌。有如在台灣的生活，表面是少有更改的，那些日常工作和交往的方式無不相同，但人們的心裡卻不斷地在某些挫折和打擊中做著更變。我的生活方式很平凡，但我的心裡卻極爲複雜，這是使我不得不藉創作來抒發的緣故。我幾乎將我心中醞釀的一切（在現實中不能實現的）透過藝術形式化爲另一種生命。現在我的記述有些混亂，有如我的心一樣的紊雜。現在家庭的事就這樣安定下來，未來是否還會有什麼演變，還不能預測；事實上誰也不能保證甜美圓滿的生活會一直延續下去，有如巴勒維國王也有一天要逃離他的國度一樣；要不是她過分的敏感掀起這個事端，我們的感情還是隱密在我們所知的內心裡，在黑暗的泥土裡，暴風雨是否使它衝破表層而向上發芽，還是將它沖到污泥裡泡浸腫脹而腐亡呢？這是未知的，但我似乎已經決定了，除非你要將它否絕。

我還是照樣在早晨的時間練字，黃昏去海濱，她回來後依然做她應做的工作，好像日子本來就是這樣的，連一點兒事也沒有發生過。今天大早我就到校來上班，新學期開始了，昨日已經將一切我們的信件和日記本放在袋子裡，早晨便帶來學校，今後我就會在學校給你寫信，並希望收到你的信。像現在一樣我總是利用少許的空餘時間坐下來書寫一點，過去我的寫作也是如此，總是一點一點的加積成篇。今天在學校相當的忙，校園像一片荒地，經過一整天的砍除和打掃，才恢復一點模樣，以後還要經過多天的修整才能恢復舊觀。我想到一件事，就是昨天由海濱回來時，遇見一條在柏油路面扭轉掙扎的蚯蚓，我騎著腳踏車繞過去，但我又不安的退回來，用一根小樹枝將它撥到路旁有泥土的草叢去；它爲何在那裡實在很奇怪，也無法明白，顯然可能是盲目和與無知，但它等一下會被汽車的輪胎碾碎是很可能的，或是被一位愚嘲的小孩看見，將它一腳踏碎也說不定。生命的無知總是有這等可悲的危險，人類亦然。

九月三日

抱怨天氣呢，還是自我檢討？天氣實在燥熱，到處聽到七熱八熱（舊曆）賭咒艷陽的狠毒之聲，學校的校工對我搖頭苦嘆他們身上在冒油，開學後整理環境全由他們兩人做著粗重的工作，校長尤其賣力，身上沾滿污汗，就像天底下有親民的耐苦皇帝，也有關閉自封享福的天皇。我也領學生除草修路了一整天，回到家後從冰箱裡拿出西瓜拿棽地猛吃，過一刻鐘後，我開始感到不舒服，皮膚生起畏寒的雞皮，頭痛喉嚨乾燥，全身漸漸失去了力量。我的憂悶心理加深了病痛的苦楚。我原不會這樣的，我的身體情況自覺不錯，原因可能是兩三天來睡眠不好，惡夢和突然驚醒，使我不斷自床裡起來在室內踱步，不斷地吸煙，有時想藉喝酒是否可以安寧下來休息，喝下酒後躺著依然有如含恨的夜驚，所以第一天來學校的勞動便使我支撐不住了。

我每隔二小時吃一樽保濟丸，然後稍能忍耐地躺著；我一向單獨睡覺，把自己隱在黑漆中，不讓人查覺，而使別人痛苦；母親於昨日前往山區探訪親戚故舊不在，孩子遇到我有事便迴避到他們的房間去看電視，她忙於那煩雜可笑的工作。整夜我感覺不斷地流汗，到第二天清早便稍覺清醒，起床到浴室用熱水洗去身上的汗污。然後我聽到她說藥箱有一瓶美製的阿斯匹靈，那是六月胞妹由美國回台時帶來留下的，我吃了兩顆，再帶兩顆去學校。頭已不痛，喉嚨還有點呑痛。在學校似乎精神好多了，一面帶學生繼續昨天未完的工作，一面找時間回教室爲你寫信，但時間最多不超過一小時。下班時全校師生都走了，我看太陽還很猛烈，只好留下來繼續書寫，直到五點半，我收拾好，才騎車上路回家。今天我還在繼續吃阿斯匹靈，它恢復了我的精神，使我很感激。依照我現在的想法：健康是第一，智慧是第二，愛情是第三，財富是第四。最末一項似乎對我而言最沒希望。要是我沒有家庭的負擔和責任，我的思想會比現在更爲隨遇而安。上次我跟你談到在台北阿波羅畫廊巧遇的那位女子，她和我在中泰咖啡室聊談時對我說，認識我較深的人都認爲我是眞正「喜比」精神的人，假如喜比不被誤解的話，我倒可以承認呢。但她又補充說，我有俠義精神，又完全是古典主義的人。那那麼說我眞有點受寵若驚了，是與不是，我不便承認和否認，只當作意見或評論來聽。你想你認爲我如何？

今天校長私下通知我，我可能會調職到市區的國民小學去，因爲本校今年減一班，多出一位教師，那邊有兩個差額的職位，問我意見如何？如果贊成就寫一份申調書（他認爲這是好機會）。我想市區對我上下班比較方便，不必再長年受風雨或大太陽的折磨，工作的比較，輕重還未能了解，也不能預料，但恐怕會失去當導師的機會（因爲已經開學），也就是說少拿導師費三百五十元。我在此已滿八年，心理上已很厭煩這裡的環境，所以我寫了一張申請書遞給他，他說成不成還看縣府教育局的決定。其實調也好，不調也好，這只是個活命的工作，試試看罷。本來預計今天把這幾天的日記抄好寄給你，因爲補記了這兩天的，時間上沒法趕完，我想明後天整理好再寄，或者有調職的消息一併告訴你，但如沒有給你另外的地址，還是照常寄來原址。

九月五日

在學校心境是庸碌的，工作零碎而雜亂，尤其當導師，瑣碎的事很多，其結果是只有操勞而沒有思想。平凡的人生大致如此，時間是唯一判明的眞理，人從出生到老死，生命就這樣地度過，顯示毫不留情的樣子。這是寂寞的人生的定義，像不斷往山上推動巨石的西斯弗斯的苦境。唯一可以從這樣的宿命衍生而自覺不寂寞的就是思想的擴展，將痛苦的人生修飾和美化，並從愛欲中去對抗命運，使短暫的時光充滿宏偉的色彩，體會生命沒有白費。只要我們能產生對抗命運的意志，便能陶醉於人生的價値。話雖這麼說，認爲思想可以改變生命應行的軌道，推衍出價値觀念，但恐怕一切的作爲還是難逃那既定的掌握，因爲肉體是一個不可更變的既定事實，肉體的形象就如它顯現的樣式一樣早經安排被塑造而成的。我們在精神方面的幻想和崇奉至終將是虛無一片。精神和肉體誰才是眞正的主宰，實在難以判定和分野，斯賓諾莎相信上帝的存在，仍安命於他平凡無華的生活，在這裡顯示出肉體的保全意義，以及萬物皆蒙神恩的道理，它的短暫寓涵著永恆的無形存在。智慧（或體悟）是唯一認知的成全工具，它和我們的生命一起形成，一起到來。我常在勞累中冥思，或在無所作爲中思想，使我對命運的抗辯和既存的命運本身求得和諧和安寧。在這樣的時刻，我感覺自心田的內裡像甘泉埋藏的地底湧出細緻的滋液，從胃部或肺部湧到喉頭一點潤水；這時是生命唯一的清醒，從外在和內在綜合認識生命的存在。當在這樣的一刻，我會靜靜地看著你（要是你眞在我面前），如果你是我的愛人，此刻是唯一的所愛，我就極容易將我的願望和欲念移入於你的身體，我會等待你的召喚的訊號，並且了解你的輕微顫動，隨時與你結合成一體；或者，你不是我的愛人，不是我此刻所愛，你由於察覺這點事實而掉頭走開，我將靜靜看著你走，而依然保全著自我於無動之中；因爲從認知裡判定的我們都不得違抗，只能讓這世界保留原狀。世界應該絲毫沒有感情不確的因素；這世界有如午後牧童在休息中的幻夢，醒來時他仍然是靜默的牧童，夢與眞實的兩種世界交替在他的體認之中，合成爲一體的自我。

我漸漸覺得我在這裡的生活有不自然的情態，已經衝破我最初回鄉時的想法。我在這裡只是要做爲一個平庸的生活者而已，一個可以不被看得起或有少許尊敬的謀生教師罷了；但現在似乎不是這樣了，郵局人員都知道我是誰，同事們都知道我是有額外收入的作家，教育局派來督學的人員也知道我在報上發表作品（昨天來校遇到我），鎭上有些子弟在國外或國內大學任教而聽說知悉者，以異樣眼光看我在街上走過，還有一批一批想探知眞情的剛長成的青年學子，另有一些誤解得離譜的鄰居，以爲我在寫武俠小說，竟有人當著我的面問我。當一個過慣孤獨且沒沒無聞的生活者，遇到這種情態，你以爲會如何表現？我所感覺的是窘迫和不安全，一點也沒有榮耀的感覺，並且不知要如何去回答問及有關我事者。我無法擺出一種自認中肯的態度，因爲每一個問及者的心態都不一樣，無法明白他們的意圖，或揣摩他們心中對我的想法。最爲難以對付的是抱好奇的人，他們的模樣好奇的人，他的意圖，或揣摩他們心中對我的想法。最爲難以對付的是抱好奇的人，他們的模樣是半閉著眼睛審視（我），他們從聽聞中知道（我），但他們不知（我）寫的是什麼，他們自認聰明的下判斷，這種無知與好奇等於在考驗著（我）。只有現代的知識青年還能對我表示出敬意，其餘都像是一種打擾和侵犯。總之，我在單純生活中所害怕的，現在恐怕都要朝著我迎面撲來。

調職的事還沒有消息，只有紛紛的傳言著有可能。我現在想到如果調職到市區，如我上面所說的情況將更爲嚴重，因爲所謂作家，到底有多少人能眞正辨別清楚而給予個別應有的敬意呢？就像我們沒有親臨與泥水匠爲伍，而對所有的泥水匠只有抱著同一的觀念；更像一般人對博士的尊敬和景仰，但了解的人是非常痛惡那些窩囊博士的。還有在民間對新聞記者的看法是：有如食人惡魔差來的混蛋兵卒。我沒有蓄意在生活中表現特殊，不過希望，當有些在自我範圍內我行我素時，人們應該尊重個別生命思想的獨立和自由的權利。這是今天我們東方的世界的廣衆猶在爲此哀號叫嚷的現象，也因爲無此權利而有無窮盡的悲慘和苦痛。

九月七日

今天是星期六，來學校後未聽到校長有關於我調職事的報告，這表示縣教育局人事室還未下達命令的公文，只能等下星期了；現在最好忘掉這件事，何時來或會不會來，就任它去罷。我現在的記錄是在早晨學生寫作業的時間抽空來寫的；今天還未過去，所記的是昨日回家時的一段思想，下一次記述的時間可能要到下星期一來校後的上午或下午，你知道，星期日不上班，我不能在家寫。

午後四點半騎車回家的這段三公里路程是非常炎熱的，我只穿著汗衫，外衣脫下放在車子的掛籠子裡，面孔是曝曬著西斜火焚的太陽；早晨來校比較涼快些，頸背仍不免有點汗濕，而午後回家就有如被焚燒而倉促奔命的可憐動物了。一路上我心想今天比較風平，應該到海濱去沐浴，自開學來已有五天不見那熟悉的海洋了；我近來對它有些怨言，說它不如往日，但我仍舊非常懷念它，因爲在那廣大的沙灘和海洋，是唯一容我自由奔跑和洗塵而獲得清爽的地方；它是我的心中想念，實地腳踏的聖地，使我束縛的卑賤之軀回返赤裸的生命自然；有如男人對女人的眷戀，因爲在那溫柔撫慰之處可供安枕棲息；這是孤獨和寂寞的人自封而擁有的國度，在那裡獲得自由和康復。在生活的世界裡，我與販夫走卒無異，但我的生命和精神寓居於未被察覺看出的神秘之地，那地方有人走過，卻沒感知它對某人的特別寓涵作用；土地和海洋有如造它的神，是我的上帝也是大家的上帝，但同樣的一位造物者，祂對我與對他人卻意義不同。我的眼睛潤濕了，想到這從童年就任我閒遊探覓的海濱之地，還有那現在因堆滿垃圾污穢而不能靠近的沙河，我更傷心；就像你在遙遠相隔重洋的國家，我愛而不能伸手觸及到你；古代的人並非不自由是無力前往，而現代的人有了工具代步卻失掉了自由。那自然之地我卻因爲生活的奔勞不能隨意隨時在那裡徜徉尋夢，事實上它被可惡地限制只許在白天而不能在夜晚來臨；有如我只能和你偷偷地以片紙來往敘情，因爲進一步則法律所不容許。它是我的聖地，使我回返赤裸的生命自然，有如你是我渴慕嚮往擁抱的愛人。

九月八日

潮汐的升落完全是物理的作用，就我們的常識所知那是受月球圓缺的影響，初一和十五（舊曆）在正午時是滿潮，然後每天依照順序延後約四十分鐘，而每月的初三和十八這兩天是大潮，幾乎滿漲到植有木麻黃樹林的沙丘頂面；但大漲必大落，由這證明受日月的牽拉作用。我到海濱時正是退潮到最低點的時候，越過沙丘，便看到遼闊的沙灘像突出的赤裸胸脯，要走很長的一段才到達海邊。人不多，海水混濁，我僅游了一刻多鐘便感索然無味。我上岸後朝南面散步，沿著水邊離開人群。當我轉身往回走時，原先在沙灘和水裡的人都紛紛提著行囊離開了。我這時看到KATO在石堤下的海灘發出噴噴的聲音，那隻怪手不斷地搬動巨大的石塊，使石塊排列成一道斜堤，在頂端有一對男女手拿鐵棒吹哨指揮它工作。另一位穿長褲的女人提著一隻冰桶自遠處漸漸走近他們。我來到KATO工作的附近，坐在它排好過的石塊上，看著裡面的一位年輕男人在駕駛室手腳忙亂地扳動操縱桿的情形。我曾在工兵營裡學過十週的平路機駕駛和操作的訓練，這種重機械的工作情形大致相同，不過，我想現在早已忘掉要怎樣去操縱它了。事實上我走近來是爲了觀察工作中的男女，我發現他們可能是兩對夫婦所組成的包工（承包工程，依工程大小議價成交），他們都十分年輕，兩個女人都具有男性的堅毅容貌。他們在這裡的工作完畢後，可能移到別處去照樣工作，一年到頭爲工作而遷移居住。我想從他們的面貌特徵和身體造形去揣測他們如此工作和生活的況味，因爲萬物的特徵全由他的生活經歷而形成的，就像我們從容貌去辨別一個人的精神內涵。KATO的顫抖同樣地震動周圍的土地，尤其用力移動巨石時，我都能感到明顯的地動。他們的艱辛和男女一起工作的模樣頗使我慕往，他們所組成的是一個包括辛勞和愛慾混合的極小團體，有如自然界中的一個小族類。後來我離開去躺在石蹲的陰影下歇息，觀看海岸的風景，思考在文學中如何來描述眼前這一片景物；在我現在的視界裡，除了天空和面前廣延的沙灘外，其他如遠山、樹林和海洋在空間中所佔的位置都偏倚到兩旁和遠方，沒有人能了解這種歪斜不平均的風景意義，奇狀和不整的景物形象很像一齣古怪懸疑的戲劇舞台。這時有一位中老年人推著腳踏車和車後竹籃裡的兩隻長毛狗來到我眼前的舞台，往水潭的地方用力推過去，當他抱下狗隻時，狗發出叫聲。然後是一群七位的男女青年，談談笑笑地來到，他們的年齡使人羨慕，他們顯得輕鬆愉快，他們之中有幾個男女可能成為眷屬。突然一位紅衫青年（像是工人）騎摩托車駕臨，他是一個瘦小結實的男人，一派自我意識很強的表演神態，他張開雙唇用齒縫嘶嘶地（與一般吹口哨的聲音不同）吹出迪斯可舞曲的旋律；他的動作雖滑稽但熟練，停車後像多疑般把車鎖住，帶著一條紅色泳褲奔向換衣場，途中看見一隻沙馬蟹鑽進洞裡，他頗為惡意地伸腳把它挖出來，然後半跑半舞地跳進換衣場的圍布裡面；一會兒他以同樣輕盈的步態跑出來回到車旁，跨坐在車上後打開鎖，脫掉紅衫，把衣物放在雙腿間的油箱上面，發動馬達，快速地有如拋物般在沙灘劃過，駛向水邊去。看完了這一幕生動有趣的黃昏景象，我便起身騎上自己的腳踏車回家了。

昨日（星期六）我留守在家，她帶小保到鄰鎮去探訪親戚朋友。我做了午飯和晚餐，還看一點書《雪萊評傳》，覺得現代的中國學者的論著，除了明瞭故事外，沒有更多可觀覽學習之處，由這點可察鑑中國現代的文化明顯地在世界淪為次等的可嘆地位。晚上則看了一部耐人尋味的電視電影《牛仔淚》，由保羅紐曼和李馬文主演，慶幸地不是英雄故事，是描述現代從事牛仔工作的人的被剝削和在外地被當地政府人們欺侮的辛酸事實。像這種人沒有甜蜜愛情和婚姻，沒有足夠的錢生活，但面對著空漠的前途卻必須懷著一絲還可能活命的希望而觀望著未來，且繼續前進。

零晨三點（醒來看到時間）我因一場疑惑的夢而醒來，這夢有你整個清晰的全像，和活潑的走動，我和你和父親（逝世已二十七年了）生活在一個灰暗的屋子裡，我心裡非常憂懼你和父親單獨在一間關閉的房間裡，而我却在門外。醒來後我一直躺著思索，企圖了解夢的內容，後來我尋索到我童年的往事，原來你替代我的母親出現在這夢境裡。那時我對父親和母親晚上的親熱持著很深的敵意；我原對父親很敬愛，從小和他一起睡，但有一天晚上我聽到他呼叫母親的聲音時醒來（我不敢動顫和張眼），母親由另一個床過來和他在一起，起先他們細聲交談（也似爭吵），最後他們貼合在一起。自此，我懷恨父親，而處處維護母親，如你讀過我的作品，一定可以了解我那時的眞實情感。我明白這夢是由潛意識而來的，當現實與過去交流時，你的影像鮮明地出現是很自然的。

九月十日

昨日我到校時一位神色慌張的女同事問我調職的事是否提出了申請書，我說是不錯，有何指教。她隨即表示她也要申請調職到市區的國校。我說爲什麼？她似乎滿有自信的說只要校長同意就可以了。我說校長只能同意一個人，不能同意第二個人，因爲本校只能調出編制上多餘的一位。她表示不是要和我競爭，聽說教育局方面不擬定派出，所以她要校長同意和那邊的校長雙方同意就可。她進校長室去，我在辦公室聽到校長對她大聲喊著說，太遲了。她回到辦公室座位時我問她爲什麼明知我已提出申請書還要這樣做？她說有人要她如此做。是誰？我問她；她堅不回答。約十點多鐘郵差來時到我面前說他聽到我要調職到鎭上，我說還不一定，派令未下達。顯然消息在鎮上傳開了，於是我想到這是件微妙的事，那位女同事不回答是誰要她申請，這就表示是那邊的校長極力要她去，而對我要去表示拒絕。原來這件調職的事學校原擬定另一位女同事調出去，但她過去因為車禍精神不好，好幾年神經不正常，她的表叔（在本校當教導）替她承當一切責任而保留了職位，現在健康稍微恢復正常，教導表示依其家長意思還是留在本校由他監護，所以才另外徵求我的意願，給我這個機會提出專案申請。我猜想那邊的校長大概嫌我古怪，因此不表歡迎。事情看起來是極明顯的了，因此調職的事恐怕在人事方面各方都陷入了僵局；教育局的人受人情包圍，校長已經提出我的申請書，不能再重複答應第二個人，市區的校長表明了態度，現在問題關鍵在我是否要放棄或堅持。前幾天我已表示我的看法，調去鎮上並沒獲得什麼特別好處如果大家對我個人有偏見，顯然於我並不好受，校長不歡迎，我去何用呢？我本持能去或不能去都無所謂的態度，但問題看來他們的作法顯然了勢利的面貌，我就甚厭惡這種作風；一個教師只要按步就班工作，其他都是單純的，我並不需要看校長的面做事。現在我保持沉默，不明白表示退讓或堅持，看看未來發展如何。

有關現在市區的校長，是一位資深受過表揚的女性教育人員，她未婚，身體瘦削，外表給人一種謙讓多禮的印象，做事講關係，喜愛權術，據說該校過去和她同事的人表示，她掌握一所規模如此宏大的學校缺乏應有的果斷，處處只以女人家的看法，有些嘮叨。這些批評是否正確我並不重視，我要特別提她，是一件影響我一生的往事，她是這事的關係人物。當她曾是我讀小學的教師時，她帶我們到新竹去參加中學入學考試，大多數同學那天清早都穿得漂亮整潔，在火車站集合時她發現唯獨我赤腳沒穿鞋子，她大表詫異，拉我到一旁問我，我坦直地說沒有鞋子穿，她略知我家的情況，因此安慰我說，到新竹她要買雙鞋子送給我。本來我赤腳慣了並無所謂，但經她一提，我頓感羞恥，在火車上我一直想著這件事而偷偷地面朝窗外流淚。我們經過安排投宿在新竹市區的一家旅館，那天晚上我自卑得不敢和同學一起睡，只躲在角落裡面向牆壁暗暗飲泣。二天的考試我完全受這事憂擾，因爲在我小小的心靈裡一直在盼望期待她對我承諾的關愛，可是她始終未再提起，漠不關心的忘忽了。回家後我開始陷入孤獨憂悶的心態，決定不讀中學（那一次全體應考的同學都沒考上），後來父母經人勸說，催我再去報考大甲中學而終於考上入學就讀。奇怪的是，調職事之前我突然重憶起這件童年刺心的往事，欲想鼓起勇氣親自去拜訪她（她已年老了），告訴她這件二十七年前（當年父親逝世）的事情，要求她買一雙孩童穿的鞋子給我彌補和紀念，使我從此永遠脫卸自感難以補償的心理鬱結。但我想，她或許記不得這件事了，如果我果敢地前去，必定在我道出後使她感到抱歉和羞恥，要是讓別人知道，她以一個教育家的身分豈不感到難堪呢。所以我打消了這種危險的行爲。現在要不是調職的事，她也是關係人物，我是不會連想告訴你這件遺憾終生的往事；事實上想起它，有如重回那天的清晨，我心裡難過極了。

昨夜她問我是否我永遠需要我曾說過的心靈追求的異性目標（你大概在閱讀拙作中記得，我說過追求理想戀人的事，如果這世界沒有，我亦要將這追求轉移去表現形上的思想），我回答說是的。我這一生唯一具有意義的事就是完成自我。我對她坦白說，我在外面做事當教師是十分痛苦不得已的事，因爲那只是爲謀生照顧家庭，而非我的職志和理想，所以我顯露的一切都沒有人能了解（反而誤解），家長批評我，學校討厭我（連想到調職的事），沒有知己朋友，反受到誹謗，文藝界雙方（在野與在野）視我爲異類排斥我，是一個眞正活在現世的疏離者，如果你（指她）再給我吵鬧打擾，不給我精神的自由，我顯然是個內憂外患重重的痛苦者。的確我滿心的憂煩和痛苦，只想逃避到另一個自我存在的世界去。我希望你（指她）體諒和了解我的苦衷，而不要再用偏狹的情感束縛我，使我目前努力建立和維持的稍能容居的家庭分崩離散，加增我的苦痛。我再告訴她，如我不愛這個家，我不會在千辛萬苦中親自動手將它維持安逸，用理性去克制使我能承當人世的責任和義務，否則自可憑情緒放開瀟然離去。我希望她能看透生活的世界和生命的意義，使自己安於滿足和單純（將來年老我勢必將過更爲簡單的生活），建立對家庭子女的責任感，不可因情感的挫折和敗傷而放棄這些任務；而我的精神理想那是我的另一個生命世界，不屬這塵世，也不屬於她，也不專屬於任何人，只有屬於我自己。她傷心地表示只要我付出生活費，她不再管我一切的事。我聽後反覺憂傷，遺憾她與我之間的差異，而不能慰足我精神的需求；她以一個平凡的女子做爲我的妻是太可憐了。

九月十一日

調職的事經早會校長的報告，縣府教育局要以積分高低比較做決定，讓有意願的教師重新申調，這樣看來我是無望了。這樣也好，我已沒有興趣去鎮上的學校，可以不必爲這事再煩心了，還是定下心留在原處。所以請你寄來的信函依照舊址付郵；我也決定今天下午將這十幾日來的日記寄去給你。另有一事，前二次我付郵時是加用「快遞」，我不知道它是否早一二天到達，請你核對一下郵戳日期，將實際情形告訴我，以便決定今後是否繼續用快遞；如果沒有早到，多花郵費實在沒必要，要是確實能早到，多加的郵費是值得的。以後我可能半個月或二十天付郵一次。

回想這四十多天來的日記，對我竟產生了一個啓示，我也在這段期間完全放開過去的習慣不再思考創作形式的問題，反而以自由的日記方式直接闡述我心中的理念（往日我全無日記生活的習慣，現在算是首次嘗試）。我認爲這是認識你之後，所自然發展的有用的表現形式。我曾告訴你，準備繼續寫一年，直到你的學業結束爲止；到時你會面臨另一生活的抉擇，你是否回來和我相會，或繼續另一階段的學業，總會在那時決定，我也預計在那時將日記告一段落。因爲已經有了開始，我希望我們都以誠摯的眞情往前努力。

九月十二日

第四封

現在我尤其盼望昨日寄出的信能早一刻到達你的手裡，因爲距離前一封有半月之久，那時你可能爲了我信中吐露的消息而驚嚇，可能每日都爲了事情的發生而感到不安，心裡本是自然伸出的情感像是受到了警告而突然縮住，好像夢醒的人對夢中情景的怔愣，疑惑自己到底做了何事，平順的日子突然加添不快的因素，從此拂也拂不去沾黏的苦惱。那麼我想這個後到的信函是否會給你一份希望呢？希望什麼？我不便揣測，你自然會告訴我你的眞實感受，我不會愚傻地模擬你的願望，然後僞撰信函中的情節，或爲了我個人自私的目的，設置了圈套，像一個預先設計結局的小說作者，有意安排那容易迷人的陷阱。在我的信念中這一切都是徒勞枉然，在我的創作或在我的生活裡，沒有這些炫奇惑目的東西，除了眞情實事，什麼也沒有加添進去，因此我的信是否會帶去給你符合的願望，我就不知道了。而且，親愛的，你我都生活在個自的時空，同樣，除了眞情實事外，沒有互相約束而都擁有自屬的自由意志，隨時都可以決定自己要做的行爲，甚至隨時都可以否定前一刻的承諾，如果你願意承認我們是在相愛，那麼你是在最自由的環境裡，你是在對神表明這份心願，而不是對任何人。因爲，我現在想起來，也是早先就有的感觸，我現在要把它說出來。我們之間交往的信函，像是太空中星星之間星光對星光的相互映射，接收到的是千百年前的投遞之光。當你接到我的信息時，我已比那信息往前走了四五天了，你的情形亦然，我們永遠無法知道對方的現狀如何，除了文字上所記述的可供想像的形象之外，眞實現況中所顯的形態都一無所悉。我們是這樣的滑稽，親愛的，我要呼叫你一千遍，就是叫你一萬遍，乃不能勝於當面輕輕在臉頰的一吻（我心中永遠清晰地記憶我們在台北火車站告別時互相吻頰的印象，我被你吻到的那一小塊地方只要我想起來就像特別的敏感，幾乎要活潑地個別凸跳出來）；我說滑稽是我們像是愚鈍地做出任何人都不可能想去做的事，好比舞台上的兩位扭打的小丑，你捶打我的腳，我需要想一想，然後才感覺疼痛而跳躍呼叫；或我告訴你一件本可能好笑的事，郤讓你嗚嗚地哭出來。就是這樣的不可思議，只可供人娛樂，却不能惠及自己。任何人知道我們的事都會搖頭表示不可能。是不是這樣？我們這兩個天眞浪漫而又充滿苦心的人，却做出互相折磨的傻事。不是嗎？我們除了對自己信仰的神明（理念）承諾外，我們沒有對任何個人做什麼可行的承諾；我們是爲愛自己而不對別人表示任何愛意，我們只有思想之光，沒有任何的現實實値。將來也唯靠神靈的安排（堅靠的理念）是否會見相親，或者各奔前路成爲陌生人。現在是我另一封信函（第四封）的開場白，像一本書的序言，不論我的語言如何零碎不連貫，但全書的意旨都涵蘊其中，我重新對你表示愛意，好像另一時間的星光，憑著它逐一而不斷地放射構成存在的事實，好在我們堅信的思念不會不承認它的不眞實存在，憑著這些編織著我們兩個人的故事，不論內容是悲傷或喜樂，我們只關心我們內心眞摯的希望，彷彿聖·保羅執手不放的信念，只爲期待那現在眼所不見而却必定在將來會蒞臨的物事。

我在昨天下午四點鐘寄完給你的信後，回到家休息片刻，準備到海濱去。當你接到信時一定先會被信封上貼滿的郵票迷惑了一陣。我要解釋一下，不是出於故意，原因是我看到郵局公佈欄今天發行新郵票，四張一套只值二十五元，我問郵務員總共的郵資可以買幾套，他說四套有餘，因此我便將所有的郵票全部貼上，完全把信封上的空間都佔滿了，只露出你和我的姓名和地址，有如我們在古器物的堆放中露出兩個人的臉孔，這樣做雖很滑稽，但可以給你一個深刻印象，博得你的一笑，也可留爲紀念。我到達海濱時正好漲滿潮，波浪很大，郤連一個人也沒有，我下水游泳後才陸續來了一些人。不久，我便離開浴場，奔往我的聖地。以下的詩句是我記述我單獨在隱密的處所時的眞實情思：

當我一絲不掛的身軀仰天躺下
在幼小的木麻黃樹林的海濱之地
天空即刻響出驚歎的嘲笑
那是不知名的小鳥不期然地飛過樹梢
連牠都不知道此地是我的聖林
一個孤獨寂寞者擁有的自由之地

雖然時有遊歷的腳步在外圍傳過
有那劃海的船隻出沒，但無妨；

因爲我在此奉獻心裡的愛思
表露我渴慕返回自然的意志
在經歷歲月的折磨困頓之後
在此解脫束縛使天眞呈露

我高歌呼唱心中繫念的愛人芳名
聲波如浪環環越過萬里重洋
我的愛人是純潔善良的處女
她牢記我的形象知我滄桑

潮汐有如撥弦聲聲哀切數落
此時低垂的夜幕將重重染墨
而她在另一國度甦醒自晨光中
而浪音重疊不輟寂寂訴説是誰

在這幼小的木麻黃的海濱之地
聖寵是否降臨充滿我心？
不知名的小鳥折回叫出美讚
一朵黃昏的彩雲凝成她的眞相

九月十三日

我同時接到你的兩封信，有一封是你在布城九月四日投遞的，另一封是六日付郵的，我依照日期的先後拆開閱讀。我專注地披覽你精闢的議論，感覺到你似乎挺直著脊背，嚴肅地對我責罵；你內心憑著生命的存在眞理想要袒護我的作爲，却又以社會道德和責任的成規予我無情的判決。我在你的面前發出顫慄，就如在現實中我常受人的指責，得不到一點同情和庇護。所謂常理者，是使人痛惡的假冒僞善的表面事實，它劃定時空的界限，就發生的事實做爲判別依據；但眞正的本源並沒有人去追究，眞正魁首是那躲在背後，埋在意識裡的本質和心靈。是這種本質和心靈受到環境的影響後，使人成爲藝術家，成爲政治野心家，成爲殺人者或聖人，成爲凡夫和賤女。當我們想要了解自己或別人時，最重要的就是經由表面的行爲的演譯而認識到本質和心靈。我們都讀過卡謬的《異鄉人》這部一位現代人的悲劇故事，前半段的曖昧情節，它的陰霾氣氛正適於在後半部有清晰的哲理的演述。它說明了本質和心靈的存在（當它啓發作用時它的理由何在），今天我爲我自己解決的重要課題也是如此。有一度我對我自己提出「不完整的本質」來做爲一切行爲的理由，以爲一切行爲都是本質和心靈的片面綻放和發作，它不包括全知，但我們它完整的存在。這些事情其實不必我再來重述，你的知識已經足夠了解在我身上發生的事情，我想說的是，我非常喜悅你信中想到要發論的部分，讓我知道你潛藏而會使我顫抖的力量。我們並不太需要直接去抒發情感，說出一般戀愛中人的夢囈，卻可以在理智地討論問題時感覺到那份相愛傾慕、甚至渴慾的情愫。大致上你在議論後便會溫柔的呈露你眞正的心聲，使我在驚怕的虛弱後得到慰藉，好似小孩受到母親的責打後又受到她的摟抱和愛撫。

第二封信是第一封的延續，合起來是完整的一封，我在閱讀中一直在內心稱讚你（雖然你常中斷插進那些不必要的自謙或自我批評）。從昨日看完信後到今晨，包括我在黃昏時單獨去海濱，我都在想你信中的話，你幾乎告訴了我許多無比豐盛的問題，我一時間不能馬上有條理的分出來。我要回答你的話，我想不要依其順序，我要以自然的方式想到寫到。先說這種日記的方式是小說形式的追求者最後解脫的堡壘，無比的自由和奔放，正合乎我的不羈性格。總之，我看完你的信後，使我放心你並不爲那事感到過分的困擾和自責，你堅毅地保持著信念，這種愛意尤使我對你刮目相看，因爲你其實具備著奇女子的所有秉性和節操，我從你處獲得從未有過的安全感。那件事現在已安定下來，將來也會有好的發展，只要雙方能理性相對，就會有好的解決辦法，我爲我個人想掙脫俗世束縛去追求本質和心靈的自由，我相信將來也會如願以償。有你在，我會心滿意足，現在還有什麼比愛你更重要呢？

我感謝你照顧我的方式，注意我的健康，我的知識水準，更注意必須要有合理的情感。我每日所關注的也是這些，有你的叮嚀，更爲我注重；你知悉我的缺陷，你懷著愛意哺育著我，我能不感慶幸遇到你和感激你嗎？像余氏的理論，其發表的論文我當天就看到，並注意他所說所例舉的。他的理論表面看完備不漏，具有參考和學習的價值，但同樣以語文爲工具者，不難看出那些條例的疏漏，因其約束和規範很可能導入呆板的公式，誠可做爲來往公文的典範，對熟知事物的交談有用，未必對全心探索的創作適合，要是他能有一份「語言是心思的模擬」做爲前提，就不會爲人誤解和反對（自來余氏的論文常露霸道而無內在的精密，有如其詩作外表烜赫，內在的心靈含混籠統；也就是說做爲詩人，其學養奇優，但詩心並不自然和精道）；心思是辨別個別事物的探針，了解和分別時空的權衡，語言是最後呈現的代表符號，其組成和造句都必須依據心思的判斷，顯露個別事物和時空的特性和景況，必要以細緻和完整爲理想，如憑著意思相似而移入代號，只求語文本身的條理和格式，就猶如在庭院觀賞的假山景物一般，雖然讓人目睹無疵的佈置，和一番約簡的條整而有賞心悅目的功效，但與自然（可能蕪雜）相比，也就喪失到文學探索眞理的主旨了。有如現代的諸種新批評，大都是工具和程式的應用，只求即奏功效的目的，因此探討創作之本源的心靈問題時，就無不顯示其斷章取義之疏忽和裁害了。像今日之哲學，日漸走離而式微，忘掉原先目睹與親臨的眞相，在頭暈目眩中指著地面自己的影子爲上帝一般。我衷心盼望將來哲學與神學能夠由這分歧的徑道再度會合成爲一條主流，人類也唯有在謙卑中才能受到恩寵。

九月十五日

親愛的，我眞的不能確定你是否愛我如恆，但我現在的確想愛的只有你，唯一能愛的也只有你，我因愛你而想像我們的前景，許多計劃都和你連在一起，無論我在那裡和做出什麼，我都想到你，恨不得我們現在已經在一起了。想到我現在不能當著你的面和你說話，我們相隔這麼遠；

想到你是這麼年輕，這麼潔身自愛，我和你有許多的差別；想到這世界這麼大，這麼易於變幻；想到一切可能想到的任何事，我便因愛你而痛苦。我眞的對於想到的一切不能確定它不改變，不止是我的經歷這樣警告我，我想你看到的世象亦是如此，怎麼不使我憂慮而害怕呢？我可以想像你是抱定著不變的愛意，你的秉性相信單純事物的優美，你會說愛我就是愛我，絕不二意；我也是一樣，毫無選擇，相信你就是我要愛的人，我更相信有你我會獲得生活的美好，生命的滿足。如果話這麼說，事實也的確如此，這種毫不考慮其他因素的果斷，豈不美事何足煩心呢？凡是戀愛的人誰不說出山盟海誓的呢？但眞的凡事永不改變嗎？所以我因每天隨情緒的起落所表露的心思，便會如你所說的「爲什麼你會一下說很愛我，下一天就變成懷疑我對你的情感，再下一天就變成不確定你自己對我的情感」了。其實這豈不證明我因愛你，將我一顆隨日月反覆洗淘的心呈現在你面前嗎？我每天要告訴你的不是那起伏不定的眞實思想嗎？你要知道的不是這些可靠的資料，難道你只要一張「我愛你」就可確定不移的契約書嗎？愛情如果像商業的契約一樣的可憑，每對男女都可以即刻走到法院公證結婚，事實上也可能第二天又回到法院訴請離婚。我們應該要慶幸有這相隔的距離和時間來進行試探對方和自己，所嚐到的痛苦也並非不値得。疑問可使思想縝密，討論可加深了解，探試可以鞏固情感基礎，誠實的表白可以讓對方選擇和信任；與其說我們現在是互表愛意，不如說是探討愛情，不經過奮勉和辛勤，何能知道愛有多深呢？關於那篇〈愛情〉的小文，我說出我個人的體悟和認知的看法，是自然的普遍眞理，你疑問我和你之間有不同的看法嗎？那麼你個人的看法又是如何呢？如果你是指就我和你兩人的愛情而言，到底會不會應和我所說的，那就不一定了；我說的是全體的，不是個別的；我們兩人的愛是專屬於我們兩個人能了解的，對別人而言是一層封守的秘密，別人要說什麼，都可以和我們的親身感受不同，如同我們也不確定明瞭別人的事一樣。我最主要的爲文的涵義，也不能肯定用語句界定愛情的眞義，只能做到譬喩；但愛情卻有原則，要認眞地坦誠地注入眞實情感，隨著自然安排的命運以不違抗的態度去完成使命，只關心是否去愛，而不計較後果的得失，只要現在去愛，就是永恆。

現在我有點力不從心，還在宿醉的疲乏中，上午只能提起精神教一節課，便讓學生去寫作業，我提起筆來感到無氣力，寫下的語句並不太選擇語法，腦子的作用只能隨想到就成了，回答你的問題並不重作考慮，是那天看信後留在心裡頭的印象，把印象的反應演譯成現在的文字。我爲何會如此自我摧殘、自我折磨、自我戕害呢？親愛的，可能是我心靈飢渴的緣故罷。昨天（星期日）十二時我趕到台北的明星咖啡屋（我們在台北的第一次見面）三樓，去參加現代文學作者們的聚餐會，我原想去看更多的人卻只見到年輕的一輩；只有白教授給人的印象是熱切的，久以前就聽過人家說他是小白臉，依我看來這小白臉三個字是不好聽，意思也不好的形容，我應該形容他熱情洋溢，天資柔美的男人，當場就有許多不相干的女孩子（大學生？）對他表示傾慕，要搶拍他的照片。午餐並不供應酒。有人這樣說：白教授這一次到香港，左右兩派的人都對他大爲瘋迷，這情形依我的看法是顯然而不待言的。他展佈的熱誠笑容頗得人緣，堪稱笑容可掬，儀表出衆，使人傾心。突然楊老先生來了，大家自屬意外，但都對他的那份孤軍奮鬥的精神感到敬佩，我在十多年前曾在他的台中東海花園與他相處幾星期，這次是我離開後第一次見到他，他依然如故，是個讓人可嘆的固執老人，時代不同了，他仍然沒有改變態度。他是台灣文壇的老前輩，意識很尖銳，我承認與他不能在精神上互通，見解不相同，我曾聽過他批評我的作品是貴族的東西，不是他們要倡導的鄉土寫實，由這一點可見他不了解我，只是他意識上的固執之見罷了。談到寫作的觀點和表現，我和ＨＳ（也在場）先生較能默契，我非常喜愛他翻譯的西洋名著，如福格納的短篇小說選。那些年輕的一輩，這一次的聯合報小說獎有多人獲選，他們顯得高興而有自信。後來我和一位老朋友梁君到他的寓所，他有一瓶貴州茅台酒，我便在那裡陶醉了起來。回到家已凌晨約近二點，天氣悶熱加上酒醉，洗完澡後，竟然腦中醒著不能睡眠，然後在七點半到校時才漸感虛弱。我愈放浪就會愈渴望你，好像我是因為沒有你在而才去放浪的，這是天下男人的第一等理由。你罵我是罪魁，我應叫你禍水，你就快要把我淹沒了。

九月十七日

自從通信以來，你有許多我應該即刻回答的問題，都因為我忙於記述個人在此的生活感受而忽略了；有些問題我存在心裡頭，必須等候我了解清楚而有感觸時再說出來；因此我只能隨著每日即興的思潮來臨時才能動筆。我不能想像你是否能適應於我的此等習性。我準備暫時放棄創作追求極端難以寧靜的心態。我很感激你的出現解脫了我創作的困厄。我現在愛你，將你置於眞實與夢想之間，我想你不會對此感到不平和生氣罷；假如你掌握到我的特性，你便會欣然接受我對你的看法和期望，因為我將視你為「美」的眞實與「美」的理念而對你傾述我滿腔的熱情，我生命的力要為你一步一步的抒發出去。當你說：「這種追求，不到你感覺安定及滿足時，你不會停止。」你實在說得對，把我看得很清楚了。對於人性你比我懂得更深入。你又說：「你不應該衝動著因爲社會或本身需要而結婚……。」你認爲我的婚姻是爲著你說的社會和本身這兩件事而爲的，憑這一說，你又把我看得模糊了。因社會或本身需要我想並不盡然，我想不太像似爲此而種下種子，也爲此必須承擔。如果完全是爲社會或本身的單純目的，其欣然承擔它的種子是無庸置問的，也不會發生任何歧途，像老一輩的觀念一樣，人在社會的規範和人的單純需欲下爲生，那種境況是平靜無事的，也就是人完全被視爲「物」的話，理想的人類社會早就實現了，永不會再有什麼變動了。但是人不是單爲物是你所明白的，男女的結合不可能完全在一個相同的理由和目的之下形成，相愛和結婚有個別的精神面貌，有如我和她的結合實在是一個內心事實的長長的故事，像我過去和H之間亦然，問題是我高高在上的扮演著一個自許或被期望的角色的無法長期維持和她的完全認可與接受。我和她結合只是受到當時的感動所支配，卻不明白那時的精神只是片刻的，好像一個演員誤以爲在舞台的扮演是眞實的，事後也相信現實一定也要那樣做，其實是做不到的。如果我們有一次在街頭攙扶一位老太婆走過馬路，由於做了一次，就必須注定永遠服侍於她，這是多麼不可能和荒謬的事。我不知道你是否明白我要說的意思，我舉例是因爲我現在不能明確地說出那種精神是什麼，或判定它好或壞；如果那被扶持過一次的人不能認識到當時對她的扶助是那人內心喚起的偶發精神，而以爲像她那樣的人事後有權要求只限定那人專門特別對她服務，這那裡是社會規範呢？兩個男女在某時某地因爲某種精神的契合而相愛，如果不把相愛的事實視爲可怕的僞騙，或許有助於這種精神的維持和擴展，像一個優美的樂句產生自心胸（所謂樂想動機，貝多芬最具代表），經過認可和經營展現成一個起伏有秩的動人大樂章，如此和諧持久的婚姻不是不可能。但像這種愛情人間少有，卻是藝術家理念的中旨。否則，在所謂的社會規範的強制下，誰都會懊悔，誰都會在互罵中指責對方的虛僞，把那種精神貶爲醜惡，把崇高的精神指爲個人私欲的藉口。博愛的精神在現世不能發揚和崇尙，實是被嚴重的誤解和屈辱所致。在所謂的社會規範的壓蓋下，男女之間的愛，變成都是強硬要求來的，而非自願的給予，所以在硬性的索求下便有恨和報復，結果必造成分離；而自願的給予，不但能自覺滿足和獨立，還能意外的獲得對等的回報，這愛必能長遠。所以理念的一致是相愛和結合的基礎，愛情摻揉了自私，必定造成顚簸和禍害。一般俗下說愛情是自私的，只是想把自私視爲一種人性眞理而去強索愛情名下的利益，我不認爲這樣會如他們所信奉的而必然獲得果報，他們最後都會因得不到而氣得跳起來詛咒愛情。

在現世人類的社會中想要新誕生下來的孩子在父母的維護下有正確或合理的成長都是不可能的，到底將來的人類存在是遵從自然，還是設計出一套理想呢？兩種極端都不能健全，只有這兩極端調和才是最明智的。至於現存的孩子們，我們只能給予祝福外，一無辦法，只期望他們能早日認識命運，將前途掌握在自己的手中，罪怪誰或誰都不理智，只會生出更大的混亂。我們現在唯一可以付出的是教育他們，像你我一樣經由教育認知的方法尋求自我存活的途徑，除此之外，別無補償的他法可尋。我和她不再相愛（有如H表示不再維賴我的精神支持，我便欣然退走，其他都是微末不足道之事），雖會給孩子們至深的影響，但只要我和她都能將自己的責任付出，使他們在護衛和保障之下成長，有一天他們能經由我留下的軌跡找到了解和內心的怒放。想到這，我希望現在能一躍過去十年，孩子們都長成獨立，而我在這人世終於也有放下承當獲得喘息和回返自由的一天。事情是十分明顯的，並不是你個人的感情而破壞別人的家庭，是和你所說的：「因爲你們彼此的感情不穩固，你們自己必須檢討。」這一切都只是我和她的事罷了。

你這一次的來信比前幾次的更能使我產生直接的感動，你的語句簡明，直接陳述了要說的要旨，而沒有煩帶多餘的解釋，這一點恐怕使我要改進我給你的信的寫法。唯一我與你不同之處，是當我說出一件事物時，常在我的腦中產生各種樣式的聯想，我的思緒總是要去觸探許多角度，也這樣地被我認爲才是說清楚了它。有時我指的現實，在我說出它時會自然地搖醒一個我內心本要闡明的理念，因此便將我所信奉的眞理牽拉了出來，變得喧賓奪主了。

在你的信中我沒有發現使我憂慮的事，反而我見到你赤裸的表露，你將你的最實在的情感具體地呈示出它的圖像和意義，這一點能不讓我感奮萬分嗎？我要呼叫你最親愛的，直到力竭爲止。在我們互往的信函中最好是想到什麼寫出什麼，不要讓它遺落，我們應該不怕蕪雜，而最怕那種不能信實的公式。在我結束今天的記錄之前，讓我再說一句我愛你。

九月十八日

我欣然接受你說的「愛」字，因爲你必須在心裡經過許多微妙的掙扎和思慮，最後才能脫口說出這個字；假如你說過去從未有，那麼在說出愛時會覺得害羞是很自然的事情。當你說出後，我怕你把它收回去。我必然要接受，無論有如何困難的事阻擾，我也要設法留住你給我的「愛」。你知道我過去有多次與女人戀愛的經驗，包括我的婚姻，沒有一次是成功和美好的，這種情形使我感到慘然辛酸，說明我的生命愛慾沒有獲得滿足（你亦在信中說到我不滿足的內心衝動）。我無需隱瞞我內心的需要，由於我的運氣很不好（我的個性無法承受女性的冷默不睬，所以都不敢進取），在四十年的生命中從未遇到一個純潔如你的女性，也由於過去的創痛，我更不敢主動追求，只盼望能自然地碰到，自然的吸引和攝合，雖然年華已過，內心的愛欲是永不改換的。如果我的運氣要壞到七十歲，當那時有一位少女自然地投向我，我將毫不遲疑地與她戀愛，這是一種生命秉賦，並不覺得羞愧或難當。例如你的信念是和我相同的，這一次就是一個難逢的機會，也使我稍知你的觀感後，我就催迫自己要去見你，從中想去愛你。我常在這些日子裡回想我們相處的那幾次短暫的時光，它使我幻覺和認可是我的愛戀的永恆，你貞潔的信念使我像騎士般尊重你。一個處女生命的驚慌和哀求使我憐惜。我對你的愛，絲毫不敢心存自私的念頭。我可以表示出我的願望，說出我的幻想，但我不能以此強求於你；只要有一天你認清而決定了，才算是定論；只要有一天，你來是想和我共同結成一體，才算實現和完成。

你說我們的事如何兩全，你要我去做決定；我認爲決定是困難的，現在也沒有兩全的辦法。因爲你不在這裡，你的學業還未完成，你和我都同樣是不自由之身，我現在就是決定什麼，都不可能實現。我認爲現在我們所保持的關係，漸漸會逐步邁向成熟，自然有助於把一切事情演變到勢所必然的結果。那時自然會有可行的辦法，也才是決定的時候，你說是不是這樣？我不想太早決定留捨的問題，我們的通信也很順遂美好，我們只在過程中才走了幾步，我並不急躁地有太早可見的結果；我們越走得遠，越能接近符合我們理想的景致。現在我說一句我愛你，那是膚淺而不能算是什麼，但當有一天我對你已說出億萬句時，會深刻進入你我的內心，在我們的體內裡會充滿感覺和感動，已經是重新組成的生命肌膚。

郵差在我結束最後一句話時突然進來遞給我一封你的信。郵截的日期不明顯，這封信大概是十五日寄出的，我看你信函內最末的記錄是十四日。那麼你寄出時一定還未收到我十二日寄去的信，現在大概收到了。我開始展讀時就意外地欣賞到一段極爲優美的散文，寫著臨近午夜時在圓滿的月光下從圖書館散步回家的感觸；好極了，你現在還能再說你笨拙嗎？你是功課太多無暇去寫作罷。往下我就看到你談到功課的眞實情形，一個習慣於大學生活和培養的閱讀能力下，也許並不覺得繁重，但以我的情形，可眞要承受不住了。說起來我讀書實在太少了，以現況來說，一年讀不到十本專著（雜誌報章不算），前年我重讀《卡拉馬佐夫兄弟》，竟花了將近一學期在校找空的時間，當我重讀《戰爭與和平》時亦然，許多書我都在重讀，如《白鯨記》，但我的心情與你不同，我是輕輕鬆鬆地讀，一面思想，毫無壓力。我一向讀的慢但思想的快，譬如我看《馬太福音》，還企圖去唸那中世紀的英文的音節以自娛，一天只定一章，包括筆記，結果一個月的時間竟完成了那本可笑而幼稚的書，事後想起來亦覺得自慰。在鄉村這六七年間，我系統地看了三十七本威爾·杜蘭的文明史，在認識你之前剛結束；大部分應自修的小說名著都在這之前（台北時光）看到的，現在則隨時有隨時讀，不那麼認眞。三年前罷，我重讀《簡愛》，因爲想和電影重做比較，但另一本《傲慢與偏見》則一直不敢再翻來看；有時想重看一本書是需要下勇氣或內心的催迫。早年（當兵時期）我讀書較爲認眞，主要是年輕力壯，加上苦悶的求知慾使然，那時影響我最深的一本書是蒙田的文選，至今我在散文的表達方面依然對他十分懷念。總之，談讀書我不敢和你們大學生去比，但寫作和思想則比較自如。

九月二十一日

昨天我沒有繼續寫，是時間不夠，也說了太多，應該暫停。近幾日下班後，我總和一位精於棋藝的校工何先生下一二盤象棋才回家，昨天只下了一盤，回家後急急地奔向海濱。這幾日和你交談了我們的問題，使我省略了在海濱的自娛之事；事實上我過去對海濱的情趣描述的極多，現在情形大致相似；想略爲一提的是，海浴場已經沒有遊客的人跡（除了在海堤工作的幾個工人外），整個海灘在我到達時都像是爲我單獨一人存在的，我一個人下水，四處奔跑，自得其樂。我自忖今年的海浴日子已經不多了，進入十月海浴場的營業結束，就要交回海防部隊管理封鎖了，我心理上特別珍惜最後的這幾天自由的漫步和排遣。當我一個人獨處在廣大的海灘時，就好像中世紀時代法國的一個孤芳自賞的伯爵，除了整日和他的愛馬奔馳荒野外，既不慕名利，也不追求虛華的生活，也不接近傾慕他的女性。這部片子是法國羅傑華丁導演，由珍芳達和一位我不知名的男角主演，那男角的模樣和性格幾乎與我相似，我以爲是遇見前世的我，使我感悟他的舉動和內在精神的秘密。珍芳達是他鄰近富有的采邑的女伯爵，因邂逅他而愛上他；但他對她極爲冷淡（並沒有第三者介入），使她妒火湧起而企圖焚燒馬房，他爲救愛馬而燒死；她爲了懺悔而一反過去驕淫的生活，自守在宮中爲他編織一張氈圖，但神秘的火把它燒毀了；有天她無法消逝心中的慚罪，在郊野遇到了那匹馬（牠的主人放走牠奔出火窟）對她走來，她撫摸牠，想念他，騎上那馬消失在野草燃燒的煙霧中。我從未見過那麼扣動我心的電影和故事；這部影片是和另外二位風格不同導演不同的短片合成的，有如三個短篇小說合成的一本書。這大概是十年前的事，不知你後來看過否？在我的意識中，常將法詩人梵樂希的〈水仙詞〉中的納爾西梭（Narcissae），那孤落寡言的伯爵、和現在的我連成一體。假如你能揣摩我寫〈隱遁的小角色〉的動機，那時我已冥冥中自知我的形態已經存在了，後來看到那電影和讀梵樂希，更證明宇宙本已存在著這一種精靈。生命的自知莫不以此爲最大驚愕、傷感和滿足。

你談到的電影中，我只看過《廣島之戀》，對它的藝術大爲讚賞；另二個日本片，我從過去對日本的了解印象中知道他們的手法和主題，如《怪談》和《羅生門》等。尤金．奧尼爾的戲劇我沒有深研，但我喜愛他和希臘神話的傳統有承續和擴延的表現，以詮釋人類心理的秘密。昨夜我花二小時閱讀《路得福音》，除了耶穌幼年的事外，我沒有其他的大發現，當然在文學上而言，路得與馬太、馬可是不同的。《使徒行傳》我心裡早有準備要加以探索一番，經過你一提，我興趣大增，決定擇好一個時間一步一步細讀。你說的那句研究所神父的話——**不要犧牲你的肉體去滿足你的心靈**——剛看到時像是愛到一個啓示而驚喜，也像是受到一個大警惕和打擊；我在閱完《路得福音》後，經過另一段思考，則又覺得它曖昧和含糊，問題在「犧牲」「滿足」的意義限度上，和「肉體」與「心靈」的解釋了解上，不能有哲學上肯確的定義。因此這類格言似乎受用無邊，也像是一無用處，現代人的精神可能大反其道，姑且說爲——不必要犧牲你的肉體且能滿足你的心靈，如果不是，何足知悟心靈之存在呢？因爲滄桑的代價是生命的認知和開悟。我不知道你的解釋如何？我是否可以請你發表你的見解？

你說你隔了六天不與我交談，你說我明白，也會如此做，我不甚明白。除了事忙的理由外，我就不能懂得你那不宣的秘密了。不過，親愛的，你不要誤解我，以爲我們通信交往的方式是我一個人主張制定的。我完全是我自己要這樣做的，我並不限定你必須依照我的方式逐日去記錄；無話可說就不要寫是自然的，我也是同樣；我可能也會停頓幾日，但我認爲寫或停頓都應在自然的情形下，而不是旨在隱瞞某些事，事實上我們不可能任何鉅細的事都記下，只能記下對我們有益的。我倒高興你多讀書，把功課做好，而少寫信；無論如何，你要忠實於自己甚於忠實於我。我是爲了日記替代其他寫作的表現而多寫，你根本不能照樣去做。我請你必須要有所分辨，並且表現你自己的情感方式，而不是事事遷就我，這樣你會感到無聊和疲倦，最後也可能導致否決一切。我目前和她相安無事是當然的，我也以寬納的心胸處理生活中的事，不必爲我操心；我有多大的感情也就有多大的理性追及它，這一切都在我的良知顯現之下成爲秩序。我愛你，是爲了我孤獨的靈魂，不爲了什麼，你明白嗎？我追尋我的理想，不單是俗世的慾情，而是指望更高的境界。親愛的，你不盼望我就是這樣嗎？我攀登天庭的雲梯很久了，我的孤魂不能忍受回降地層。好吧，總說不完這類的話，我不再說了，會使你覺得我神經而煩厭了你。我要匆匆結束了，鈴聲已響，學生在蠢動，一會兒教室就要彌漫打掃的灰塵。

九月二十二日

經過了一個星期天，我來學校打開抽屜拿起筆記本時就格外的高興，彷彿打開抽屜就能面對你和你說話，要說的話很可能都在昨日想到，或面對你時自然要說的事，譬如我要向你問好，如同你在晚上就寢時向我道晚安。我覺得這很有趣，我的心仍像小孩子時一樣天眞，不覺得不現實的事有什麼不對或不好或可笑（小孩玩玩具，玩具在他的思維裡有特定的意義；又如數學中的代表符號，它代表宇宙事物眞實的存在。）我倒覺得現實的事是帶來苦惱和痛苦的原因，而惟有用這不現實的作法來逃避；不，不能說是逃避，而是純粹。（我們在數學的演算裡去求取眞理時，其快樂是現實事物的獲得無可比擬的。）許多人批評我是逃避現實的作家，自戀狂者，我自樂於我個人的想法和表現有什麼不可呢？那些批評都不能構成對我的威脅，只說明他們是什麼傢伙而事實上並不了解我。我不想讓人完全的了解，雖然我的文字語句如此清晰條理，但他們不知那裡面所說的到底包含著何事；因爲讓人完全了解在現勢上便易於被人利用，有如三十年代那些激奮的作家，個個都是政治和他們的名利心所驅迫的利用者，是十分可憐的。英國二十世紀初有位畫家兼詩人布拉克，黎巴嫩的先知作者紀伯倫，我很喜歡他們，原因是他們也具有神秘性質，可以用心靈交通。其實並非不讓別人了解，只是他們用了心靈以外的膚淺理性去解釋而不能做到完全的溝通。我們來談盧梭，這位我喜愛的人，他也是純粹的人，但他將他的想像現實化起來，雖使他成名，卻帶給無比的痛苦，受到那時理性主義時代的人的排斥和誹謗；他的作品現在看起來都膚淺了，但他的人格永遠使人懷想，因爲他是個思想毫無惡意的人，他太坦誠而使人懷疑他的人格，他把他的肺腑掏出來，而人們還疑問他有所隱藏。一個像他那樣爲時代所誤解的人是非常不幸和痛苦的。我從小就受到生活環境的磨難，受到同學的猜忌，受師長的愚弄和誣衊而充滿痛苦，現在我知道如何保護和藏匿自己。大多像盧梭和我這樣的人，經歷過一大段生活的掙扎後，唯一願望的只是逃避現實和自求平靜，其他就沒有任何奢望了。在古今自傳性的著作中，我最愛盧梭的懺悔錄。我和他的不同之處在於他晚年完全是逃避迫害和病痛的折磨，而我並不恐懼這些

（我並不如他有名），所以還能編織夢想讓自己容納其內，還能瞧見理想的愛人，呈現不息的生命力。卡夫卡我並不怎樣喜愛，只是敬佩他的騎士精神，他和唐吉訶德的塞萬提斯應是同等價值的人，惟他們的處世一個是嚴肅的德國派，猶太人對上帝的使命感，一個是西班牙的浪漫精神，對快樂哲學的著迷嚮往；結果，塞萬提斯以殘缺的悲劇精神而終，而卡夫卡以憤世而自滅。前者是肉體的歷練場後者是精神的自虐者。我雖貧乏，但都能有他們的一點點心跡存在。

早幾天我收到一張酒會的請柬，是一位從商的北師同學邀請我在星期日（二十三日）到頭份去；我不但沒有去，反而將自己完全關在屋子裡，連門檻都沒有跨出一步。整個早晨我都在練草書，下午午睡後想到浴場去，但昨日黃昏的運動使我有點疲累，突然想到應該多花點時間看〈使徒行傳〉，此時不看欲待何時呢？我也答應你要認眞看，於是把劄記紙拿出來筆記；就這樣從第一章細覽到第八章，這個筆記是一種可以讓我全部讀完後保有清晰的印象，從中或可發現撰寫論文的準備工作。晚上我看了一部電視影片做消遣，一天便這樣過去了。

早晨匆匆瀏覽到報紙有一篇訪問台灣基督長老會的牧師談到他們在二年前發表的人權宣言的事，到學校後一直想看這篇整頁的獨家報導，卻那麼巧聯合報沒送來，後來郵差來了，我才由一位學生手中借來閱讀，看完充滿了感想。你在那邊或許也看到了吧？他們（牧師和記者）並沒有談得攏；只是因牧師們又發表了人權宣言二週年紀念獻言而再舊事重提老內容罷了。牧師的骨子裡很硬，卻躲在他們的神的保護下；記者惡狠狠地想把他們拉出來，但作法笨拙，自己先擺出主觀明顯的成見（官方的），對方只得避重就輕，一直躲在神學的衣裳裡不肯就範，一旦解開那件裡衣，赤裸地現出來，就可能有好戲在後面了。整體來說，那句使台灣成為「新而獨立國家」這句話已經夠明顯了，還用再說嗎？另一個問題是，他們是否和台獨同一性質呢？則不易辨別，似是而非，因為他們一直否認，也說過去的報紙誤解了他們。這事我在鄉下無法從外界獲得進一步的消息，只有靜待發展，也許明天可見到另外的人發言。

我想到你信中的一句極重要的話，你說「讓我們成為不同於朋友的朋友……」以下的話很具體說明這句話的實質成分是什麼，我不列出，你一定牢記在心中。我想問你，這是指現在或未來而言？你的感想是和我很相似的（不相似才怪），關於我們的關係，你一定費了不少心思去尋求一條合理可行的途徑（尤其在那事件之後），使我們避免就此絕斷。但親愛的，你的苦心就猶如我對現世的失望一樣，我不是不敢有果斷的決定（你猜這決定是什麼？）只是不忍你痛苦；當你說出做女性以來第一次的「愛」字時，對象是我，的確是太不幸了（你的話是用倒楣），你應該像一般女人一樣有幻想和做美夢，踏入實景的機會，不應就此直接陷入困境，這對你太不公平了。你知道，你也應有認識，現在對你而言，你要決定什麼，要做什麼，你都有權利去做，我只有尊重你，不是束縛你；我熾熱愛你的心是我個人的秘密（只有你知道的秘密），如有不良後果，是我個人自嘗的傷，你退去或你奔向我來，我的外表都會顯露極為冷靜。對於名分而言，請你查鑑我的心靈，你何止是朋友，不同於朋友的朋友，愛人，甚或什麼，你不但是我的朋友、愛人、妹妹，甚至是我生命的母親形象都是，誇大的說，你應是引領我步上天庭殿宇的安琪兒。如我在攀爬中墮落，那是我個人能力的事；如我登上天庭的殿宇，那是受你的提升。你對我何其重要，但這是我的夢。因此有時我會突感灰心地想說：再見吧！請珍重了；但我不敢說出來，因為我心猶存著一絲希望。你是不是也如此感想？不，你敢情就與我不一樣。總之，一切都是我在自言自語，事實上並不如此，我純然只是在作白日夢罷了。此時，我要淚流下來，但我的悲憤情緒把它阻住了，不讓它無故地溢出眼眶；我自忖我有廣涵的容量，這只是一點點痛苦而已，我還可以容納更多，這世界沒有我不能寬納的苦楚，我不會像你身感一點疲乏，工作過度露出稍許的倦容，就覺得滿天灰暗，以為這世界已經遺棄了我。

九月二十四日

正如我所料，今天的聯合報出現了討論的場面，但大都是批判台獨的不對，只有一位以分析的立場同情台獨的人物心理。許多人以為政治是複雜的事，這應指眞正的民主政治而言才是；我看在東方都是極為簡單，其目的是個人的利益為主，因為他們說為了政治利益，權位的分配，這就極為明顯了，所謂政治是管理衆人的事，就變成了個人利益的事了。另外一種抱大志的人，也是極為單純，他們是為理想而奮鬥，如印度的甘地；在中國就難能出現這種了不起的政治人物。所以中國人談政治說為複雜，是想隱瞞其私心而已，只有人與人之間所懷的鬼胎。如今報上談政治的事已使我厭煩了，因為眞話沒有說出來。

昨天我的記錄寫到最後似乎失去了控制，是在鬧情緒了，我心裡難過，就常常如此。回家亦感煩悶，想去海濱卻遲不踏出門，然後看天很快暗下來（昨天午後就沒有陽光），於是我倒酒喝；飯後振作起來練了三張草書，約一時半，覺得一無是處，沒有心得；隨繼翻開聖經做未完的工作，只看了第九第十兩章，筆記之後已十一點多了，再也支撐不住；關燈躺在床上，讓倦乏和煩思對我的身體和精神擠壓，直到失去了知覺。

親愛的，原諒我昨天在鬧情緒，說了一些波動的話刺傷你，也刺痛自己，我不想把它塗掉，讓它保存。我寫給你的，不論說得對不對，寫得好不好，想得是否理性，都不想事後修改，原樣保存。但現在我們放開它，不談感情的問題，許多不可能在書函中說明白的事，在我們將來的見面時必能迎刃而解；現在是因爲寂寞和空虛把我弄走了秩序，只要你在我的身邊，我必定溫柔待你，也會自覺精神百倍，做你贊同的事。我現在要和你談Saul（掃羅）的事，說出昨夜在那一小時清醒的時光的感觸。我打過去的美軍電台（現在名稱不同，頻率相同），赫然播出《出埃及記》的主題曲，說眞的，它十分配合我正要讀的〈使徒行傳〉，其巧合曾使我心裡大吃一驚，這是千眞萬確的事，不是我故意在此加入杜撰。那時的以色列先知的工作既偉大又悲壯，在前面司提反的答辯道出了他們民族流蕩痛苦的史實，然後痛責以色列現在的人的自私和無知而忘懷先知摩西的使命，以致他遭致石頭打死。愚盲而自大的群衆只要有人去說他們不好，他們就連合變爲一隻激動的野獸，將那說眞話的人撕裂犧牲。掃羅原本是一個在那種情勢下喪心病狂的人，他在途中悔改可以看出他的敏感和良知，最後回復心智的清澈，感知理想和使命勝於現實的情勢，所以經文中形容他爲揀選的器皿（這兩個字用得天衣無縫）。以上二個例子是聖經中〈使徒行傳〉最令人鼓舞和振奮之處，尤其是司提反，經上說他面如天使（也是最佳形容）。但我們現在讀經都不可受這類感人的事所迷妄；因爲那時候做的事是人類在歷史中奮鬥的一個過程，今日的使命不能和那時同日而語，如今還抱著當時的情懷，依其方法行事，已經不切實務了。那時民族國家的觀念是正確的，在霸權和奴隸的橫掃之下，非求得民族國家之間的權利和平等不可。孫中山先生創導革命，中華民國成立，求得世界以自由民主平等待我之民族共同奮鬥，亦是正確，然後世界其他弱小民族的獨立亦同等感人。這個人類的歷史理想便告了一段落。往後的歷史則是現代的有識之士所提倡的「愛」和「和平」，必須把國與國之間的侵奪清除，進行人類愛的時候了；今天我們如以人類自居，其使命便是如此，而內戰或政治的利益等事，都是無知和野蠻了。現在所謂愛國都是一個最起碼的基礎，不需要再強調，強調則把人看低，也說出自己等於僞詐（無知才對），和全世界的人民和平共存，進而與任何等人相愛交往才是必要的課題。如果上帝將聖靈如在聖經中給使徒的一樣給我們，那麼這個使命是一項新的任務。道是同條的，段落不一樣罷了。基督教之使我崇敬是因爲在耶穌的理念中，這條途徑極爲明顯，我想使徒行傳後面的部分必擴及外邦人，在耶穌之後的使徒，是分期完成任務的，我們也分得這一份職責，而且必然要去實現。所以在這條人類愛的使命下，私人間的戀情眞是微末不足道，爭吵更不應該，爲何我們要爲此苦惱呢？過去我寫作品時就懷有此思想，現在你叫我讀〈使徒行傳〉更加增我的信念，今日中國的社會政治問題都是中國人墮落和可恥之處，重蹈過去以色列人愚盲的道路，最愛上帝懲罰的明證，明智的人只有承受和悔改，靜默地讓歷史的流程過去，還有什麼話可說的呢。

九月二十五日

昨日下班後，我意外地在劣勢的危急中把那對奕者打敗了，他一直掌握在優勢中專志攻擊我，沒想到我的黑馬脫出重圍，躍前一步，他已經來不及極救了；原先我的一個卒子立於對方的王師之旁，他沒有早先清除它是個疏忽，結果脫躍的馬旁側一捋，王師便束手就縛了。我心中想念你，無心與他再戰，讓與旁觀大笑的校長與他對棋，回到教室繼續與你寫信。約五點半，我收拾好準備回家，轉到辦公室去，看到他們還在鏖戰不休，最後我看出他們會以和棋終了，就走開了。

晚上我繼續了〈使徒行傳〉的閱讀和筆記，完成了四章（到第十四章）就罷手。然後我把昨前兩天的報紙有關牧師的話和台獨問題的報導剪下重看，我想到他們說的話雖佈滿理由，却毫無智慧之言，既然大家都表示目標相同，爲何都拿不出辦法呢？所謂自由民主應完全訴諸於全民的表決而實行民意，今天的民意在那裡？搞政治的人就是捉住沉默的大衆這個弱點，大衆傳播被壟斷和獨佔，因此僭越了人民的權力，大放厥辭，厚顏地掛出人民的喉舌的牌額。我心裡暗暗地詛咒這悲慘何時完結，何時能做爲與一個與別民族同關愛的人類呢？我曾觀覽大預言家諾斯特拉得馬斯預言：從阿流申到印度在廿世紀末將有大飢荒大災難和戰禍，而他預言的大聖者何時出現呢？

我結束今天的記錄就準備給你寄去，這是我投出去的星光，預計你在本月的最後一天或下月的第一天可以收到，而你的光影何時到達呢？

九月二十六日

第五封

昨日我把信函封口付郵的一刻，簽名寫上日期時間是二十六日下午四時半，貼上一百四十元的郵票交給郵務人員，走出郵局後又轉回來詢問，因爲我忘了貼上航空郵遞的標紙（回想前一封信好像也如此），她抬頭用極大的眼睛看我，然後說替我貼上了，我道謝後再走出郵局。櫃台後面的這位女性郵務員，蒼白矮小，表情冷漠，帶著一股難以揣摩出眞由的懨懨神情，但做事卻極爲正經，不會使人感到討厭，只是她那沉靜的表情有點深奧，猜不出是私事或工作的關係使然，我抱著好奇疑問著。我是第四次寄上給你的信，這次我注視她時，發現她臉上的白粉更增加那冰冷凝重而神秘的神情。她應該只有二十出頭的年紀，好像是新婚而遭致臉色蒼白，我這樣想也許有點邪門；總之，她沒有年輕女子無憂無慮的清爽氣氛，內心似乎存放著某些事物而顯得有點倦煩的樣子；譬如上次我要求貼上新發行的當日紀念郵票，她只是停頓一下冷靜地望著我，我想她大概會說出話來批評或勸告我，但她把她的感想忍住了，也沒有笑，這種柔順的態度使我有點意外，要是在家庭或面對相處習慣的人，一定會發出脾氣來。她有點使人憐愛和探詢內蘊的樣子，可是我這樣想不一定正確，可能只是我的過分敏感。她說話平板低微，沒有一般女孩子響亮的特色，聽不出她有感情，也分不出屬於何種性質，與我熟識的其他郵務人員有很大的分野；因為這個郵局的其他人員雖與我沒有特別交情，但他們大都知道我是誰，對我頗親善，我看他們也沒有任何特別的異樣，好樣都很稱職，就是我們以為的想當然的郵局工作人員，工作爽快，充滿活力，有笑容，也明朗地對客人指點說話。她和身旁那位專管郵匯的小姐就大異其趣，她個子高大，臉上常露出緋紅的羞笑，說話快速，在工作表現上很認眞和熟練，與同事有說有笑，對答非常和諧，不拒幽默。但我這樣說並不是認為這一位不適於此種工作或不像郵局人員。她也不顯出憂鬱，完全沒有，只是看起來不太動聲色。我幾乎找不到確切的形容來描述她的模樣，或將她歸屬於某種易於明白的性質，她就是那麼令人費解罷了。總之，她也沒有可讓人指摘之處，那種自然天成的溫和也使人對她表示出禮貌和尊重。也許讓我說出她不是那種我們常易於了解而事實上是平庸的形象就是了，她也不會讓人產生極佳的好感，卻可能要對她有種關注。她何許人也，我不知道，也不想去從旁查詢，我無法再描述了，讓她自我適可地存在著罷。

我現在很冷靜，昨日卻相反。給你寄信的日子是我特意選定的，對我而言是大日子，會令我緊張或做特別的思慮。星期三下午除非開會外，並沒有授課，如此我才能整理好後早一刻到鎮上去投遞，其他日子都不適當；如無特殊之事，我可能就延襲這個決定，每隔二個禮拜，十四天寄出我給你的信函。昨天還有特別一記的事，那就是在前夜開始颳大風，報導說歐文颱風臨近台灣，氣溫降低了；但這裡一旦有風便是砂塵亂飛的，與夏季的悶熱同樣使人難受，也許可說更糟，好像把人的心吹亂了，無法安寧。我驅車往鎮上前，一心只掛記著給你的信函的重要，而連教室門窗都忘了關閉，今天來時校工才告訴我這件疏忽的事。一路上我逆著風砂，幾乎踏不前車子，到了鎭街時是塵砂滿面，頭髮散亂。總之，這樣的一個日子，必須等到付郵投遞完畢，心境才恢復常態。

親愛的，你是不是覺得我太愼重和吃苦而認爲我有點可笑呢？我坦白告訴你，我不這樣做，我也幾乎不能活。還有我原想將我的某些照片也寄給你，但昨晨出門（總是匆忙覺得時間不夠，以致上班常常遲到）時，我忘記從抽屜取出，我往回鎭上時又不願先回家，所以留待下回了。我們之間對信函的處理，恐怕各自的心緒有很大的不同罷？寄完信的第二天，我好似一個新生的人，輕鬆虛浮空洞得好似不存在，沒有多少體重，但隨著日子的推進和成長，又會一天一天地凝重起來，直到那星期三的大日子來臨，精神興奮到最高點。剛剛我閒著無事（學生各自在背書），我把自存的筆記和你的信函做一番整理，發現我已給你一百零一張稿紙的信文，分成四次，我將它編爲ＡＢＣＤ，以後順延下去；你的部分，有八次（包括在台灣的二次），重新訂好，編爲No.1.，No.2.……我特別選定一枝粉紅色的簽字筆，留置在大信封袋子裡，做爲處理我倆信函的專用。一切做好，覺得十分愉快和安慰。

晚上，她的咳嗽聲使我前去對她關心察問，這毛病她過去曾經有過，我不能十分了解她的身體狀況，每當我問她，她總說身體疲乏，有時是感冒所致，但大致上而說，她的體質本來就不甚健康。我心裡暗暗地以爲，病痛可能都來自於心理的問題，心理無法疏通生活的鬱結所致。她隨我這怪物生活，自來就是憂悶不樂的女人，一個處在現代文明的女性，只爲服侍家事是相當沉悶的，加上和一個心理上和她少有交通的男人的孤落行徑的刺戟，其中沒有多少物質條件做爲調劑和補償，這種在形式上的共同生活便相當糟糕了，她的灰心和失望，無以爲慰的感覺，是她轉換成某些病痛的原因。有一度，我懷疑她有肺病，但不是，像我過世的大哥患肺病的情形我是十分了解的；她的狀況有如什麼東西想吐出來（或說出來），卻找不到表達而阻塞在喉嚨裡；有時夜深時，我睡在隔壁的房間，都被她突然發出的咳嗽聲驚醒，然後我感覺她像是慚疚而極力抑制著，發出手摀嘴巴，只在口腔內回響的苦悶聲音；我過去問她，問她是否在白天看過醫生，或自己明白症狀吃藥了。我一再地吩咐過她，有病痛一定要去看醫生，並且要自己探明病因來源，因我白天工作都不在家，我希望她能自己照顧自己，可以減少我沉重的負擔。這一些事在表面上都是輕微的，實在也沒什麼好說的，是家庭常見的事（如小孩感冒發燒），但我總感想著它隱含著有一個陰暗的內在事實，好像冰山露出水面的是一小塊，而在水裡面的則一大片黝黑而不可測知的面積。近來她在街上小工廠找到一份工作，似乎看來活潑生氣多了；我並不加以干涉，只要她興趣所在，想做什麼我都不加阻止；因爲我自己的事務也不少，無心去多加照料她。我看了二章〈使徒行傳〉後，空下來和她交談（我和她很少有單獨交談的機會，除了例行每日的家事外），她又語重心長地說要和我分居，這是自那事後第二次提出來，我不以爲她是玩笑的，或有刺探的意味，而是具有深深的感觸才說的，因爲我內心也是常有這類的感想；她說她願意照顧孩子，只要我拿出生活費就可；她的理由是分居比較清靜，免去互相間的猜疑和精神的束縛。的確也是，可是我說現在不行，因爲經濟力不夠，只好大家勉強生活在一起，等到孩子長大，我老了，便會自然地脫開相煩的情況。許多年前，我也想另外租居在鄰鎮，並且已經去找房子了，但還是經濟的不夠分配的問題分不開。這問題當然沒有結論，我要她多照顧自己的身體，我的事她少管自然能輕鬆健康起來。我想有一天她自覺工作收入好轉，必定會再提出這個久懸不決的事，或則我有其他的收入，足夠在生活上充裕應用，我也會這樣做。

我希望我道出這件事不至於令你有沈重的感想，事情是自然在演變的，將來怎樣誰也不能去阻擋，也不能全然怪罪誰是誰非，去無端承當那硬加上的責任；命運有如《齊瓦哥醫生》的作者所經歷的一樣，任何生命都有其運行的方向，一個生命不能對另一個生命負全責，一個生命不能代替另一個生命，可憐的生命最大的表現只有付出關懷和憐憫，只有愛，因爲生命個體只是短暫瞬息的；當我看保羅（掃羅）和巴拿巴在安提阿爲馬可的事爭吵，導致分道而行時，尤其感懷如此；生命只能依照自己的意願去完成生命使命，你能夠指責我對她沒有愛嗎？如果我沒有，我就什麼也說不出來了。

遇到星期六，我總是感到急躁，對於時間的短促顯得惘然，在中午來臨之前，不能將昨日以來的思想記入筆記之中，因此只得一面教課一面零零碎碎地動筆疾書，因爲我不想將心中的事推移到下星期一，和星期日可能有的感觸混淆在一起，往往它們混合得繁絮，壓迫得在星期一要超額工作，況且現存的思想很可能被後來的所推倒，就減少了那曾經存在的事實。你知道，我們筆記的工作，在當時並不批判思想的對錯，而僅僅是記入當時所思想的一切事物，批判的工作要留待批判的思想來臨時才去做，所以是一種純粹的記錄，我們也只關心這一點，不能遺落現在的所行所思；事實上，一旦記錄下來，其所謂批判和檢討都包括在其記錄的內容裡了。我一向就有這種觀點和習性，不忽視生命在時空進行中的作爲，這也是一個寫作者應具備的精神，不讓靈思任其飄搖和消失。綜觀我過去的創作，亦都依照這個原則，才能組成一條明顯的創作歷史，自我塑造成一個自許的形象，完成其應行的職責，任何藝術家或學者或生活中的人們，都是憑依其不輟的工作而存活著，否則生命就毫無憑靠了，也就無所謂生命的事實了。

從星期三開始颳大風後，氣溫下降，暑熱消除，但風沙是另一種替代的依然是對人的折磨和打擊；凡是生物都要與自然爭鬥，其中影響著生存命運，現代的人從外表看似已去除了這類現象，但一風一雨的摧打，隱入於內在的知覺，依然可由其情緒和工作的表現尋索出痕跡。入夏以來我奔放於海濱的習性，現在就大大地被天候所抑住著，在我的心情上籠罩著不能舒放的苦悶。昨日午後，我冒著大風，逕往海濱，獨自徘徊於那沙塵吹掃的海灘，望著漲潮時響動的拍岸浪濤，浪花飛濺在石堤上，有如生氣的海洋精靈對我撥水警告，我的臉和身體都打溼了。我佇立在堤岸旁注視著那幾位操縱機械的人員，對他們的辛苦由衷地感佩。這個夏季，我的心田逐漸由這破壞的自然海岸轉於對人類的設想和工作態度的賞識。剛剛我走來時，在堤路上看見一位穿著有頭罩的夾克的工作女性，她那露出的臉部戴著太陽鏡，我也戴著太陽鏡，頭上覆著防沙的浴巾；我和她相距十幾公尺，在刺眼的陽光下互相對視片刻；正好像兩個處在荒野驚訝於對方的出現，想看清對方的面幕索辨各人心跡的人。之後，她從另一條分路一步一艱難地走去，我望著她受風吹掃的背影，從那夾克和牛仔褲的衣褶露出她那女性特有的曲線形態，那片現在已填高整平的海灘土地，有如一處美國電影中西部的荒郊，除了豎立的電桿和高凸堆積的亂石外，她的移動形象特別引人注目；我突然有種同處於荒漠的親憐的衝動，想要呼叫她，但遲疑和掙扎片刻之後，她已走遠了，就是高叫亦無能被她聽到。於是我走到另一方向的路，去接近那熟識的ＫＡＴＯ和ＭＳ４０，它們和另一部高大的吊車一同工作著。約二十多分鐘後，我轉回來，遠遠看到一部摩托車朝前奔馳過來，它停在木麻黃樹邊；我發現那騎車者是剛才的同一女性，她一手提著帆布袋（依我的判斷裡面是飲料和食物），這時和我在路中央相遇了；我和她正面交錯而過時，使我看清她的臉部；在那一瞬間，我被她爲陽光曬紅轉焦的痕跡嚇住了，從那墨鏡的背後投出圓而大的閃耀眼光，灰白得像是由一個奇異的動物所發出的懾人的光芒，而令我的心靈慄動著。此時我倒沒有勇氣向她招呼顯露我原有的關懷，而持著可恨的冷默的世態的面目走過。我在飛砂的海灘似乎懊惱地轉動著身體，最後對被吹倒的守望台和歪斜的木屋（都屬於浴場在海灘的設備）瞥望一眼，便牽著我的腳踏車離去。我另有一個懊惱是沒有帶照像機來拍攝這一切午後所見到的使人感懷的動人景物，寄給你印證我內心的感受。我到浴場的淡水沖洗室，讓赤裸的肉身接受那冰冷的沖擊和刺激，這也是我入夏以來喜愛的一項節目，然後帶著潔淨的身心回到家裡。時間是眞的不足夠了，我不再煩述其他生活的細節和讀書心得，讓不得不殘留的渣碎思想任其遺落消忘，下星期一再會了；我的愛，就是暫別都使我依依不捨，都使我對自己感到遺憾和不悅，啊，親愛的，親愛的……

九月二十九日

日安，愛人；日安，世界的人類；日安，宇宙的萬物；今天是一個新日子，我們清醒地知道存在於天地之中；沒有特別的事發生，我們高興這樣的活著。親愛的，不論你在那裡，今天我依然愛著你。我要慶幸我們還好好地存活著；在每個時辰裡都有一個小小的目的，由它們組成生活的形象；我們有思想，由此互相連繫著，彼此屬於自己，屬於對方，屬於這個大宇宙。我們有憂患，也有歡樂，我們互相愛戀著而感到安慰。假如我們不仇視別人，我們就會愛得更好，更穩當，更美妙，並且永遠地愛著。有時我們內心有暗影，想像有一天不會再相愛，或死亡把一切都切斷；但只要明理，就能知道我們是在自然的支配之中，不因這自然的演變而傷感太甚，因為自然絕不虧待我們，它有接替和補償的安排，一切都在它的秩序之中運行不已；所以不違逆自然，就不會喪失自我，和喪失我們所希望的一切；只要我們不強求太過，就能安穩和平靜。親愛的，我要說到這些，是為以後的日子做一個新的開端，並且為我今天打開抽屜，翻開筆記本，在對你的思念和親愛中做了一個開場的說白，說明我的心境的現況；過去的時光，有著驚擾和疑懼，現在我們有著這份經驗，應該能夠善於處理今後的事物；看來今天和以前沒有多少區分，可是在我們的內心，似乎在這逐漸中有著改變和進展。從今天起，但願我的工作和思想會更確切，你的學業也進入了密鼓緊鑼的階段；我們有時會覺得疲乏，睏倦或生厭煩，瑣碎的事物會逼我們沒有耐性，情緒會逐日進入低潮；但我們也會明理地知道這些事物都是必然而應該的。尤其我們的相愛更需要用必然和應該來承認它的面貌。

這兩天有兩件事給我一些啓示，我在思考如何將它陳述出來，更描述內涵龐大的問題似乎需要技巧，但我不知那技巧是何物，它是否能讓我掌握，而將我要表示出的主旨顯明出來，因為冗長的敘述太浪費了我們的時間。

第一件是一封邀稿的來函，它不似先前那麼僞假和造作（你還記得那封畫了個♡的信？）但卻有點毫不量力的要求，是一位報紙的副刊主編來的，他擬定一個題目，像上次聯副的〈愛情〉一樣，題目我想你也會嚇一跳，它是〈創作的奧秘〉。我接獲時曾自我省視了一遍，於是我做了結論，就是不知道所謂創作的奧秘是什麼東西，因此也就不知道如何說明它。我馬上坦白地寫信去回絕，我不知道它就是我的理由。可是卻由於這封信，提醒我內心湧現一個新而明晰的主題和結構，呈現出我今後創作的一條應行的途徑；我翻出ＣＴ高的那篇論道德架構的文章，不論其是否爲了論證而隨便斷章取義（尤其是說到絲瓜布時，他把作者的情操忽視了），但我接受他的勸告，那就是如何去完成長篇的寫作，以顯示我是個藝術家。將來我如能寫出現在所懷抱的主題，應該感謝這封以目前來說十分爲難的邀稿的信函，因爲我現在說不出我創造的奧秘是什麼，但卻瞧見了一個我想去完成的藝術品的面貌是什麼。

第二件是二位住在外地的同鄉青年的突然的造訪，並邀約我到台中去，意外中使我窺見了人性的內在危機，雖是普通的例子，但莫不使我對生命的內在事實感到敬畏。我特別要敘述其中我較熟悉的一位。這位青年自我回鄉定居後便和我時有往來（尤其前二三年），那時他並不知道我是作家，大概只對我少年時代在繪畫的表現還有印象。我對他頗有好感。我第一次在汽車內遇到他時，他剛由船員的生涯退下來不久，居住在富裕的家庭裡；之後，我常與他在海濱在爬山的結伴中知道他的一切經歷；現在他移居在台中，獨身而擁有一幢僻靜的新屋，裡面的設備應有盡有，都是高級的品質，有一部很好的福特轎車；但他一無職業，每個月要花費二萬至三萬台幣而過著賦閒的生活。我在星期六黃昏坐他的車抵達時，我驚嚇於他任其這麼美好的寓所有如無人整理和打掃的廢屋，屋角掛著攏盪的蜘蛛網絲，地板骯髒，而盥洗室更使人作嘔；但在這裡面卻能聽到最好的音響播出的現代樂團演奏的古典音樂的唱片，喝到一兩二百元以上的好茶，享受冷氣，睡在幾萬元價值的柔軟床墊。當我這樣介紹時，你會覺得十分的荒謬而以爲我在胡說八道。的確如此，你馬上就能知道他的生活、思想、精神、肉體生命都能由這一切我所見到的不諧調狀況來說明。我們原想打一場小額麻將做飯後的消遣，剛抵台中時已在市區的一家素菜餐館用過了飯，我和他都樂於此道素食；那另一位不知道何故，託藉要去找一個人來搭配，外出後就沒有再回來；我和他於是喝著酒交談等候著，而那傢伙始終沒有歸象；突然他似乎由這件事而將他內心積久的厭煩整個爆發了出來，罵道：「他是個禽獸，連電話都沒有回說一聲。」他說他明天會找他算個明白；我勸解他把怒火熄下來，並且試著分析那人不回來的原因。我們繼續飲酒，他將他想與人投資合作生意而被欺騙，以及想成家卻被心術不好的女人糾纏不清的痛苦經過道出，我聽出其中有一半的錯誤應由他自己負責，因爲從他擺設出來以便讓別人看得起的一切外在條件，都是他想欺騙人和自己的僞裝；在生物界裡有種僞裝以騙取利益的動物，他的行徑正是如此，而最後落得自擾和無法負擔。我問他，像這樣的生活，可以再維持多久？他說三個月。他的奢侈習慣養成已久，馬上面臨絕境使他的內心感到恐慌，不像一個貧苦的人，雖一時拿不出幾塊錢，但只要他每日工作就能活命下去，而無需爲自己的貧窮驚嚇；而他的情形正好相反，從開始他就在憂慮著匱乏的日子的到來，任這自我塑造的惡魔向自己來敲詐他的靈魂。他的外表短小，但英俊而肌肉結實，可是他的心靈已是一個自我腐蝕的人。他說：「我已第二次失掉了父親。」約十年前，他已經從父親那裡花去了數百萬而有父子斷絕關係的約定，這一次老父看在親子的關係，再一次給他復生的機會，但目前他又重臨舊境。他說，他回去探望母親，問她去美國遊歷看望姐妹的情形，她一直搖頭說，她那裡也沒去，她什麼也看不到，她什麼也記不得了，這等模樣使他想要搬回去照顧她。我站在一個朋友立場說，不，你不能這樣的回去，這是你的一時衝動，憐憫她也是自憐，將於事無補，你回家不要三兩天一切熟悉之後，那種過去和家人處不來的現象會再度重出；如要回家，這構想極好，先要自得訓練，將這眼見的價值東西一概賣掉，將資產先行送回家裡，自己到佛門之地修習一年，與俗間的生活和染患的陋規一切袪除，既使不能乾淨，起碼也給你一種與現狀不同的中庸人生觀，如此由自儉出發，才能被容與自容。他沉思半晌後說，他沒有勇氣這樣做。他眞確地表示了他的感想：「我許久以來就想殺人或自殺。」他又說：「我有癌症。」他拍拍自己的前額，表示有頭痛的毛病⋯⋯又說：「我想再回到海上⋯⋯」我和他的交談漸近尾聲，他將他自己是什麼已完全地顯露出來；我內心充滿了同情，而我卻不能伸手去攙扶他；他所擁有的一切，都是每日辛勞工作的人所盼望有一天能獲得的物質享受，但是有多少人知道這種人自陷的深淵的迷亂和黑暗呢？我不禁這樣想：這世界顯得多麼矛盾和荒謬，它的存活價值在那裡？整夜，我在睡眠中屢屢被他的咳嗽的巨響驚醒，翌日早晨我要離開時，他問我何往？我說去訪問我幾個在台中的友人；他想要跟隨我去，要用他的車送我；我說不用了，我想單獨行動。他看我無情的模樣而顯得萬分頹喪和無依；他常自稱是個堅強的超人，曾經單獨打倒過三個大漢；他的動作敏捷，曾在金門當兵時二次逃過爆破撲來的死亡；是的，他是個道地的有勇無謀的小男人，除非有奇蹟能令他悔改他的自大和無知的本性，否則，只能使人嘆息罷了。親愛的，他的一切雖與我毫無關聯，但你說他毫無使人借鏡和省思的價値嗎？

十月一日

昨日我心墮得無法動筆，滿心的厭倦，好像要病倒下來。此刻依然如此，只有想到你時猶能振奮一絲的生息；一件又一件的俗事向我襲來，學校的某些工作既瑣碎又無意義，想到我置身於這佈滿僞善虛假的教育工作，眞要使我再度棄職而逃。一九六五年，距今十四年前，我曾經受不了而演過逃離的一幕，然後是一連串的流浪和飄泊；想到那些生活無著的日子，我現在只得用強抑來束縛我的衝動。親愛的，我想呼喚你，要你前來救我，把我這個被禁錮的小孩帶離這充滿腐蝕的環境；我渴望在你的懷裡痛哭一陣，要你安慰我，要你用保證的話語哄我入睡。但我畢竟不是這種白癡的孩兒，在我的頭頂上有至高的神明，我是依賴祂而清醒著；因爲有祂，我戰勝疲乏、怠倦和諸樣邪惡的事物；因爲祂在，我愛你及所有和我有關係的人。我知道自憐不會獲得愛人的理睬，只有表現勇氣，才能獲得所愛。

十月三日

今天我想和你談一點生活上實際的事情，暫時把脫離現實的心關閉。七月的時候，母親在家時曾經提到要將我現在住的舊居的土地變更過名給我，她說她老了，將來繼承的問題恐怕十分複雜，因爲姐妹都分散了，遠在美國的要蓋章手續很痲煩，另有一個妹妹也在美國，却因種種關係至今不知下落。我心裡雖感激，但有點難言的痛楚；她一生操勞，大哥消沉早逝，我成年之後也途運多乖，不能親自早晚奉養她；現在她看我回鄉能安定下來，性情脾氣大異於前（過去她常責罵我孤僻不近人情，只配當和尙），對我已有信任的表示，所以才有上述的吩咐。前兩天地政事務所來通知，催繳贈予手續上應繳的增值稅，只有十八坪土地竟要六萬四千元，使我大感恐慌。前天晚上我拿著稅單在街上請教土地代書，因爲我是直接請求公辦，所以土地代書鄉愿地不肯將他們的訣竅門路告訴我；然後我又登門請教爲我接辦的事務所人員，她告訴我現在土地增值很快，如果因爲錢多繳不出而撤消的話，明年或以後想要再辦，所繳的稅款恐怕不止此數，要我再三考慮。我電告台北的母親，她也嚇了一跳，馬上要我撤消（她知道我根本沒有積蓄）。我回家坐下來一想，衡量一切得失，覺得還是現在辦好，可以一清二楚，省得將來麻煩和付稅更重。於是我又馬上電告母親經我一番解釋，她答應了，任由我去處理。我急電台北，向一位過去和我相知的朋友借錢，他知道是正經事便一口答應，並說馬上就匯錢過來給我。這事就這樣告一段落，但我心裡留下著極複雜和憤懣的感想，由許多細節說來，我對國家的稅則，對人對事，包括對自己，這經驗又一次痛苦地留在我的心裡而不易磨滅。過去我回鄉申請復職的情形，你可見到我在詩中的敘述，事雖不同，現實給我的磨難，情形是相同的。

我看完了〈使徒行傳〉，保羅終於行抵羅馬，這點非常合乎神的意志。他的行迹有些地方令人拍案叫絕，譬如他在猶太會堂受審問時，說自己是法利賽人，引起撒都該人和法利賽人紛爭一場；在巡撫面前又稱自己是羅馬人，使監禁他的人害怕，在羅馬如願以償地獲得了自由的傳教。整個行傳幾乎是保羅從悔改到佈道的史實，他是耶穌之後，最重要的人物，後面保羅致各地教會的書翰，大概就是基督教神學的奠基之點了。我想到此停下來，有機會再去進一步的研讀。目前我還無時間去安排把它寫成論文，除了給你寫信外，我想做其他的事，也許動筆寫一篇小說，但要等到寫成後，才能對你說出寫出什麼；不是很確定的事，我要暫時鎖在心裡頭。親愛的，說眞的，有時我想如能和你在一起生活，拋棄現在教書的工作，專事經營我的創作，你會給我極大的幫助，你會隨時提示給我應做的事，應該讀的書，同時成長，眞正在志趣上同甘共苦，這就是我最大的希望。我晚上在家裡常反覆地聆聽〈蘇格蘭幻想曲〉，就會想念你，湧起上面說到的希望，尤其這曲子到第三樂章時，主題是：珍妮不在，我就寂寞了，使我更哀傷不已。有時我也想，也許我們的事到頭來恐怕是一場空夢，當你有一天說遇到了一個必須結婚的對象時，這事實恐怕就是如此。我並不是那麼無知人間上男女的事，可是我就是那麼固執，絕不聽人解釋或勸告，抱定我心中自生自存的希望，非到事實擺在面前，我絕不放棄。從去年到今天，我閱讀聖經的事，事實上完全非常配合我抱定的思想，所以讀來毫不困難和阻隔。親愛的，你知道嗎？我就是一個爲我的幻想驕傲，和爲這不現實的頑固性格悲哀的人。

十月四日

今天是中秋節，輪到我來校值夜，我現在就坐在辦公室給你寫信。窗外一片黑暗，只聽得強風搖撼樹木的沙沙音響，剛才我走到操場，風沙極大，無法在那裡散步。因爲過節高興跑來學校的附近孩童，現在都走掉了；我知道校舍尾端的牆壁（那裡可以避風）有一些騎摩托車來的男女青年，照我的職務應該去趕叫他們離開（十月和十一月是長泰演習時間，要加強值日夜的巡視），但我不想那樣做，只要他們不鬧事就好，料想這樣的風勢，他們也不會逗留太久。此刻是十點，校工已去睡了，可以聽到他的鼾聲。我抄寫了一部分前幾日記載的日記在稿子上，打算過幾天寄去給你，現在也簡單記下我獨坐的情形。這種節日倒使我毫無感想好像麻木了。今天放假在家裡，只簡單地用水果和月餅做例行的拜拜，簡單地吃了晚飯後便順風騎車來校。明早上班後，我便要離開鄉村去台北，出版社通知我北上，爲再版的書蓋章和拿版稅。我不知道你在那邊是怎樣度過這個傳統的節日的？我似乎已很久沒接你的來信，我心裡想望你告訴我那裡的情形，或做些什麼事，學業的進展如何，我極盼望能知道這些事。親愛的，你愛我嗎？現在是否還能愛我？我知道這樣問很可笑，但我不是懷疑你，只是問你；我對你愛我或不愛我都不懷疑，只是問你而已。當思想停頓，生活痲木時，我似乎僅剩下一絲生息活著，也用這一份微弱的生息對你說：我愛你。我知道，只要我能度過這一段困頓的日子，我會轉變得強壯，會活得很好，也會活得比誰都長久，而且似乎永不會死亡；那時便是我們相愛相守的日子，我相信我會做到這一點；因你，我不會被生活打倒，不會被死神驚嚇攫走；因爲有你，我會長保青春，你是我的守護的天使；而且到那時，你就會完全相信這是眞確的事實。

十月五日

現在是六日的大清晨，昨夜在睡眠中常常醒來，但沒有比預期的難過，我想一定是睡前給你寫信，吐了些心聲後心裡平靜了些的緣故，所以躺下來也就不再胡思亂想了。半夜睡在上舖的校工起來，我被擾醒了；他種了幾分田，要去看田水；約一個小時後，他回來，開門的聲音又把我擾醒一次。然後我在五點鐘時自己醒來，就覺得沒有必要再躺在床上了；那位校工急著下床，說糟糕田水恐怕放得太滿了；我要他回來時轉去他家裡拿件衣服借給我穿，昨夜我來不覺得太冷，恐怕等一下踏車逆風卻有點不同了。他說是有點冷，他會在六點多鐘轉回來。他走後我仍留在床上躺著高歌，唱歌時我常有掉淚的現象，但唱後會覺得身心舒暢一些；淚屎刺痛我的眼睛，我哀叫三四支曲後，便起來奔到水槽去洗臉。現在我想到你，便翻開筆記本寫這幾句話。你知道嗎？我在晚上想你，清早想你，白日在工作中也想你，幾乎沒有一刻不想你，爲什麼？我希望有些時候能忘掉你，想你的時候只在適當的時間，最好是早晨醒來第一個知覺就認爲我有一個在遠方的愛人，只有這樣，使我覺得這一天會充滿希望和活力。除了這個時間外，最好外出時也想你，好把我的精神抑制住而沒有旁歧的念頭，晚上躺下來時也想一點，但不可哀嘆。這樣算來算去依然是整天都在想你，你確信有這樣的事嗎？不論你信不信，這實在是事實。只有睡去的時候暫時忘記了，但在夢中却能見到你，好像我們原就在一起的，只是那些奇怪的情節使人費解罷了。親愛的，現在我醒來，是你準備就寢的時候，我們兩個在清醒和睡眠間輪流著，像太陽與月亮永不在同時發出亮光。希望我們不是，這譬喻使人感到遺憾和喪氣，只要我們的事都做完了，只要我們的責任和義務都做盡了，時候到了，我們會獲得自由，那時我們自然會在一起同桌共讀和同床共眠。

十月六日晨

昨天下午二點半我從台北回來，在出版社蓋章領了伍仟伍百元的版稅，這一方面的事就乏善可陳了。前幾日報載，有關當局約談了某作家，和一些人，我到台北時他們說是被補的，也據說在美國的學人作家紛紛表示抗議，大家都簽名，連白教授也簽了；當然我不知道美國的抗議情形如何，我在這裡只是聽說而已，我也不能進一步探訪到這類的事，文藝界與我本就十分疏遠，到底眞情如何我無法判斷。但由一個事理來分析，有關當局要逮捕他（或約談）必定先有充分的證據，報上的消息簡約地說是叛國，並已准於交保，等候移送法辦；由這一情形看來，諒必證據確切，否則當局不會做這種事，徒遭關懷人權和社會民主的人來抗議而自損名聲，尤其在這個時候。在台灣有部分的年輕作家和知識份子非常效仰某作家，而且受到他的社會主義思想的影響，因此在言談之間都流露關懷的態度，甚至袒護他指責當局的不是。他的事情我想與他基本的政治思想有關係，十幾年來，甚至遠推至三十年前攻打美國大使館的劉浩然事件，就表露了他的思想和抱負，他的作品在柔美感性的外衣下掩護和培植的就是這類排斥西方文化建立社會主義中國的思想意識，那麼在台灣與他一夥的，或景仰他的，大都推崇他的作品，把他視爲優秀的作家，也就以爲他的思想必定是正確的。但他們的情懷大都居於對作家敬重的單純理念，而沒有進一步去了解他。事實上他的政治理想的抱負和他本人情感習性之間是充滿矛盾的，他的才華本性都是好逸惡勞的文人氣質，但所謂愛國的理性及領袖慾使他遵循三十年代文人作家的作風，並且奉文藝爲政治的工具的法則行事；在他的小說作品裡，他的技巧極好，但在他的論文裡就處處可見到他的思想的偏激。基本上他是個令人惋惜的人物，他的生活腐敗，因此使他的眞情難以諧和思想，不以客觀超然獨立的文人作家爲念，雖爲思想類同的一夥人所樂道，但仍不無遺憾之處，有如十年前的判刑和今天的被捕。所以在國外有些人爲他喧嚷抗議，他們的行爲目的恐怕比國內的較爲複雜，可能各黨各派都想利用這樣的事來打擊國民黨。有些人倡言愛國無罪，這種邏輯正是爲自私的目的而肆行無道呢。自命爲知識份子的人都聲稱自己愛國，但觀點和作法都互相迴異，實在也分不出孰是孰非，只有待未來的歷史的判決了。總之，逮捕作家總是不好的，除非他的所作所爲完全喪失了天良，那麼就應該像對罪犯一樣的加以捕捉定罪。

上星期六，我心想以爲能接到你的信，害怕我離開了，沒有接到，曾吩咐學生郵差來時，要去問他，然後把信放在我的一個沒有加鎖的抽屜。今天是星期一，依然沒有見到你的信來，我有點沮喪。我猜想你是很忙，但我希望你不必寫太長的信，只要時間許可，幾句話也可以，而能約兩個星期寄來一次；如果超過三個星期，我會因不知道你的近況而陷於憂慮。照說你在寫信和投遞方面比我方便才對，應該記著我仰靠你的信息來振奮我的意志，這一點你是否明瞭而不忘忽你的責任呢？好罷，我不說了，把希望寄託在明天。

十月八日

郵差來了，我望著他走進來分信和報紙給學童（每天如此，由學童帶回家去），而我什麼也得不到，顯然今天我又落空了；因此我特別告訴那郵差，明後兩天如有我的信，請他在星期五我來上班時再帶來給我，因爲明天是國慶日，在鎮上有慶祝會和遊行，後天則補假，我現在只有控制沮喪的心情等候到大後天。昨夜我想動筆寫詩，翻開家裡的筆記本，看了三個月前寫的回鄉散記，是記錄由霧社回家後的一些生活瑣事和思想，只寫了二十多頁就停頓了。停頓的原因有兩個，其中之一是我們開始的通信，我把精神移轉到我們的事上；另外之一是原想寫成小說，但發之文字時却完全是敘述性的散文格局，而且寫到某一處就感覺失掉了興趣。昨夜閱讀這些未完成的東西，又把想寫的新主題擱下來了，難以下筆的原因是形式的問題在我腦中無法肯定，我猶疑著不知應該把小說的精神擺在寫實或想像上，最後只有把這一切都放下，改去練草書。另外告訴你一件事，出版社的老闆在我北上之前曾到香港一趟，帶回來一張評論，是關於我和某作家的作品中〈城鎮〉的意象而連想的問題，雖無甚精采之處，但可看出香港知識青年在讀現代台灣作品時的思想，我將它影印給你看看。其餘我不再多說，我的心只擺在大後天，希望能接到你的信息。

十月九日

今天仍然沒有你的信來，我很失望，但並不做什麼想法，因爲任何想法都只擴大這份失望之情，只有承認這件事實：你的信沒來。過幾天會來，我想；總有一天會來，唯一可做的是等待。等待是我思想的唯一行動，它使我在心中的希望持續著；只要有等待，希望就不會幻滅。所以我沒有獲得你的信息，唯一可做的就是等待了；只要我活著，就會因我採取的等待態度而充滿希望的思想。我想一個人的操守和特性，有時可以用常用的一個字詞來說明，就像現在的我，用「等待」；即使一生的所爲林林總總非常繁複，但一經透視，便露出一個眞正的單純形象，好似在X光透視下看到的人體的白色骨骼，那是支撐肉體存在的唯一骨幹；同樣我們也可以經由這一檢視的行爲考量全部精神形象，這形象便有其適確的字詞。

前天的慶祝會和遊行後，我回到家想著，在我的記憶裡每年大都例行做這些事，在幾近痲木和機械的行動裡，不知有多少人能從這乏味的公式裡找到眞正的一絲感動，有如在家庭的生日宴中，到底要想的是什麼？也許小孩子能夠直接表示出來，小麗和小保在五月的時候過生日，他們事先就吵著要求某些東西；在生日那天，我觀察他們的確不同於平時，他們的神色非常高昂，好像全身的每個細胞都知覺著它們的生命感。但是那些所謂的成年人（或說過來人），他們走著的是下山的步伐，有點阻止不住的樣子，在喜笑中總是透著憂懼悲哀的心事。晚上，她又來和我談生活的事，內容與前二次相同，我禁不住發了脾氣，爲何她總看不明白。我對婚姻的懊悔莫過於此，我眞不明白爲何這事讓我如此的心痛，我彷佛明白我內心深植的痛苦意識的來源就是在此。對於她，我不忍再說一句不好聽的話，或用某些詞句來形容她；我眞的不忍，我和她十幾年來互相的傷害太深太多了，誰到這個時候都會罷手需要和平，也都無能爲力，再也說不出一句話來了。唯一的辦法就是讓痛苦持續著，這樣或許能相信根本就沒有痛苦，假如沒有其他的知覺的話，就是如此。

十月十二日

今夜又輪到我來校値班，八天之前我在此記錄給你日記，現在依然；每年的十月和十一月都需要特別的値勤，歲月過得眞快，這是第九個年頭。今年特殊的是我心繫念著你，使我能在孤獨的夜裡專注地想到你，把一切的事物都摒棄地想念你，也使我疑惑著那八個年頭的夜勤中到底所爲何事？當然我都曾有計劃地做些事或看書，即使沒有像現在那麼明顯地露出寂寞的樣子，過去我也曾愛戀在十月的時光中度過，但都覺得無甚希奇，現在卻是你的形象佔滿我，好像這是有生以來第一次的樣子。像我這個年紀無論面臨何事都會引發自嘲的思想，唯有愛你，却顯得完全是一件不容置疑的正經事。我對你的愛的思想完全是幼稚的，好像我面臨的是初戀；因爲在我年少的時候，我從未獲得愛戀的女性的承諾愛意，這使我心中永存著空虛至今。現在要是我能到達你處，我一定棄職前往，在你的窗下唱出愛曲。

十月十三日

第六封

我在星期二接到你的信，你可以想像我握著這封久盼的信時的高興，使我日漸沉悶的心情爲之一振。信封之可愛大概也只有你們大學才會設計得出來，又是我喜愛的土黃色，好像是那個地方的土產似的，給人喜悅和滿意的聯想。我用小刀小心地拆開封口，信文沒有我意想得那麼多，但有三張風景卡卻是我預料不到的附加禮物，它幫助我了解你居住和學習的地方，如果我也生活在那裡必定十分暢快，因爲它顯示出整潔、秩序、優雅和自然，把人類的理想和原有的自然界相互諧調配合，心靈（教堂之地）和物質都俱到，整個環境可用美麗、適舒、恬靜而又充滿生氣盎然來形容；它可以不必顯出偉大或壯麗，但卻有使人滿足之感。眞的，我們何必凡事期望太過，應該先忖度我們的能力能享用多少；一根草只需要一些露水，它就能長得青壯，一朵花同樣只需陽光和水分便能展現美麗的顏色，爲何我們人類需要那麼多呢？這是喪心病狂的慾望，因爲人類似乎連最基本的需欲都不知如何合配而在供需上失調了，有如戀愛的人不能在一起，需要食物的人都在某些角落飢餓死亡，反而在其他地方隨處可以看到淫亂和浪費。我親愛的，非常抱歉我突然抱怨起來，好在我們有理性和心靈可以了解和等待；我們雖相愛，但還不夠成熟，我們清清楚楚地知道現狀，將來我們可以用努力來促成我們所願望的事。到目前爲止，我們尚稱滿意，並不需要抱怨，也不必過分超前去苛求，只要我們能冷靜，自然地會漸漸邁向完成，最怕的是在過程中產生慌亂、變故、和受到各種外物的引誘，而致使希望幻滅。

我坦開我的心胸來展讀你的內涵，你發之於文字的雖然結構簡單，但充滿了你個人特殊的情懷，彷彿我能嗅到你溢出的體香。只要你說出一句想念我愛我，我的心便感動而接受著，比之親熱的膚觸的效果佳美。對我而言，我更習慣於想像的享受，而反而要排斥那笨拙而導致失望的現實的觸驗。人類必須接受神恩而享受恬靜之美，否則牢記著現實之體總會落入空虛之苦。我應該感謝，當我在長期的生活的困厄之後，在多次感情的挫折之後，這沉墜墮和疲憊的身心猶能遇到你這使我煥然一新的希望，給我的生命思想蓬勃和雀躍，給我珍貴的戀愛的光榮，讓我充滿愛意和新生，恢復青春的喜悅，而且產生抗拒死亡的力量。我以爲這種想像可能就是在天堂之處與天使相處的純淨之境了。你，親愛的，只需放開那悲愁的意識，不要假想戀愛一定有那意味存在，不要計較語言文字的限定意涵，只需像泉水一樣的湧出你想到和意味到的一切，不必顧慮前後是否有矛盾不妥之處，那麼一切便順理成章了；你怎樣地用音節說出我便怎樣的接受，就不會有差錯和曖昧了。

我現在獨坐在教室，學生已在中午放學回家，狄普颱風在屋外肆虐，且有時下著陣雨；自從九月以來，強勁的北風頗使人惱憤，那種嘯叫的聲音打擊的神經，再加上颱風的威脅，幾乎使人喪失生活的意志。你可以想像我現在正處在想念你與聽聞那掃虐折損思潮的風聲之中，我也正在如此類同的實際生活環境裡掙扎；但我知道我不能沒有你，做爲我思想的泉源，否則我便會被這嘈雜和不適的處境所擊倒。我現在回憶著你在六月末時出現在我的教室門口，我還能清楚的記住你臉上呈露的不能不叫我欣然接受的笑容，我現在左轉頭部望著門戶，好像你是在此刻重又降臨，然後是我們面對著，中間僅隔著一張書桌，板著正經的態度進行著問答和討論。我希望你有一天能夠不讓我預先知道而突然回來重訪我的教室，讓我驚喜，或許在那時候我反而分不清到底是幻象或眞實了。

你可以看出我是多麼高興給你寫信，把我的心扉整個打開來和你無所不談，不像寫詩要有約簡保留之處，而且那種苦思的技巧不比給你寫信自然暢快，我現在就樂於做這樣的一件事，往往在前一封信投遞之後，重新展佈另一封信文時，便有說不完的開場說白，爲何你要思慮過度，想像那些存在著的現實困難和悲愁來阻礙你的思潮呢？現實存在的是一回事，但我們的愛戀應是另一回事，爲何我們不能將它儘可能的分開處理呢？因爲我們的思念和通信也是一個不可否認的更高實存，不要讓那一個整個扼殺這一個，像美與醜的同存一樣，這是自然之道，是相互在時間中交替的，你必須和我都具有同等的看法。我想這可能就是你不能下筆給我寫信的因素了，我雖不期望你在用功時多寫，但起碼可以有充滿書寫時的自然和暢懷。

我今天就在這裡結束與你的交談，我已將你這一次的來信要點分條記錄做備忘，打算逐日地說出我的感受，就好像你給我的營養美食，我不能一下馬上全部吞吃消化，我要好好地珍惜一點一點地去品嚐，以維持我身體的健康需要，因爲我不知道將來它什麼時候會因什麼原因突然中斷，而且永遠不再獲得，所以我要慢慢地去咀嚼，好好地知覺它的味道，我要這樣想這樣做自有我的道理。

十月十七日

昨日我有一個好心情，今天卻不然，我的心情很壞。我想問你，你有沒有察覺我的情緒變化無常，有點像台灣的天氣；我本是一個好性情而樂觀奮鬥的人，但環境使我變壞了。剛才我走到隔壁教室去向一位大哥（因爲他和我的長兄過去交誼極好的緣故）似的老師要了一根香煙，我請校工爲我買包煙還沒回來，我需要抽煙穩定一下神經。昨夜我的大姐和姐夫以及他們的女兒突然從台北南下到我家來，敘說這位女兒和一位不幹正經事的青年交往的事，她已經受害極深，要我陪他們再南下到溪頭去找那位青年的家長理論。我就是爲這事昨夜整晚無法安眠。今早我來校上班，狄普颱風已經轉向，風停了，但下著細雨，學校正在舉行考試，馬上衛生所人員又要來爲學童檢查砂眼，我是全校的衛生導師，這些都是我職分的事，忙得團團轉，所以等上午的事辦完，打算下午請假，陪他們南下走一趟。我心裡想不出爲他們解決的辦法，只有南下後看事情怎樣發展再說。他們的事使我十分苦惱，也不能擺脫，裡面牽涉到金錢和感情，使人十分討厭；我曾勸他們忍受，因爲那青年避不見面不負責任，只有自認倒楣了，但他們氣憤不平，我只好陪他們去就是了。你可以想像，要我去辦理這種事簡直是太可笑了，因爲我要去面對的，是不同理性層次的一些人，還有法律的問題也是我認爲可笑的，如果要去動用法律，則人性就掩滅了，最後結果依然是自我的損失。可是要我去對他們講人性的事，他們是無法接受的，因爲那青年和他的家長很可能都不畏懼這些，他們有所畏懼的只有是否觸犯了法律。我唯一可採的立場和安穩我的心情的想法，就是把它當做一樁値可見習和了解現實的事，因爲現實生活的人在利用或傷害的事件中，是沒有人性存在的，只有付諸於法律的解決。這事使我想到最近影劇界的一個小新聞，就電影改編小說版權的問題，本來是極爲單純的事，但如有一方不承認，就得述諸法律而不維賴人性了。這事是這樣的；有一部著作的作者指出某製片公司改編她的小說，而該公司卻說不然，只是情節相仿而已。當這事不能在私下談妥解決，決定要訴諸法律時，該公司提出答辯說是改編自最原始的作者所寫的一篇實地的報導。我認爲這事孰是孰非，簡直無從追究誠實的人性問題，因爲利害關係，誰也不肯讓步，如果某方承認服輸，不但要付賠償，而且恐怕將來無法在社會立足了。你或許不知道某人過去在當記者時寫過這樣的一篇報導，現在則是一個插曲，你不必去爲他操心，整個事件只是作者（他說他的小說事實上也依據那篇報導譜成的）和某公司的官司問題，某人是最早這個故事的撰寫者，依我的猜測；最後的版權利益反而要歸給他，這是他意外得到的收穫。據報載，某公司不但提出是依據某人的原作改編的反證來駁斥作者外，還說與某人另簽一部著作改編爲電影的合同，這樣對他而言，是意外的二筆收益了，並且也把他的大名響亮於文藝電影界了。你不討厭我對你說出這事罷？這幾天來的影藝版都是鬧這類的版權糾紛，吵得很兇，很可笑，非常沒有人性。我想我提到某人，你會有激動的情緒，但我認爲你知道後應該可以平靜，某人的事無需你多掛心，事實上是對某人家的一件好消息。我可能馬上要離開，我也只說到此爲止。

十月十八日

昨日中午我匆匆地離開學校，回到家幾乎潦草地吃了午飯便和他們上路了；至了南投縣的竹山鄉已經三點半鐘，然後再往一處竹林村的深山走，見到那青年的母親後，幾乎毫無成效地交換了意見。那位鄉村人家的母親卻是很鎮定的婦人，我想她的兒子在外所做的不正經事大概很多了，已引不起她的驚慌；她表示不知他的去處無法聯絡，也對他的所作所為不能完全負責任；她說家庭的父母有一次去承當兒子在外的過錯，兒子會以為他做事有父母可以負責，便會一次又一次的做下去，應該讓他自己去擔當，讓法律去制裁他。說得眞不錯。可想我們一行人明知如此，還是頗覺失望的回來。我不想再敘述有關的這件事，我勸告大姐必須儘可能將這事排除忘掉，現在的社會青年男女受到物質生活和動盪時代的影響，他們的思想和行為已不可能如前輩的人所能想像和接受，他們的女兒既然已領悟不再和那青年來往，一切就算了。回到鄉村已近晚上十點，我因為疲乏和有點苦惱便邀姐夫喝了一點酒，然後他們在餐後再搭夜車趕回台北。可憐那女孩受盡了一路上父母的指責和說教，我也不由然地加了一些訓教的話；事實上這些說教的話都毫無用處，根本不是年輕一輩的人能夠接受的，她會受到那青年的欺騙必定有其複雜的因素；我就是為這點懊惱萬分，遇到這種事，我似乎也變得醜惡而虛偽地板著道貌的面容，說著一些本應該自勉卻轉而要指導別人的話。我又整夜躺在床上深為痛苦，為這世界彌漫的不諧調氣氛所挫折，陷入疲憊和疼痛的狀態，這種生活眞讓我深惡痛絕，哀鳴和苦惱萬狀。

我今天來校還帶著昨日奔走的疲倦印象，校內的工作因為月考的關係，更顯得繁重；我的身體感覺痠痛，毫無生氣，但還是勉強賣力而為。意外的是你的另一封信箋到達了，再給我的精神為之一振，好像適時的強心劑。我拆開一看，更有一番感觸，你說你不敢將我們的事稟告父母，我馬上想到大姐的那位女兒在事先也沒告知父母，但她在深自懊悔之中却又落入父母的管教之下，這對她而言是雙重的折磨，雖然父母爲她出力，但於事無補。如換了是你，你要如何，如果我是那不負責任和不事生產工作整日遊蕩的青年，你是不是會以爲你的感情爲我所騙？如果我又有其他的女友偶爾在身旁被你看見，你對我的評價如何呢？我想我們都應該早就了知這人類世界的男女情感就是那麼複雜而變化無常的，所有的古代戲劇也都在呈現這樣的現象，至今猶然；人類世界，好像根本沒有天庭似的純潔愛戀，而且人類世界爲人類本身的思想和語言給予更加擴張的醜化，幾乎沒有人會有一致的意見來表示感情世界的單純。我在想，一旦你回來，偷偷地和我在某處有生活的關係，當這事爲你的父母知曉時，你想他們會有什麼反應？他們和我大姐的反應情形一定是頗爲相同的。我記得你在台灣時說過，你的母親曾表示如你和我有關係，她一定要去自殺。如果眞如此，那麼你的父母的反應則更爲激烈了。我姐夫說我大姐曾整夜的哭，他們最疼愛這女兒，卻看到她遭到不幸。從竹山回來的途中，我大姐感懷地哭訴著當她年紀輕幼時看到母親工作的辛苦，而她因爲是家中的長姐便爲母親分勞，而沒有想到今天自己的子女不孝於她。我默默無言，心中也和她同時淌淚，而都說不出一句安慰於她的話。後來在下車用餐之後，我單獨告訴她對子女的態度應該冷酷無情，以免施愛太多而反受到子女的傷害，子女一旦長大，就應該像鳥獸一樣讓他們去自由飛翔和自覓食糧，不論遭遇如何，應把它視爲自然之道，有如我們自己身受的命運一樣。對於世情，佛祖最具智慧，了解最透徹，是每個人的榜樣，無有更好的效法之道了。我在夜思中曾有一刻做世界各種宗教的比較思考，有抱負的人則應去效法穆罕莫德，而捨己為人則應向耶穌看齊，但佛教則是眞正的自救之道。

十月十九日

今晚是我第三度來校值夜，校工請假沒來，只有我一個人坐在辦公室的燈下為你寫信。屋外漆黑，樹葉沙沙作響，我騙車從家裡出發後，強勁的北風推促著我，到校時是六點一刻，我先做了一些必要的值夜記錄，倒一杯熱水瓶的開水讓它沉澱，坐下來看今天的時報，抽了一根煙，提著手電筒到各處走廊巡視一周，回到辦公室便拿了些紙張開始寫信。我抬頭注視時鐘是七點二十分。我知道記載這些事並沒有多大趣味，只是讓你知道我的服勤生活是老舊而寂寞的，台灣的經濟進展至今未能惠及教育機關增添現代必需的各種設備，尤其是鄉村偏僻地區。親愛的，我們來想一想一件可能十分沉悶的問題，這問題是：如果我的生活沒有改變，可能在此再過十多年，直到退休，想到這一層，你會不會替我寒顫？對於未來，我心裡十分明白，心中雖感寞落，但也很坦然。想到你，我心裡雖有著希望，但也知曉其荒誕和渺茫。下午我偶然在家打開書櫃，發現藏了多年的兩本大筆記本，翻開一看，是六七年前猛啃希臘哲學的筆記，其中一頁記載著有關伊壁鳩魯學派哲學家的事，他們在公元之後的行誼和生活都過著儉樸的日子，其中有一位特別迴避政治問題，沉默而逍遙。但他却收了一位女弟子做情婦，與世無爭。我在先前讀的這些書，現在可以知覺到受其徹身的影響；我眞的一直沒有高昂的大志，或幻想有轟轟烈烈的作風以圖揚名過奢華的生活；今年獲得諾貝爾文學獎的希臘詩人艾利提斯說了一句頗為眞心的話：「當我獲獎時總是感覺怪怪的，頗不舒服。虛榮是一項會自動壓到我們身上的東西，必須要有很大的毅力才能把它推開。」四十年來的生活，我頗有悔悟和知見，如果我能擁有你，我便應該知足了，也希望成爲伊壁鳩魯哲學家中的一個，叫我一句話都不說都可以。

一年來我學習書法，甚愛唐、懷素的草書，也寫了一本陶淵明法帖，但過去我沒有寫毛筆的基礎，現在雖有興趣，有如幼兒塗鴉，像在塡補無奈的時間。我大概常在生活日記中提及，所以引起你的好奇，要我寫些字給你看，我現在就將淵明法帖楷書於后，另外用毛筆仿照一番寄上。事實上我寫的與他不甚相似，沒有他那麼削勁，卻有我的不計成敗的隨便作風。

你提到我前二封信裡那首詩，不喜歡裡面的某些用詞，我甚同意；但那是實地實況而實寫，不能稱爲好詩；「一絲不掛」是爲指摘我們在現實生活的空間裡身心牽掛許多東西，不止是指衣服而已，所以一絲不掛是指卸掉了一切俗物，比赤裸的意義具體；「黃昏」是指我的心態和自嘆的現狀，「彩雲」當然意指著你，你來得突然，也很可能迅疾消失，目前雖有默契和思念，也可能是空夢一場。你是具有生命和自由意志的女子，應爲自我的前途著想，我無能去束縛約制你將來的選擇。凡人譜寫戀歌，莫不因感懷生命短促，企求思想的永恆而已。我是眞的內心深愛著你，而且日日深長，我暫定一年做爲思戀的交往，這是我在感情之外的理性的表露，使我的熱情不致顯得可笑和不當。或許我這樣約制一年的時光，才是可笑和不當也說不定，如果十年廿年之後，我們仍能相偕而回憶初時情形，必定大笑不止。我希望有永遠的持續，但我總應該警告自己，不可踏入太深而不能自拔，因爲你是個年輕貌美的女人，不可對你做太過的指望和幻想。當我說出這些話時，我內心甚爲寂寞；我們的開始雖是自然的牽引，卻毫無奇特之處，但如有一天面臨結束，恐怕內心也甚爲苦痛。我希望我們的感情和理性並長，絕不讓我們的愛戀有難堪和不良的後果。我這樣說應該沒有不好，卻看起來有點不似相愛。但我相信在這些表露於外的理性底層，必定埋藏著相愛的感情，不但是你，我也如此。我希望一年之後，我們應該安排機會見面，我的信就寫到見面的時候，然後我們應該有新的決定。

你希望我用較多的時間去創作作品，少給你寫信，這是目前我的本性做不到的。我現在寫信給你，同樣是應合我身爲自許的藝術家的行爲；我認爲一個藝術家並不意味著只在表面上去做創作的事，更重要的是品德的高潔和自愛，就是不事創作作品亦無妨。我記得我們曾談到柯羅齊的美學精義，我們都表贊同他主張的內在藝品的存在，這內在藝品是指心靈的創見，與外在的技術是不同的範疇，但它的來源是在生活中所表現的高潔裡，從那裡提出純淨的思想。我所要效法的就是這種事，你應該明瞭才對。再說，我不是爲群衆而活的作家，我不可能是那種偉大人物，因爲偉大在這個世界上是指事功而言，譬如拿破崙或亞歷山大，我沒有這類的雄心，並且性質而言也不相同；我只關心我的感情和欲望，以及適度的理性，我將這一切偶爾用我想到的形式表示出來，我不希望有那種自命不凡的才子想法，而只能有謙虛自抑的思想。你應該試圖去相信，不要否認我寫給你的信就不是我的作品。事實上一個藝術家的作爲不應脫離他的生活，並且要將生活的一切納入於表現的形式，如果不能做來勝任愉快就不是藝術家了。我就是覺得與你寫信將我的一切生活思想自然地書寫出來感到無比的快慰，有如我在貧苦無告的日子寫出那些作品一樣獲得無上的心靈補償，別人批評如何並不重要。除了上述的理由外，我根本不想也不可能做好其他的事，要不要創作作品，要視未來是否有新的機緣。你的信文中強調創作作品對我的重要性，那是理論性的說法，並不合乎我的習性和做爲藝術家的意旨。有些文評家譏笑我自封爲藝術家，我認爲他們常常妄指藝術家是特殊的少數人，固然如此，但凡有能力且以自我的方式處理自己生活和生命問題的人，都算是。有一天他們將同意我的看法，而不再做爲他們意識偏狹排斥異己的藉口。將來我也不喜歡有人把我的作品勉強或不當地劃入什麼派別，甚至以社會功利的立場或民族的利害意識這類的眼光去評價，讓那些了不起的榮耀歸給適合的人，而只以藝術家稱我便足夠了，不要形容詞，只當以我們與其他萬物的區分命名一樣，我們是人類。在整個生物自然界中，人類是藝術家，所以我的自許並沒有往自己臉上貼金的意思，我甚至也不施粉，塗成一張厚臉的假面具。

十月二十一日

早安，愛人，因你使我安然度過了一夜的寂寞。

我無法想像沒有你我的日子不知會過得怎麼樣，我現在過的生活，便是命運安排我這樣過的樣子，除此之外，沒有更好的日子。無疑，因爲有你，我常能振奮，排除無奈的感覺；因爲能想念到你而更有精神與活力。我的日常工作非常忙碌，也常感怠倦和厭煩，卻能在做完那些繁瑣的工作之後，繼續爲你寫信；也因爲有傾述的對象，把一切的煩悶都驅除了。所以，我的日子過得還算充實，有厭倦有興奮，雖無奈，但充滿希望。有你，我就不再抱怨辛苦了。

從上個星期以來，我幾乎忙得不可開交，今天亦忙了一整天，昨天値夜，今早我都無法回家吃早飯，只好自己在廚房下麵吃。到這個時候，我想可以稍喘一口氣了，但思想馬上觸及到你，重新拿出你前幾日來的信，注視末頁紙上的唇印。那微微張開的雙唇像有一股輕柔的氣息流出，要我向前去吸取它，甚至想像有著口液的甜味在引誘著我。你的所作所爲依然是我所能了解的少女的美妙情懷，是如此地稚氣可愛，令我也趨向天眞和不斷地產生遐思。唇印裡可清晰地辨認唇瓣上一條一條空白的紋線，並且有深淺的色彩，可以感覺它意欲的生命；那張紙背上的另一個印記更爲動人，雙唇在右邊尾端是密合的，中央有緻地張著口，整個顯得頗具嫵媚，我想到梵樂希的〈石榴〉詩，他形容並確定它綻開的形姿的意義，是我現在也這樣想的。奇怪，你這樣做了之後，又要用文字在旁邊表示一點羞慚，我想這是多麼不由自主的女性情態啊。

十月二十二日

日子過得匆匆和忙碌，使我未能有秩序地給你寫回覆的信；我的知覺必須在教課、勤務、交誼、家事和想念你之間不斷地交替，從未擁有一大段長時間來做某一件事；想你的部分都是零碎的，數次非常頻繁，有時是閃現後即消逝，被其他面臨的工作所打斷；只有坐下來寫信時，幸運地能佔有較長的時間，也能專心一致，但也不免會被偶發的物事打擾片刻，再回來接連剛才的思想時，常要發費幾分鐘做記憶的恢復，重新把你的影像召喚回來。

親愛的，你每說一句話，在我的印象中都是一種姿態和容貌，你的話說得簡潔扼要，那是完全發自心田的符號，具有感動人的力量。大致說來，你的信和我的有其基本態度和心思用意的區別。你直述著愛意，除了它沒有別的，也不改變那愛意的形態，親切得像是同一家人；而我的表現是基於文字模擬的應用立場，不厭其煩地闡述愛的心靈，以及對一個愛者的形象做著忠實的描繪。雖然我寫的是自己，卻像有一個代筆者在那裡觀察和操作，像是探索著一個迷宮，闖東闖西，有一點哲學體系的迷亂，傳達的訊息隱喻在某些晦暗之處，必須靠讀者的機敏和不懈怠的探尋。所以你的信可以給我直接的感受，毫無偏差，但我給你的是一種苦思、一種懷疑精神，一點詭密的遊戲，一些感覺的悲愁。甚至是一種罪過的痛苦加於你的身上。這就是我整個文學的特性，在眞理的假象和眞貌之間徘徊留戀的狀態，有如幽魂本質的慈善和它形貌的恐怖。你會珍惜這些不足信任的表現嗎？你在理性和感情間到底做怎樣的抉擇？你對我的觀感雖然已說明在你的愛意上，可是將來必定要有一個更清楚的結論。

我相信你變瘦和更爲漂亮了，我盼望能見到你這樣的照片，看出意志加於形體的痕跡，這事做得並不可笑，有如我對你寫信的誓言一樣，是一種全然的試煉。我想如果我眞的看到，一定是很奇妙的感受，很樂意於接受這個事實。你眞會給我這樣的驚喜嗎？看看你是怎樣的一個了不起和柔情對我的女子！你待我眞不差，這樣的情意眞叫我難消受啊！我的心在綻放和喜笑了。我是眞的會爲你的所作所爲融化，而以吞食你爲滿足，我希望在你的懷中死亡。

整個上午的時光我像雲遊域外，當我在校園踱步時，我的身體是虛脫的，精神却集中在和你纏綿之中。現在我的文字也變得拙笨了，因爲思戀是太動人心扉了，馳思得無法用雙手掌握。

十月二十三日

我乘著昨日光復節假日到我第一次當小學教師的地方去拍照，黃昏時候我回到了家，一進門，孩子便告訴我昨夜家裡淹水的慘狀；我問說是什麼原因，他們說濾水器的水管爆開了，水由廚房流到餐室，再流到客廳我睡覺和讀書的地方，床下的宣紙約有百多張全都浸濕了。當廚房的濾水器水管爆開時，他們正在睡眠中，直到清晨起床才發現到滿屋都是水。我想到這可能是她對廚房的濾水器的用法有不當之處，我曾幾次發現她只關閉水的龍頭，而沒有關掉進水的龍頭，以致相接的軟管經不起水壓而脫開；於是我對她詢問幾句，她非常不高興地頂嘴過來，不服氣地指責我過去也有許多不是來做對抗，譬如煤氣爐我常關掉總開關，而忘了把放氣的旋扭轉回關閉的位置。我說這樣還算安全，她硬說這樣也不安全。我坐下來不願和她爭吵，只是默然地沉傷。這種情形使我心裡十分難受，我眞痛苦極了，爲什麼我會有這樣不講理的妻子，我爲此傷心得不得了。他們正在用晚飯，我心裡難過無法和他們同桌吃飯。有時我外出歸來，是爲了盼望家庭的寧靜和安適，家是爲療養疲累的地方，可是我總得不到這些；這不是第一次，我回來以前家中不和的總總，就無法忍受，如果我是一隻古代的禽獸，下次我出了洞口，就可能不再回來了。

我看到書桌上有一封限時信，料想是我昨天上午出門後才到達的，是報紙副刊編輯寄來的邀請函，說明明天（廿七日）中午十二時卅分在台北，ＬＳ．張女士家裡有一個特別的聚餐會，主要的來賓是剛回國來的ＴＣ．夏教授。這封信顯然是要我們（一定還有其他文藝界的人）去和夏教授交談，但我現在的心情和身體的疲倦都抗拒去參加，明天還要上班，即使心有所嚮往亦做不到。我馬上寫了一封說明理由的信寄去，以免誤會。事實上我內心裡並不覺得和他們在一起交談有什麼高興之處，沒有以上的理由，也不想去參加，因爲我常在這種類似的聚會中遇到許多無聊的問話，所以還是免去爲妙，與其去吃那一頓虛榮的美食，不如到郊野去散步更富於身心的營養。還有一個更重要的私人原因是，我已經堆積了很多應抄寫給你的日記未做完，屢出遠門使我感到怠倦，我打算在這幾日內趕完工作，好爲你寄去，免得越積越多，手都軟了。

十月廿六日

週六晚上她要求我給她錢去買美容用的化妝品，她表示會還；我問她這幾個月來做工作應該有所賺得，爲何收入會不足夠自己支出呢？況且當初我已經給她許多錢去籌辦她工作上的需要，而她的賺得我並沒有取回分文，家中的費用我照常如數付給。我是希望能夠了解她工作的情形而不是想去詰難她。之後我將我存放的伍仟元全部給她，第二天，她留下家務給我，便搭早晨的快車到台北去了。往常我有不計較金錢的脾性，我知道拿出去的錢是不會回來的；我想她的賺得有限，也可能在她自己的需要上用去了，事實上她也應該有點錢，女人都喜歡錢，不應覺得自己一無所有。

這個週日上午的時光，我照常練字，然後做午飯給孩子們吃。他們眞是可愛的孩子，個個聰明和漂亮，尤其小保，特別善解人意，他們的功課都能自動做好，學業成績都極優良。我想到對大姐說的話，覺得愚昧，在我的身上就做不到；但我並不溺愛他們，我想孩子給父母的傷害是有其原因的，不能憑一種固定的方法教育他們，問題在於了解孩子的性質和興趣加以指導，而不能堅持做父母的希望，如果父母一意孤行，最後終會造成衝突和傷害。下午二點半，我觀賞電視影片，是十多年前看過的舊片《大海盜》，這部片子依然很好，說明北歐維京人入侵英格蘭的故事；上週我看了《綠騎士》是一部寓言，非常的浪漫和富教化，說明一個人的成長必須經過多次的磨難和試煉。晚上，我在天花板上捕獲了一隻小老鼠；這隻鼠近半月來每在我睡眠的時刻，便在天花板上奔跑；記得去年冬天我也照樣用籠子捕到一隻。我將它放在院子裡給小孩觀看。這隻鼠皮毛灰黑，眼睛像煤粒般黑，微微凸出，尾巴很長，我用花生餵食牠，直到昨天（週一）晚上我來校值夜，我還沒有決定要怎樣處置牠。

昨天她工作得很晚，我下班後開始做飯，到六點半我和孩子們都吃飽後，她還未回來，我約在七點到了學校。整夜我都在抄寫日記，那位校工在九點前就躺在床上睡著了。我寫得很順利，約在十點時一隻全身黑色的貓跳上了玻璃窗把我嚇一跳，這隻貓美極了，我從未見過像牠一樣全身是黑的，它企圖闖入無效後就走了，我繼續書寫。到十一時我感覺有點累了，收拾好，走出屋外，風停了，但一片漆黑。我進屋睡覺，那校工醒來，我便和他交談，說到一些有關土地的問題。他除了水田外，還擁有一些山坡地，最近有人向他出價，約值三百多萬，他的生活現在是很好，孩子都長大成家；一個校工，像他那樣穩實勤勞的人，也有財富成就，這世界對他來說是好的。話停後，他又發出鼾聲睡了，他能吃能睡，身體健康，沒有過分貪婪的幻想，這就是美好的人生。我無法睡去，起床到屋外，大地微亮，西天在亂雲中露出了弦月，操場寂靜無聲，空氣呼吸起來很新鮮。我站了一會兒，轉回床鋪，但依然輾轉反側，在半眠半醒中度過了煩思頻頻的一夜。

天亮後，我便起床，趕回家裡，吃過早飯帶了飯包又回到學校。今天學生作文，我可以有大部分時間處理私事；我決定今天下午寄發我給你的第六次信，明日又值放假（蔣公誕辰），我不想拖到後天去。

十月卅日

第七封

看完晚間懼怖的新聞後，我走進浴室洗熱水澡，然後坐下來聽音樂，想一想今天自己做的事。早晨六時起床，在院子做柔軟操，之後瀏覽報紙上刊載的消息。這幾天最使人注目震驚的是韓國朴正熙大統領遭受中央情報局局長槍殺死亡的新聞，不但震撼世界的政壇，而且暴露出不太為人所知的權力內幕。這使我想到強權的危險性，在二十世紀末期裡，人類的知識已有一種象徵，那就是對強權的嫉憤，對民主自由和平等的理想接近。在意識的對抗和求取平衡感的遊戲中，不論國家主義的理由有多麼充分，財富集團能獲得無上權利和法律的保障，但強權乃意味著專橫和獨佔，甚至意味著腐敗；強權是在民眾的愚昧和被麻醉中產生，因此也要付出龐大的用心繼續去做掩飾，這是最得不償失的作為，國家主義最能看出這一點。強權本身其實就是一個沒有其他勢力足可抗衡的唯一黨派，它本身是合法的，其他都是不合法，因為法律的制定是為維護它的權益。回顧這半世紀各國所產生的政治動盪，幾乎都是導源於強權的橫霸，和它的不合理性。在這之前，美國的獨立和法國大革命，是人類求取新秩序的里程碑。第一次世界大戰後，各國皇權幾乎都崩潰了，起而代之的是非傳統的暴發戶的政黨強權，希特勒的崛起是最為明顯的例子。

日本皇權的式微，產生軍人強權的時代，義大利有墨索里尼的法西斯主義，俄國有共產主義，於是第二次世界大戰暴發了；戰後受創痛的國家稍有明智的都能實行民主，有折衷的政綱，權利能夠做到分配和平衡，但這樣的國家畢竟很少。權力慾依然在個人的身上顯現，如史太林、艾德諾、戴高樂，埃及的納瑟；西班牙的法蘭哥元帥的長期執政，使他的國內文化和經濟不能復甦，，畢卡索最痛恨他的專政，發誓至死不願回國。義大利政壇一直像是羅馬時代元老院的吵嚷，缺乏強有力的領袖，雖然實行民主，但政治家所表現的心情很浮躁；他們的黨派最多，連共產黨亦包容在內，國會就像是戲院的舞台，人民寧可沉溺於宗教的另一個國度；但對現實，義大利人民仍然樂觀和熱情。義大利式的熱情，只是一些玩手戲的外表動作，並無實質內涵；經過中世紀，義大利已消褪了它原有的色彩。日本的復建工作得自於韓戰，工廠林立，向世界大做生意，他們的野心改換了另一個面具（常令人憶及能劇中人物所帶的面具）；目前的日本國富民安，政黨都由財閥支持，首相大家約定輪流做，他們的政治家在世界的政壇作風，像是要扭轉人們對他們是過去戰爭禍首的印象，所以寧可在美國核子傘的保護下，將財力完全發揮在技術工業，和經濟勢力的擴張；這點有違背日本傳統的精神形式，所以有三島由紀夫的激進，呼籲恢復舊傳統的唯美的武士精神，他在復國理想未達後，以切腹謝國，樹立著自己的美譽，這種英雄作風，各有可笑和可敬的一面。美國依然是世界的民主模範國家，但美國在維持世界秩序上所推行到全世界各地的美國式精神可能是一種罪惡，造成各角落都有仗勢欺人的買辦民主作風，最後在民智的啓迪下看出僞詐，轉成爲偏激的民族國家主義或爲共產主義鋪路，伊朗就是個例子。因爲玩政治在皇權被埋藏之後，只有二條路倖存，民主之外就是民族主義和共產黨，於是產生意見不合的內戰，也等於是兩種集團的武器試驗場，先是韓戰，後是越戰，中南半島隨之赤化。而個人表現強權作風的，有甘乃迺兄弟的遇刺，巴基斯坦布托的被處死，俄國式的清算鬥爭和死後鞭屍，中南美洲的兇狠強盜式的政治風暴和奪權戲劇，非洲獨立的黑暗國家，菲律賓馬可士也可能自埋了強權炸彈，突然韓國的朴正熙遇刺，這一切都有前因後果，政治和權力的事沒有意外。這世界上佔有強權地位的人那幾位能功成而退，且表現出讓賢作風呢？幾乎人人都貪婪著那最高的權位，拿破崙就是對他的權力產生幻想而失敗的。我想只有人民的智識水準整齊的國家，政治才是藝術，而不是少數人的特權。

十月卅一日

昨晚的日記突然中止是太晚太累了，本來想記錄一天的行事，但談到強權却使我列出許多感想來，因爲這個人類世界，無論那一個國家，都曾出現過這種可怕的東西，早在上一世紀，爲民主釐定理想的人，已經警告過了，到現在雖然表面上大家談民主，實質上仍脫不了強權的主義色彩，所以凡是在未來的世界要是本質上違背民主自由的理念，在背地裡用強權統治，必定要發生悲慘的事。強權是人性的墮落和腐化，是違抗上帝意志的魔鬼，有人說「上帝是狡詰的，但並不險惡害人」，而強權都是爲了少數人的權益而剝削大多數人，且殘殺異己，如希特勒的滅絕猶太人運動，和今天中南半島的悲劇。關於這些事已不必再說了，你是完全知道的。

昨天我前後約練了四小時的草書，在寫字前，我先翻字典查了懷素自述帖裡的幾個發不出音的生字，感到查字典是十分不耐煩的事，原因是字典的查法很呆板、瑣碎而費時；小時候我就很厭煩查字典，對國文一科幾乎放棄，許多字知其義而不知其音，直到當教師才稍微改進，實在慚愧。因此我在午睡時我就想到是否有較簡便的查法，不要像目前的字典先看部首，算筆劃，有些字很不易辨識是何部首，找難字表，筆劃有時也算不準，老半天才查到一個字。康熙字典很難看懂，現在發行的國音字典注解非常乏味，沒有啓迪作用，因此我便想出了一個辦法來，準備找時間去做整理和實驗。下午兩點鐘，我匆匆趕去鎭公所的禮堂，我在走廊的大鏡前瞄視自己一眼，發現臉色十分蒼白，事實上我的頭腦很暈亂，雙腳有些發痠，是休息不夠的現象。於是我簽名後便離開，沒有參加開會。回到家馬上躺臥下來，心臟有漸漸轉弱而呼吸幾近窒息的感覺；我一個人獨自靜思著，孩子們都外出玩去，她到美容院去了，我產生一些奇怪的想法，但並不慌張和恐懼，也無法閉眼睡眠。我勉強起來打開電視看，是今年美國的世界棒球比賽，金鶯和海盜爭奪冠軍。持續一個多鐘頭，我依然在虛弱的狀況裡。稍好時，我起來泡一小杯的咖啡喝下，繼續躺在沙發裡連續看二次大戰的回憶影片，直到五點鐘才恢復精神。

我慶幸今天依然健在，難過都過去了，而且非常幸運能接到你寄來的信，這是一個奇怪有加護厚度的信封，原來裡面藏著三片楓葉，完整的葉片，只有一根葉柄掉了，但色澤令人想到可以下稀飯的、像是曬乾壓扁的魚乾，其實是像飛來的紅蝙蝠。沒有見到照片有些失望，難道還沒有瘦成嗎？如果瘦不成就算了，何必自討苦吃，我並不太在乎你瘦不瘦，只要你能對我好就好，一切應放之自然。

我一口氣讀完那十張信紙，並且繼續將附上的魯迅的文章看完，發現少了二十二頁二十三頁那一張。我覺得他的作品藝術力不高，不能傳得久遠，過了這個時代，以後的人所獲更少；因爲他的用意是要呼喚當時人的感性，背後有煽動的目的，而不是冷靜地探索物事，缺乏現實和本體世界的剖解，文學性很渺小，不是和他同時代的人便無法贊同他的理解和思想的觸悟，他的諷刺性格，更覺得他並不正派，在序言中故做的姿態十分明顯，《狂人日記》更令人作嘔而討厭。過去我絕少看三十年代以前的作家作品，偶爾看到便覺失望，台灣某些老前輩作品亦然，像國語片，便望而卻步，也許你持另一種看法，因爲你是研究的學者，就另當別論了；老實說我的性情非常厭惡受這種東西的影響，寧可空無，也不願受到這種污染。不管歷史說他們如何赫赫聲明，影響衆萬人，我仍不覺好感，也不以爲然，因爲這些衆萬人猶如地獄的嘍囉，無知和盲動，只是惡魔的兵卒而已。希望我這樣說不會刺犯到你的美意。事實上我看了，也讓我知道那是什麼東西，知道分辨好壞。

你談到不要我寄快遞，我照辦，其實只加了八塊錢而已，心想寄出後早一日到達總是一個希望。你的信約一星期內就到達，爲何我的快信反要十多天呢？我想大概受到檢查的緣故罷，現在我幾乎定期寄出，不免受到猜疑，好在我們心地都很正直，並無任何有愧於自己的國度的地方，過去也有文藝界的人警告我小心，他們大概想嚇我，我並不以意，你最能證明我孤獨、清白和無爲了。

十一月一日

關於楓葉，我在昨日也許說得很不恰當，我想它的色澤和形狀是個關鍵，昨日之言都是片面之詞，我自己大膽放肆罷了，當說到形狀時，色澤是不對的，當只顧色澤時，形狀又疏忽了，不能眞正表達楓葉這兩方面統合的涵義。我現在要更改說法，那麼它像是在火光中飛舞叫囂的巫婆。人們常對秋天感傷，視飄落的楓葉爲憐憫之物，夾在書本惜藏，幾乎每個人都有難能宣告於人的情懷和遐思。楓葉的落景常有人描寫，却沒有說清楚爲何而落；只說青葉轉紅變黃，却不明它的形象有何意識存在；只說少女撿起了它，但無男人給予批判。秋天在四季之中是一種姿容，千古一式，却不知道眞相爲何？秋天對我的意義只憑一些知識的想像，而我根本沒有見過明顯的秋景的特色。像春天，在台灣只是灰濛和潮溼，實在令人無能了解而失望，而夏和冬則顯然地很嚴厲，使人苦悶和厭惡；由於春秋兩季的含糊和曖昧，我想不出台灣在天氣上値可稱道的季節，頂多是某些日子的晴朗和開闊，讓人在某種機緣中感覺它的美好，這樣的日子又總是一閃而過，無法盡情享受。秋天似乎讓人不堪回首，我偶爾從詩文、音樂中揣摩，覺得它傷感萬狀，由歡欣遽然地落寞，有如一件明亮內耀的新衣，突然褪色，命運只有低頭承受。但高傲的女人也許在老邁之前還能展現一股妖豔之態，且富於現實的快樂，但畢竟像是宴席的最末一道菜餚，已讓人感到厭膩，好似海邊的夕陽，很快落下而暗澹無光。前日，我在寄出信函後，有一時曾想到時序和生命的事，覺得一秒一分一時一日一月一年是如何的遲緩，但在警覺中却感到生命的短促，不知如何是好。年輕時，有一個暑假，我甚感無聊，受到熱氣的煎熬萬分難受，又無法排遣，悶悶不樂，恨不得跳越過去那段時光；而現在常覺已屆四十年頭光陰，身體和精神有著衰竭的跡象，疑問來日還有多少呢？你常勸我不要爲時光感傷，使自己消沉，應振奮努力於創作。不錯，現在還沒有另一個新機之前，我不免會有自尋苦惱，煩思叢生，和疑難重重，諸事皆不順遂之感。記得我由浪蕩的台北轉走深山的那一年，是我這十年來的關鍵；而現在，我遇到你，可能是我後十年的轉機所在。我眼前出現著三條路：一、能夠獲得你和她兩方的諒解，使我在家庭和情愛兼顧；二、你另有理想，我恢復過往浪漫的舊跡，浮游天地；三、永絕人間的慾情，過修道沉默的生活。我的自行批判是：第一項需要多磨的耐性；第二項，堅持虛無的哲學觀，玩樂人生；第三項需要絕然的勇氣。其結果，第一項有正反兩種表象，不是和樂的幸福，就是爭吵和操勞一生；第二項，死無葬身之地；第三項，不是懦弱中途退走，就是有所收成和遺留。到底那一條可行，難以下斷，唯靠機運時勢和智慧。

你說眞忙，我一點也不懷疑，也可料想在美國自由教育的制度下自行用功的勤勉情形，也唯有在那種環境裡才能培養自我的責任感，而相信前途操在自己手中。我已經多次表示你應該學業第一，要不要給我寫信，完全視自己的狀況而定，不要看到我按著一定的腳步，就覺得必須跟隨我同樣地做到，根本沒有這必要，而且我給你寫信，並不單一爲你，有一半是爲我自己，在感情和寫作上做一次奇特方式的磨練。你說做夢，醒後懷疑自己的讀書方法不對，我不知你的方法爲何，也不知那邊受教育的眞實情形，我根本無法了解和提供意見，你有這自覺，應該可以尋求改進。

你給我儲蓄的建議和方法很好、很對，我很感激你在這方面關心我，我自己也早有存錢的打算，唯惜總是存不牢，原因是收入有限，支出却是突然，每一次似乎都會把計劃粉碎掉，但我依然繼續在做，有時覺得老是那麼一丁點錢，往返奔走感覺很愚蠢。現在我已經和她協議好，家用全部由我支出，她的所賺則由她自己掌管，我不加干涉，那麼我有餘留就做儲蓄。你要知道，我和她一起生活，沒有你看了我的特殊描寫所懷的憂鄙的想法那麼糟糕，否則，你可以想像我和她根本一刻也不能再共同生活下去，其中孩子是扮演著諧調作用的角色，也可以說兩個人都為孩子著想而共同生活，因為我和她都非常喜愛自己的孩子，也看出他們在我和她的保護下生活比起別人家有優厚而無不及之處。他們對我信賴、依靠，使我很覺滿意。但是這一點，也是有時我和她單獨構怨時，感到特別深痛之處；我想互損互補之間還可以維持平衡，你可以不必向我發出疾憤之言，因為根本與你無干，也不是現在的你可以幫助解決的。我認為我的描寫一定給你極不良的感想，否則不會一再地認為我是罪人，應該接受痛苦，你眞是太心直口快了。

近日來，左肩背又有筋痛的現象，怎樣發生的我不太明白原因，因為近來除了體操外，沒有做激烈運動；上次病痛延續極久，吃藥沒有多大效果，但不知不覺消失了，這次復疼，和你突然想到（我記得告訴你背疼是極早的事）問起的時間很接近，似有靈通的意味。背疼的情形並不怎麼嚴重，我想是睡的不安穩翻身扭傷的，而且休息得不夠，以致無法在數日內消失，只要調息，就會自然痊癒的。

你說珍·芳達的演說很成功，就像演戲演得好一樣，這必定對角色的內涵有所了悟，那麼她對她所說的內容也必定有深切的感觸，這種發論必然能獲得共鳴。她是成功的演員，又能實際參與現實的事物，是雙份的貢獻，譬如馬龍白蘭度，也頗令人敬佩。除了對她的能力加以讚賞外，你所說的他們搞美國式的共產主義，我就不知其眞確意義了。就我的了解，西方人和東方人談共產主義，是有本質和作法上的差異，有如談到語言字義的用法，他們大都能直接掌握到內外的合一，而我們東方人則草率不純粹了，其中似有一道曖昧不明的隔牆，叫局外人無法了解眞象。東方人移植西方的思想，常無法應合內在的精神，所以凡事做出來都有點邪門，好似掛著一幅面具，名額之間相距甚遠；就以文字藝術而言，常常看到的是牛頭不對馬嘴，不然就是空有表相和技法，而無實質的內容，你在台北看到的《山中傳奇》電影頗覺不快，恐怕就是這種感觸罷。

我們的交談，要獲得對方的答覆，需時約半個月甚至更久。我們各人所提的問題，大都自己心理已有答案，只是期求對方加以一番的評斷，以便獲得確定的結論，使一種情感得到共認，這是愛戀的本質和目的。感情的發射，總是寄託在表面看來瑣碎的事體上，一言一語都帶有傳達感情的任務，應該不可忽視它。所以從上兩次信開始，我都在讀你的信時做下提要的備忘，做爲我寫信的參考和主題，不再像先前一樣只憑籠統的感想就下筆書寫。不論我們回答的問題已經事過境遷，早已淡逝，仍然要給予特別的重視，做不厭其煩的記錄。我提出這一點是我個人的期許和作法，你是否如此，就不是我能要求的了。這有點像讀書，那麼爲何不能把愛戀當成讀書一樣，日久自能產生心得，形成一門學問呢？

十一月三日

自上星期六晚上接到韋的限時快信後，這六天來，根本沒有一絲毫時間，可以冷靜地寫下日記，甚至沒有好睡眠，以致身心非常的疼痛難受，事後好像需要三天三夜的大睡來補償。我曾在先前告訴你，韋曾寄來一本《畫詩集》的事。他的來信說八月的時候，將《畫詩集》寄給報紙主編，獲得要爲他做報上畫展的回覆，擬請一位藝評家爲他寫評介，但拖到十月，那位藝評家推說沒空寫，因此遲遲未能在報紙發表，於是韋想到我，因爲有同窗之誼，要我一定答應他寫一篇。他的信未說得很可憐，頗令我同情；他坦白地說，實在是爲了愛慕這份虛榮，心中始終排除不掉。名利的虛榮是誰也推脫不掉的，但對一個人而言，坦誠或僞飾就有分別，這是使我奮不顧身要爲他撰寫一篇長達萬餘言的文章的原因了。我緊張害怕的是可能寫不出來，因爲只對一本《畫詩集》，能說什麼呢？我又沒有寫過評介別人的經驗。可是我的心思又極力要去幫助他，如果沒有，便令他想及那位藝評家看不起他，以爲我也是，而對他自己的創作懷疑起來，這種痛苦是他能承受的嗎？他說他是第一次這樣求人，可見情況是嚴重而危急了。我日夜趕工，昨天已寫好寄去，然後我自覺要崩潰了。昨夜睡眠中暗暗地想，我爲何會因寫這樣的一篇文章就那麼累，是不是老了，不行了，要寫文章，無論那一種的，只要我過去有涉獵的範圍，不是都頂容易，一揮就成嗎？現在怎麼會那麼出力呢？事實上我這一次嘗試寫這種東西（我不願輕易隨便寫詩以外的文章），也是動筆就順利寫成，沒有遭到很大的煩苦，只覺得力不從心，感到無可支持的疲倦，其原因是沒有好的寫作環境，日常事物繁多，精神無法集中和統一，造成神經的緊張和疲勞。奇怪的（也是自然的）是，我在檢討時，竟沒想到自己全面的生活來，說應該告訴你，我們感情的事，就此算了，以後不再將日記寄給你了，因爲關於寫日記，我也累積了滯重的疲累，精神和軀體都像要解散了。今早醒來，精神還好，自己修理車子，來校上班，多天堆積的事務也順利做完，像現在我重新拾起我們的感情，也恢復了信心。我甚至做了一些奇怪的行爲，要去汽車駕駛班練習開車，有了執照，明年夏天如有機會去美國看你，也可以和你開車去逛逛。關於去美國，不是不可能，我打算籌一筆錢，並且在寒假期間開始辦申請，你以爲如何？如果你不反對，並且向我保證到那時也不改變，我可能在明年初要開始學英語會話，一步一步去實現我想要去做的事。我希望你能懇切地告訴我，你的情況，你的意見。

十一月九日

一連幾天，我都無法按日記下我的生活和思想。星期六（十日）學校要修建教室，採取同年級兩班合班上課，整個早上都是爲了搬遷和整理，還有協調課務問題，而匆匆過去了。隨之而來的是星期假日和國父誕辰，連續兩天不在學校。今天來校發現合班後未解決的事還很多，不得不加緊去做，在腦中便覺得自己的私事因而懈怠了，不若先前那麼興趣勃勃，提筆有如神功，現在倒反覺得紛雜而語塞，不知從何說起好。一旦廢棄，有如百年的隔膜，一切都好似陌生了。是不是我們都因自己的生活和工作（學業）而不再重視了呢？你說我們的空中樓閣，只需要一小片的心靈安置，我懷疑那一小片的心靈是否也會消失不存在呢？前幾天我還充滿想像，希望能到美國去看你，現在我的心中却很消沉，疑問我說了那些話是憑著什麼而說？我甚至相信我們的愛情只是紙上作業而已，什麼眞實的寄望都沒有。你又說，你的美國女友勸你「愛情不要太羅曼蒂克」，我却認爲我們有意要羅曼蒂克都不可能，談何禁止和勸告呢？我們是活在現代，却想像在古代之中，我們的作爲無異是如此。好罷，一切委諸於時間的證明，我們是否能度過這一段的能耐，然後奇蹟是否把我們拉攏在一起，只好等著看罷。我不但懷疑自己，亦疑問著你。我已經報名參加駕駛班，把這件事當爲生活興致的催促劑，希望能因此有著學習興趣，提高精神的振奮。我預感著我的思想在逐漸改變，並且逐漸向現實生活傾近，因爲困擾、憂煩、寂寞和頹敗的意志都需要有新的東西來替換和塡補，你不在這裡，我可能變成另一個人，你能挽救我嗎？如果我是在逐漸地沉墜；我想我的一切似乎變得雜亂無章、毫無風格，甚至神智變得昏庸了。

十一月十三日

昨日颳了一整天的寒風，黃昏回到家已很晚了，原因是下班後，我又和那位校工下象棋，第一盤我輸了，第二盤我贏了，我表示就此結束；屋外的天色已灰暗，他排好棋子要求我再下一盤，我說太晚了，路已經黑了，明天再來，他拉著我，於是我把手裡的東西放下，又陪他下一盤，他贏了，我終於能回家。我推著腳踏車走過黑漆和南投樹茂密的小徑，堆積的沙和石頭阻礙著我前進，寒風吹掃得很厲害，把沙石揚起打到我的臉面上。走出小徑，跨上車子騎到大馬路，風太強烈了，車子不太容易向前走，我穿的衣服也阻擋不住冷風的侵襲，我的頭上戴著安全帽，除了冷和需要賣力踏車外，一切還好。回到家，他們正在吃晚飯，小孩一面吃一面看電視。我看到書桌上有一封信，是韋的回信，充滿了感謝和讚詞，這是意料中事。之後，我到浴室放水洗澡，一面在腦中揣想著，韋和她的丈夫兩人看我的論文的情形。他稱讚我文章像行雲流水，韋則說我的思想深刻，她的《畫詩集》事實上沒有我說得那麼好。我回憶一下我到底在論文上寫了些什麼，她再一再地說感謝我，說是給她意想不到有那麼好的禮物。他附說要和我痛快喝一杯，問我去康園或他們開車把酒和杯子帶到我家來。我再想到我的論文題目，是很好笑而可能叫人失望的題目。我在裡面說宇宙的存在就是藝術，我甚至在文章裡痛責唯物論者，偏激的愛國份子，歌頌惠特曼的自我之歌，把達文西的蒙娜麗莎畫像視爲文化歷史的一個存相代表，它本身就代表著藝術的奧秘。大概是我把這些隨想和集裡的內容交替和混合，使他們認爲我這樣做才是藝術家。吃過飯，我給他們寫了一封回信，說我最近報名學開汽車，離不開這裡，要到康園去元旦假期是最佳時候。我隨即練了一個半小時的草書，再聽唱片──〈天方夜譚組曲〉。十一點鐘時我泡了半杯咖啡喝下，便躺到床裡就寢。但是睡意一直沒來，我任它醒著，想著你，想著我昨日寫的喪氣萬分的話；我不計較寫它是否給你一些不良的影響，但除了寫出我思想的東西外，我說過我不能杜撰什麼好的內容給你。我不是爲戀愛而戀愛，我是爲生活的現實和希望而愛你；愛是我的生活的一部分，也是我的藝術表現。我想到天氣報告：冬天來了，入冬以來的第一道冷鋒過境；新聞報告著：卡特禁止購買伊朗石油，國內的國建會在討論奧林匹克運動會我國的會籍問題。由這點可以看出人們遇事遲疑的態度，到處都是折衷辦法，却沒有眞正叫人心服的好辦法。於是在我的思想裡，想結構一篇有關存在的故事，因爲我看到報上一個學人批評農業問題，頗爲深獲我心。我喜歡將很多現實的複雜問題埋在心裡，然後產生一個可以發洩的情節，這是我寫詩的泉源，故事裡行動和思想灰澀和苦悶的是維護眞理存在的英雄。我在躺臥中意識著時間在流動，認爲清醒並不是一件壞事，那麼失眠便不會造成太大的痛苦感覺；如果認爲睡眠有時是可以省略的話，就不必要強迫神志去歇息。到天明時，我的精神依然很好，沒有受到損傷，我發覺屋子裡由黑暗漸漸轉明，亮光由屋外從玻璃窗透進，這印象很好，而我的心經過一夜的思考顯得特別寧靜，甚至感到自己很老成。起床後我做了一些上班的準備，約在八時離開，先到照像館取前幾天照的相片，這次是重照的，我曾吩咐不要修飾，取出一看，先是驚訝，然後覺得滿好，是一個模樣完全像我的人，臉上佈滿了風霜的痕跡，看起來還很篤定，我過去的詩闡述的就是這麼一個人物。我在這次信中附寄的二張照片，你可以比較一下，一個是原本沒有修飾的，一個是經過照像館比照一般照片修飾的，你看了之後，一定有所了解。我再到郵局去辦理劃撥防癆票義賣的錢，並把昨夜寫的信投遞出去。我到學校時已八時四十五分，一天的教學的忙碌又開始了，晚上又輪到我值夜，我打算整理這段日子來的日記，溫習我和你的夢想。

十一月十四日

前天值夜的時間，我照樣抄寫日記給你，這一次的信看來要拖延了，實在太忙，工作太多，分身不了，但預定下星期三可以完成寄出，希望不要再有更多的事分心，能如期寄給你。我本想把值夜時和那位校工的交談記錄下來，他告訴我一位表弟刻苦成功的經過，這個人我曾見過幾次面，曾在本校教過書，現在則是一家美國在台設立的電子公司的總經理；據我聽到的內容，是個很好的故事，這人長得英俊，一派忠懇的樣子，給我很好的印象。但我現在沒有時間去好好講這個故事，就此停下不表。昨晨我在校起床後，沒有回家，因爲我必須在早會中報告許多有關衛生工作的事，約七點四十分，一位由鎭上來上班的同事給我攜來了飯包。天氣好轉了，是我最爲高興的事；對我而言，天氣會影響我的情緒，好的天氣是一項給我的恩惠。前幾日我毫不客氣地批評了台灣氣候之令人惱怒；春秋不明，沒有讓人享受舒暢和沉思際遇的景致，而夏冬之間的緩衝期太短，常在幾天內變換太快。今天的天氣更好，微微風，陽光普照，但這樣的時辰在冬季總不會太長，依我的經驗，明天就可能再颳起強勁的東北季風。今天最好讓我好好享受這甜暢明亮的天氣罷，如果能夠到海濱去更好，解開衣服曬著溫煦的冬陽，是無比美妙的；但海浴場早已關閉，我幾乎已記不得那一天起就沒有再到海灘去，好像很久了，有時會想起在那裡的時光，但現在去已做不到了，只有等待來年。這使我想到今夏和你意外的邂逅，以及幾次匆促的見面，還沒有去深深的了解你和愛你，便分開了。我和你的默契猶如是我和海洋的約定，需等待一年的時光過去，希望你能如季節中的夏日重臨懷抱我。現在我要離開教室，走到操場去，或到什麼地方散步，課務由另一位老師接去，我還無法預測將會感覺什麼，因爲一切美好的事務是說不出來的，我暫時停筆了。

我到辦公室喝茶，並拿起放在桌上的太陽眼鏡，由正在拆除的教室後面走出學校，我的心裡有著目標，踏著輕快的步子，走在一條村落的柏油路上，然後轉進一條小巷。這條彎曲小巷向鐵道方向伸出，兩旁有著磚牆和泥壁，屋舍和畜棚雜陳，由屋宇內部排洩出不好嗅的污水，流滿各處，是十足鄉下人居處環境的模樣，髒亂而不優雅，令人感觸良深而百說不盡。我沿鐵道平行而走，在一處小橋頭邊的斜徑下到溪底，剛甫站定，便聽到頂上鐵道發出修修的音響，聲音由弱而強，越來越大，一列電動機頭拖拉著飛奔的車廂的火車，像雷霆般響動地一節一節閃過。我的心臟有些急跳，雖然我站立溪底不會危險，仍不免受到音響的震嚇。憶及幾年前，有一度我習慣早起步行來校上班，便是走著鐵道的經驗後，便放棄了，改由溪底經過；那時這條溪水還曾流動，有村婦浣衣，在她們眼前走過，常接到她們明亮而好奇的眼光。這條溪，我第一次來是八年前調入本校的那年冬季，亦是這個時候，今年要不是閏年，舊曆十月半的節日已過了，二期稻作收割了，廟前的戲也演過了。那時我亦抱著像今天一模一樣的渴望心情，乘著放晴走出學校，無意中發現這條溪，使我有一番的喜躍。那時我還未學抽煙，只坐在溪底的草地上享受著寧靜。我現在往下游走去，岸沿水邊，站著一隻一隻大腳的毛蟹，和我遙遙相對，彷彿久違的朋友；但只要我走動靠近，她們便溜進水裡，或走回洞穴裡去。這時我聽到潮聲，就從那敞開的溪流空隙呼聲過來；我望不到海浪，但前面的水潭似在浮動倒流，我推算日子，正是要漲潮的時候。我走近水潭，對茂密的兩岸水柳和南投樹巡視，樹根處的泥崖，站滿毛蟹，像一營的兵士整裝且抬著高高的眼睛警戒著我。我欲望著走向海邊，潮水在無比魔惑的呼嘯招我，但水潭阻止我向前跨過。我改由一個缺口跳到岸邊，然後在那些菜圃和稻田中尋路朝海邊走去。這條路程並不短，陽光照耀我的臉部，我的身體都覺得發熱了。當我到達木麻黃林區，它正是我所盼望的漫遊和馳思之地漫延的沙丘十分開闊，筆直的木麻黃高聳伸向空隙，沒有人打擾，那裡靜謐極了，我像是那中世紀遺世孤獨的人，完全摒除了現實的爭鬥，在自己的國度自由存在。我踏著厚厚鬆軟的針葉，步上沙丘的高頂，站在那裡，視線越過前面一排幼小的樹尖，看到滾捲翻騰的白浪。我終於又置身於自己的願望之中，並且有一份依思想而行動的自我滿足。我就坐在凸出的高丘上，四周有樹木的環抱，空隙敲響著潮音的節奏，天氣明朗，沒有什麼比這更令我神往，和取代著此刻的尊榮。親愛的，我愛你，我在閉目靜思中想念你，並且看到我們赤裸的幽魂在空隙中呈露的形象。但是我打開眼睛，一切便像幻影消逝無蹤，誰都知道，連四周令我膽寒的精靈都嘲笑我，是的，你屬於另一個國度，並且會在那裡和另一個人結合，我只是一個徘徊於無人知曉的荒涼境地，自由幻想而排度時光的人。

我由原路回校吃午飯，並午睡片刻。醒來天色已變了，陽光消失，天空佈滿灰雲，風大了，也覺得冷了。這些記載都是眞實的，不是爲你杜撰的，這一日之間，變化無常，人的心靈只是宇宙的一面鏡子，人的存在代價就是感覺與承受。

十一月十六日

今天是廿一日，還未見你的信來；我的前信在上月下旬寄出，不知你的近況如何，也不知你的思想，就像與你斷絕了。昨日上午，我到苗栗監理所去身體檢查，並獲得了汽車學習執照，廿三日開始上課。我的日子現在變得無比的忙碌，受到現實生活的牽絆，也像是在追逐著現實的繁瑣。許多我在靜思或睡眠時思考的意念，都讓它自由溜走了，這些不能捉住的意念那一個一個地隨時出現，而不能付諸現實，譬如我想寫詩，却找不到適當的時間去進行寫作，內心覺得無比的空洞和虛無。事實上，我每天都在思想，我要用什麼形式去表現什麼內容，幾乎總不能獲得結論。回顧我先前的創作，現在都徘徊著不知如何進展的境地。

我現在要告訴你一件怵目驚心的事，本來應該在睹見的那天記錄在日記裡，但那一時沒有決定是否要向你陳說，此刻是我記得我曾在先前也談過，因此決定有必要記載，才能尾首呼應。這樣的事我不曾希望發生，不論是我或別人，但它竟然發生了，也應驗了我先前的觀察，因爲這樣的事總有其必然的因果。我曾談到本鄉籍的一位獨自住在台中的青年，上次（約一個月或兩個月之前）曾邀我到他台中的寓所住了一夜，看到他的一切出人意表的生活方式，他對人世間表露著怨言和憤怒，以及精神的恐懼和潰敗跡象。十五日晚，我正當熄燈就寢之刻，突然屋外有人呼叫我的聲音，我疑問是誰，便起來穿衣，但叫我的人已拉開門站在門口，我注視著，正爲那種滿臉傷腫的奇形怪狀震嚇的時候，那人露齒而笑了，更增加那個臉目形狀的猙獰和醜惡，我一時認不出他，他竟滑稽地報了姓名，並說：「不認得我嗎？」他的聲音使我確認就是他。我開燈請他進來，目睹這種已不辨識原來面目的淒殘，會聚著我先前對他的印象，一時間內心充滿了無比的感慨，使我不知如何向他慰問。他坐定後向我討求要橘子吃解渴，我到餐室去拿來給他，然後他向我報告了五天之前車禍的經過，他說他看到了異象以致自己翻車受傷在昨夜的高速公路上。整夜我靜靜凝聽他的事後感想，他表示要是這一次車禍能死亡也就作罷了，現在徒留生存的種種苦惱不能解決。他的生命眞可說是血淋淋的教訓，却不知要歸咎於誰，如果是我，亦會痛不欲生。他走後，留下給我一個對生命注視的課題，雖然一個人的遭遇要由自己負責，但類似這種車禍並非意外和偶然，而更可能關係到全面的環境問題；有一度，我對那些年輕無知鋌而走險的犯下姦殺搶奪而被判死刑的青年深表同情，覺得法律的消極作用不能眞正改善人類的生存，並使人誠心積極向善，因爲陰謀的社會爭鬥和種種不公都造就人類產生戾氣，如果沒有光明公正的法則，縝密妥善的教育，人類只有墮落一途。這世界的確充滿了虛無而來的暴力和自毀。好罷，這事恐怕不會令你有深刻的感觸，但對我却有一個焚炙疼痛的烙印，雖不發生在我身上，也有如發生在我身上一樣的不能磨滅。

十一月二十一日

第八封

我在疑問著，爲何沒有你的信來，我想一定發生什麼變化了。自上星期三下午，我投遞之後，這一個星期來，我一字沒寫，這有兩個理由，其一是要放鬆自己，其二是很久沒接到你的信息，使我無法知道你的近況如何。我不相信你寄了三張校園卡片和三片楓葉之後就此斷絕了；要是如此，卡片和楓葉就變得具有深意了：給我無窮的迴思和想像。我一直以爲少女（沒有深沉愛戀過的女人而言）的情懷是單純的，你給我的印象就是如此，現在却也覺得高深莫測，反而富於變化，充滿了詩情的雋永。你在敘情時，有如詩中的用字，表面上是單純的，但意義却是複雜的，我現在深有這種體會；這種了解不是抽取其中的一段一事（如詩中的一行一句），而是對前後事實的認識，因此安置在不同時間的個別相才有深厚和複雜的意義，譬如你的唇印、卡片和楓葉，以及字裡行間直露的感情。我認爲一場沒有結果的愛戀並不是浪費，結果如何並不是判定戀愛價値的決定理由，主要的是過程中呈現的純眞和愛心，這有如詩中的意象，是否能啓發美的想像，使人陶醉其中。文學形式模仿人生，人生也依美學而顯現它存在的價値，所以殘篇斷簡如有美的意象，依然使人珍貴讚賞，好像修伯特的未完成交響曲，或維納斯的斷臂的形象，因爲它們的存在模樣已符合我們心裡求美的需要。我無意於太早評估我們感情的事實，或故做預測會有什麼結果；我興起這種感想是由疑問聯想而來的，目的只在安慰自己，並不是什麼定論。事實上，你一定明白，我對你索求愛欲並不實際，在開始時我原可拒你於千里之外，只就表面的事務應付你，當你離開時一切便完結了；而現在一切反過來，我們把事務放在一邊，都頗認眞地談起感情來；我對自己的期許是想證明自己是否有談情說愛的才情，我想這個期許的意義對你亦然，在生命中尋愛是否專注和眞確。站在我的立場，我不估價你，因爲你可自我評價，而我只關懷我能做出如何和多少。話雖這麼說，但沒有你的鼓舞，事情馬上結束了。一個用理智來處理生命中的愛戀之事的人，他不會毫無緣故地就去動情感愛人，他關心情感之間的平衡和對等，他不想犧牲自己，也不想拖陷對方；雖然個別有差異，但總會顧到自由抉擇的原則，能夠在身心和精神方面都是自願的，然後才有遠景和希望。沒有負擔的愛是美好的，悠遊如仙境，像仲夏夜之夢，不論是否其中有惡作劇在，最好盡情陶醉其中；但是人間的愛戀並不如此，好像悲劇雖有滌情作用，但悲劇更重要的是人格呈現，悲劇英雄的精神整個在此；雖然現象都知道他的作爲是愚蠢和不可能，可是悲劇本身却必須如此安排，而人間的愛戀其主旨猶如悲劇涵蓋的意義。但，請你不要疑問我這樣說是對你有所要求，你知道，我的思想往往是代表我本身具有的精神，我總是在尋找機會來表現這種精神思想，雖然屢次都嚐到敗績。我不知道一個失敗的人，是否注定永遠要失敗，這事對我還沒有結論，我希望我能繼續依此精神路線走下去，因爲現在要改弦易轍已不合乎我做人的標準。

十一月廿九日

又過了一個星期，這些天來氣候是忽好忽壞，有時好天氣不能維持一整天，大都在午後就起風轉冷。我的精神最近都貫注在學開汽車上，由於駕駛班的教練和教法都不甚很好，使我必須長時思索，目前算是順利地進行，只要依著時間跟進就可，大約再三個多星期就可以考駕駛執照，日常生活幾乎都受到這事的一些影響，叫人無法專心再做其他工作，我也把逐日的日記工作放鬆懈怠了。剛才我從駕駛教練場回來，我的心情很低落，我不是抱怨那裡的情形，而是另有因素使我的精神不適暢。當然我可以追索得出來，昨天中午，那位校工請客（舊曆十月半是收穫節日、廟前演戲、宴客等），我似乎多喝了點酒；在飲酒之前，我心裡就有準備要多喝，因此有三種酒我都輪序而飲，然後有些醉意，回到學校後便躺在值夜室，當抽了幾口香煙後，便覺暈眩，我的意識很清楚，讓天地去旋轉，但痛苦的感覺隨之而來，我想法鎮靜，讓自己睡去。更重要的是，我以爲你的信應該在這個星期內會來，但還是沒有，我的心情便隨著日日積壓而變得惡劣。關於你沒信息來，我想了很多，最能夠寬慰和自省的想法是：你近期功課很緊，由於是最後一年，便像面臨大敵，又由於我給你的打擾，使你慌張，使你陷於諸事未決的痛苦狀態。我現在必須對你說，我們的通信便到此爲止了，在耶誕節就結束，讓默契消逝，使生命和思想能有新的前途，因爲我們無異於自陷困境，自找麻煩，對你一點用處也沒有，最重要的是你的精神和肉體生命並沒有喜悅，我明瞭這點，所以我要打消這層愛意，過去幾個月來都有記錄，但就到此宣佈結束。

我已無需再記錄近日來的生活和思想細節，其中我閱完西洋文學批評史的感想也不必在此申論，因爲這些事已不在我們的情感中產生關聯和效用，還有我曾突然升起對某個女人的懷念，我十分痛苦地感到悔悟，她曾和我有七年的交往，是十年前我回鄉時認識的，她曾嘗到許多痛苦，使我現在非常想念她，要補償她，但我和她約有三年沒有信息了，現在我也不知道到那裡去找她，也沒有任何用處了，眞是使人痛不欲生。親愛的，你太年輕，我不知道你是否懂得這些事的沉痛意義，我總是失敗，當我遇見你時，我把你視爲我的新希望，可是到現在我已覺得又是一次失落，所以我會回憶這些事，並且在此說出來，讓你知道我內在敗壞的原因。

當你看了這封信，也許會恥笑我，一切都由於我缺乏貫徹的信心；不錯，我的性格常令我在中途打消初衷，並且常表悔意，顯示猶疑不決的意志，充滿了消極和灰暗。使我如此，都是有其原因的，你知道嗎？你能用公正的精神批判這事嗎？如果你有，你就不會完全怪罪我。我是依賴敏銳的感覺思想和生活的人，我們在生命中創造思想，如果沒有人應和和共鳴，便會自行消匿隱逝，我的情形是如此，不得不在途中折回。我眞的希望你能說我的觀點是錯誤的，並且由你自身對我加以證明，否則，我仍會自以爲是，並且認爲你也不能給我持續的希望，相信我的看法和感覺是正確的。

十二月五日

你沒有來信的態度是否要給我試行決定收回我的心思重新去創作呢？看來情況似乎是如此。我沒有創作已有一年了，心裡正有不安和壓力，不創作的內疚感似乎比難獲情愛更爲難受，衡量這兩件事，對我而言，寫作要比情愛更重要，並能給我穩當的滿足，因爲追尋情愛總是徒勞無功，無法獲得期望的滿意結果，結論是求人不如求己，許多經驗都這樣告訴我，回望昔日的創作事實，現在還猶存安慰，而對過去的情愛都留下無數的遺憾。創作可以給我對生命的全部解決，而情愛的獲致却不能夠如此，只是生活的一個項目，其他諸事猶然空懸著，反致生命的畸型，變得愈行墮落和沉淪，毀掉了全面的生活。我留待此時說出這些話，希望不致使你感到太驚訝，雖然你或許會想到我是爲了不能如意地獲得情愛才做這等思想。我不否定這種想法，但你也不必太重視這個意思。還有，我仍然對你滿懷情意，但都沒有堅定的決心，你可能明瞭，我對現實並不執著，我只對理念抱著忠貞的態度，我可以把你視爲是顯現於此時的理想戀人的形象，這個形象是個時空的幻念所產生的，並不永恆，會隨時空而變異形貌和性格，但是我的意志和信念却始終如一，永不改換。你如果是個理性的人的話，不會對我的自由感到無法忍受，但大多數的女人必會無法容忍這種思想。而生命都是如此，你也不能否認，男女生命的史實都相同的。

我不便於闡述太多，我原先預定的一年考驗，目的在於了解你，現在只有半年而已，我感覺到你和我都有困難去達成預期的目標。那麼我要在此停擱了，我不能預測將來是否還能延續，我的能力無法去掌握未來的命運，正如我不能用言語去表達內在的微妙感覺，我們無法面對著去直覺，而便都無能進一步了解清楚，但是我依然相信的一件事是：我們被情勢所迫的任何決定，乃具有相同的默契，那麼我們的生命必然是自由的，必能往前追求自己的目標。祝聖誕並新年快樂！

十二月十三日

今天是第四個禮拜，我的盼望依然沒有獲得解答，我真的不知道你爲何會忍住這麼久沒有半點信息給我，我本打算在上星期三寄出的信，在我當時的一念之間沒有投遞，就擱置到現在，我已經道了再見，和祝福你，但心裡還是期望你的信息來，把我心中的一切疑慮全都推翻。我患了偏頭痛已有一、二個月，時常需要阿斯匹靈來解除短時的痛苦，一瓶藥幾乎快吃完了，而且始終睡眠不好，左肩的疼痛也沒有消失，只是威脅沒有頭痛那麼大罷了，所以還能忍受，我幾乎也學會如何不去太惹痠左肩的部分，而意識中仍時時記著那部分。一切都不好，今年眞是最壞的一年，大大小小的事煩擾著這一年，而你也是我遭致痛苦的一部分。可是我並不怨恨這些痛苦，有些是我至感莫名其妙的，有些則是我能從中提煉品性的，我也不希望明年就能改觀，要在的就讓它存在，不在的自然會消失，甚至還有新來的，也必須迎頭去承受。我今天重新提筆記錄，是在午睡中想到要寫些備忘的東西，當然是有關於你，想對你的沉默揣摩一點端倪。我現在根本無法沉靜好好休息養神，只希望健康不要壞下來就好。我想你看了我的前信之後，必定增加你的悔意，對那信中的紀錄感到無法忍受；我也想你的學業使你決定斷絕情感的紛擾，因爲你一直認爲你的學業不怎麼稱心滿意；我也想你可能受到了某種意外的警告，或者你的父母已經知道了你的事對你嚴加指責。總之，不論是何原因，我都有默契你的決定的心理準備，你做何決定，我都會依你，甚至你今天就啓程回來，投到我這裡來，我也會接納你。我現在準備繼續等候下去，我也不先投遞這些部分的信翰，我雖不知道何時你才會信來，但我相信你會對我說明白。

你在那邊大概已經知曉了美麗島暴亂的事件，一定頗表關注和憤慨罷？我只想說一句話：他們眞是愚笨而又膽大妄爲。現在事過境遷，沒有什麼好說的餘地了。近來我接觸了繪畫界的人，他們也在互相勾心鬥角。我接到威斯康辛大學ＳＭ．劉的信，他想再翻譯一部分台灣作家的作品出版，他要我同意他翻我的作品，並問了許多問題，他有許多錯誤，顯然並不認眞，尤其自早他是貶責我最甚的人，我準備擱置不理會他，我根本不想需要那份榮譽，我到底算不算台灣的現代作家，我已經不在乎這些了。

我本來想給你寄一份禮物，祝你耶誕和新年快樂，但都覺得沒有什麼意義，你也不會眞的就能感受這種快樂；我只在暗中祈祝你，希望你一切順利，和早一點給我信息。

十二月十九日，下午三時

約十天之前，我憶起某一天信步走到海濱的情形，大概記錄在前信裡，我把這經過譜成一首詩，第二天我讀了一遍，覺得十分討厭，便將它撕毀忘掉了。直到昨日，我在教室徘徊，打開窗戶眺望樓下附近的景物，天氣很好，已經晴朗了幾日，我又重憶那天去海濱的事，這一次我捉住了所謂靈感，坐下來直書，如下：

突然我的心靈招喊著
要我向一個鵲的走去
秋日的陽光高耀如火輪
寂寥而偏僻的灰色小路
那音響在空際清晰可聞
當多節的火車轟隆衝過橋樑

兩岸濃密的水柳林投的護蔭
還有一道蠕動無聲的水流

還未長穗的稻葉堅挺如刃鋒
最好不要被疑鄙的眼睛看見
我隱身在褐與綠相雜的樹後
逃過在海岸巡遊的一隻獵狗

於是我悄悄地進入木麻黃樹林
僅僅是一片寧謐就是我的聖地
我站在沙丘的柔軟高頂肅立凝注
那聲音在白波的發生和幻滅間形成

十二月二十日

前面的詩作，你看了如何感想？我想告訴你，親愛的，這是我個人喜愛的詩型，我自己一再地被這種詩感動，因爲你可以看出，我已掌握住我的心靈與生活的世界，我已習慣（或樂意）於這樣地存活著，自陶與自讚，且自存著領悟和懷抱希望，不論他人如何批評，我能夠自定價值，你想，我還能希求什麼呢？因爲我已經自足了。

我在接近中午時分從駕駛班回來時，看到桌上一個紅色的信封，那是你選擇給我的聖誕和新年的賀卡，我的心情頓時開懷舒暢了，大部分的疑慮都掃除了，只留下一絲可供想像的未來的陰影；我是眞的不再產生疑惑，我要以恬淡的心情接受一切，你要以何種樣式勸慰我，我便以怎樣的態度承受你的溫情。

很抱歉我這一次不能如期地投郵寄出我給你的信，這一個月來我是在繁雜的工作中度過，內心常滋生可怕的暗流和幻想；這幾天我也不能寄出信，心中幻覺得還有事，只能預期在新年的兩天假日後，再整理寄去。寒假在二月初開始，有廿一天，如果你在元月十五之前沒有寄出給我的信函，就不必寄了，需等候到二月二十日之後再投郵。

十二月二十二日

我準備今天給你寄去書函，親愛的，我知道你安然如昔，不會有任何麻煩的事，這使我放心不少，我們隨著時間的流程，希望一切安然無恙。到昨日黃昏爲止，我好像看見了我自己的某種形象，不是過去我一向用詩意或譬喻的方式形容的，目的在自我安慰，支持著自己存在於這失意萬端的時空中，祈求你的愛憐，更可怕的祈求你來和我共難，以說明我在人生中的孤寂和寞落。昨天下午，我在苗栗監理所等候了三個小時，參加汽車路考，結果闖紅燈失敗而歸。一路上我坐在汽車內，感到昏暈和極欲嘔吐，我的意識中留著左背筋絡的疼痛，我的眼睛受到頭部暈亂的影響，無法看見眼前面臨的事物，像路考時沒有見到平交道前的白線而把汽車開過去。我病了，我過去不曾承認，現在却必須肯定的就是我病了，而且像癌症一樣是不癒之症，這病我感覺相當的深沉，從久遠累積的，開始於夢魘的童年，我知道原因，許許多多的經過我記得十分清楚，但我不能簡明的說出一個單一的原因來。你明白嗎？我病得很嚴重，外表根本看不出來，就像沒有人能相信和了解我會在最簡易之處闖紅燈，那是自來沒有過的事，他們說大都錯誤都在技術的部分失手，他們根本不知道我內心的昏盲，我說了他們也不了解這是怎麼一回事。我現在記錄這些事時，是靠昨夜服藥後的清醒回憶的，阿斯匹靈已經吃完了，我到藥房去買一種能恢復神志的藥，是葡萄牙出品的藥丸，很昂貴，吃了却減輕了窒悶不適的感覺，我決定試吃二、三個禮拜看看，但我並不寄望太多，因爲我自己明瞭我到底發生了什麼事，這情形就像是那部〈精神病患〉的情形，他殺了阿蓮就像昨日我闖紅燈，我根本不知道那回事，做那事時是我在什麼也看不見的遺忘的片刻發生的，直到有人向我拍肩打醒我，我才知道發生了什麼事。

我想你能明白我以上記錄自述的事件，你也不必害怕，在我清醒的自抑下，我不會傷害你，就是你在我的身旁，我也不會侵犯你，就像我不侵犯任何人一樣；我想我在塵世雖是個病人，但我有另一神聖純潔的靈魂，常常藉此提昇挽救我自己和別人，你可以明白一個星期前，我的靈感寫下的詩句，爲什麼我說只喜歡這種詩型，它的型式和內涵並說明了我自己。我也明白，當我坦直地敘述了我自己的形象之後，我們的關係已經結束了；我眞的明白，我們是爲此默契的，其意義就是如此，不是什麼未來的幸福或什麼愛戀問題，我們根本沒有愛戀的條件，我們說的男女愛戀只是一種假借，當眞相未探明之前，姑且用著這種通俗的詞語來互相溝通。我沒有什麼事可再陳述的了，請你寬懷著自己，你的憐憫不能遠達到我這裡，所以不必有那種情緒，只要記住世上的人類有這樣的一個類型，它是存在的，在人類一切行爲外表的內裡，有這樣的一種靈魂就是了。

十二月二十九日

第九封

我在星期二（十五日）早晨上班到校時意外的看到桌面上有你另一黃色封皮的信，我以爲近日不可能有你的信來（我正好出差參加造形藝術研習會不在學校），我拆開之後頗覺驚訝；這是你去年十一月廿日在布城投郵的信，竟然旅行五十多天才到達這裡，你寄出的聖誕和新年的賀卡却如期到來，唯獨這一封，我充滿了疑問它慢到的原因。我想信中有一份影印資料是主要的因素罷？所以這封信可能是在檢查中擱延的，應沒有疑問，絕不是郵局的誤遞或脫班等原因造成的，我對看郵戳：布城是十一月廿日，台北的郵戳却是一月十四日，多麼不可思議而又令人憤怒。我在去年末曾盼望你的來信而焦慮和痛苦，你並沒有錯，而是有人故意要作弄我。

但你的信充滿了柔美和愛意，我尤其欣賞奧古斯汀的那句話：「一個有自尊的人要是喪失了優點，那比什麼都感覺可怕。」我竟在那時享受不到這些，而這個時候又讓我升起無比的憤懣。我在前信（我現在疑問是否你已收到？）顯示得很絕望，我知道我自己身心的碎裂狀況，我對自己沒有多少樂觀的想法，我已將我是什麼完全對你做全然的表達了。我相信這一點你很清楚。我現在補這封信是表示我接你這封被延誤的信的情形，事實上我已經沒有什麼話可說了。我心裡很渴望你，愛你，但我知道這是不可能而又可笑的，由於它的不可企及，它成爲我永恆的幻想的一部分，是和我的文學創作相同性質的東西，它是「眞理」，但也是「荒謬」，是「美」的事物，却不現實和實在。好了，不必再談這些，再過一個星期就是寒假，這兩週來特別忙碌，昨天我又冒險去監理所考試，這次通過了，沒有再產生幻覺。只要我的眼睛看清楚，意識能清醒，沒有什麼事情我不是做得完美的。星期日我在家做浴室的腳踏板，廚房的屋頂漏了，我還要想辦法去修理。現在的氣候是又冷又雨，我也是一樣，一會兒發燒一會兒冷顫，全是這自然造成的。

一月十五日

我們很久沒有信息的往來了，但這並不是說我沒有再想到你；只要我寧靜下來，我就會想到我們通信的事實，其中的細節和過程無時不在我的心腦裡迴盪著；比較當時的熱情，現在是冷靜而淡然了。我這樣說，你絕不會感到驚奇和怪異的，因爲，我曾盼望在新學期開始時會接到你的信，現在已經幾個月過去了，我想像你似乎比我退縮得更遠。不過，我把這樣的情形視爲十分的自然，我們不會爲此而造作和擺出虛假的態度，我們不會對不可能承當的責任表現出作僞的熱心，我們對自己的情感和周遭環境都有一份了解，而不至於太過爲難著自己。但是，我仍不能滿意於我自己這樣的解釋，這可能只是我爲自己所做的理由，至於你是如何，也許你另有不同的看法。現在，我越來越不能自信自己的判斷，我似乎一直在應用過去擁有的感覺來分辨現今的事，而現今的事物事實上並不是如我所感覺的那樣，我想停筆不寫作應該是居於這個理由，因爲眞實的世界已不是我一向所懷想和感覺的來分辨現今的事，而現今的事物事實上並不是如我所感覺的那樣，我想停筆不寫作應該是居於這個理由，因爲眞實的世界已不是我一向所懷想和感覺的環境了，它是全新的、陌生的、完全會讓我驚奇不住的，而我所感觸的人，他們都在跟著時潮的腳步行走，而我一直停留在原地，以爲自己所站的土地是原先的那塊，事實上，我是失掉了知覺而虛懸在那裡，等到發覺時，人們已都在我的前面了，他們是跟隨那移動的土地邁向前行，於是我發出一聲墜落的驚呼，帶著無比的疑惑，不了解這到底是怎麼一回事。

我也不明白，我到底是爲文學的創作在安排我的生活，或我的生命主旨本就如此，而文學只是用來供我做一番留下的記錄罷了。我分不出那一樣才是眞正的我，是我那實際而瑣碎的生活日子，還是那不斷書寫的工作？我不知道如何才能把這兩樣事分得清楚，如果我要去考查眞相，一定要費很多很長的時間，這一點必定叫我十分的苦惱，似乎也沒有這必要，也許我一旦去把它搞清楚會要我的命也說不定。要去思辨和尋求眞相，也許就要勇敢地去面對結果所顯示的眞實，而那眞實是什麼呢？那恐怕會造成致命的覺悟。雖然如此，人無時無刻不在爲此而付出他的感覺，而我相信，任何人都沒有能力獲得他的結論。

我的身體一直不好，不能有很好的睡眠，並且在白天裡又容易因工作產生疲倦感，唯一的是：精神很醒敏，像是隱伏和守候在內裡的一隻獸，會隨時爲某種跡象而衝破外殼而躍起飛奔。所以爲了避免苦惱，我儘量地工作，做雜事也好，正常地上班，規劃新的學習，寫日記和聽音樂。但是，我就是不想再寫什麼作品了，僅有的幾本集子已出版了，我似乎曾在信中告訴你我北上領取版稅，它不是少得可憐嗎？我自己了解我的健康所能允許我去做的工作，我沒有成就的需求，只有面對現實，而讓幻想永遠存留在心底裡，我深切的認識到它所帶給我的生命的滿足和喜悅，我也唯有這一份自由感，我想最後我會在它的範疇裡死亡。

你現在又如何了呢？你做好你的學業工作嗎？你是否有恆地爲你的美麗耐心地去實現呢？現在應該不是爲我了，而是爲你自己。有煩擾你的事情嗎？但不必再操心爲我。你是否計劃此刻的學業完畢後由東部到西部的加州來學電影，或繼續向博士之路進發？如果匆促地回來就業可能會埋沒著你原有的一片心志。我還存留著去美國見你的狂想，這種不切實際的想像就是我的特質，也像是我存在的眞實，但這一切並不與你有肯定的關係，只是我喜愛漂泊和浮遊的一種意願而已。好了，我應該在此打住這一類的夢囈，要是我說的和解釋的太多，就是顯示著什麼都不可能；好在這一切都是不眞實的幻想，否則就太可怕、太可怕了。

四月二十四日

垃圾

一

我背著簡單的行囊，在那條唯一要進入東埔鎭的道路上行走，兩旁是稻田和木麻黃樹林的風景，顯得十分平靜和美麗。我的目光突然接觸到我行走的道旁前方的一小堆黑紫色的東西。我走近些，它似乎等在那裡要迎接我。我停住站在它的面前注視它。它是約半畚箕似土非土的、有意無意的遺留在地面上的東西。我蹲下來用手指頭撥開它的小部分來研究它到底是什麼物質組成的；我確信它是由多種的廢物和泥沙混和再經過長時的腐蝕變成的，是被農夫當作肥料在搬運的時候經過震動而掉在路旁，而沒有人理會它任由它躺在那裡。「如果你有生命和認知，那麼我們是彼此相識的。」我想。當我抵達鎭上時已是黃昏，我毫無選擇地投進一家看來簡陋的旅店，爲了不與大廳上的衆多的人相混雜，我要那接待我的女侍把晚飯送到我的房間裡來。

第二天清晨我醒來時，打開窗戶，外面佈滿著灰濛濛的霧氣，近前的景物淡薄如紙而看不清它們延伸遠去的事物。我下樓來，大廳上寂靜而還沒有人起身的跡象。我凝立片刻，突然櫃臺後面伸出一個蓬髮垢面的婦人頭部，用著她那沒有睡足的眼神怨煩地望著我。

「妳能爲我開門讓我出去散散步嗎？」我說。

「這裡的客人從來沒有人會那麼早起來。」

她沒有移動；顯然她只是直起上半身還坐在架設在那櫃臺後面的床鋪上。我不明白她爲何不趕緊起來爲我開門而只是瞪著我。我沒有再做任何表示，只在大廳有限的空間來回踱步。現在她扭動那癡肥多肉裹在一件寬鬆的睡袍的不爽快的身體從櫃臺的一邊翻開一片檯面木板走出來，窸窣有聲地經過正好我轉過的身旁走向大門，並且使出全力把一扇門異常響動地拉開。她從那扇打開的門探出頭，然後縮回來對我說：

「甚麼也沒有。」

「謝謝你。」

她任由那扇門半開著，在她轉身又回到那櫃臺後面的臥舖時，我走了出去。

事實上街上有少數的人影。這市鎮的街道走起來可以看出棋盤似地縱橫連貫著，緊閉門戶的店舖或住家的前廊靠近水溝旁邊都有一些靜擺的塑膠桶或袋子，被夜晚中遊蕩的狗搜尋翻倒，潮溼發臭的廢物或紙屑由桶裡傾倒出來，有部分落進水溝的陰暗裡。這時不知從何處而來在霧中出現的老邁清道夫，拖著用長竹竿裝置的工具，把水溝裡黑色的泥濘舀上街面來。新的軟的泥濘澆在舊的乾硬的上面，像是餅乾上淋著巧克力。街面上每隔一段距離或在轉角處均設有一個鐵皮打造的漆著頭白身背黑色的企鵝形象的廢物棄置箱。我由水溝的深淺程度和街道上的房屋建築物的新舊式樣可以辨識這市鎮的地勢位置，我正漸漸由市中心走向邊郊地帶。

一部三輪車無聲似地從我背後駛到我的前面，我只看到那位穿黃襯衫踏車的男人的背影，當車輪輾過我腳邊時，它那滿載的鬆散的被剪了無數孔洞的皮物，有一零碎的小片勾在我的半敞開的外衣袋口，那車子在我同向行走的前方由清晰的形象漸漸淡薄而沒入霧裡。我用手指撫摸那一片皮物，辨識到這是一種用塑膠模仿的僞皮，是用來做鞋子的物料。我已經來到了一座石泥橋，望著這霧河的幻景，河邊兩岸茂密著高崇的竹林和大樹，河床中央流著細細彎曲的水流。我俯身注視橋下可看清楚的東西，在廣闊的乾涸河面的草叢上，被隨意地拋擲著一袋一袋裝塡鼓得滿脹的透明塑膠袋。我移開腳步要走過這座橋。我抬頭前望時，那部剛才駛過我的現在停在那一邊橋頭邊的三輪車漸漸又由霧中顯明出來。那位瘦小的男人已經下車，揮動他的手臂，把那些載來的被利用後的剩餘物由車上拉下來抛在河裡。我駐足倚靠在橋柵，隔著空際中瀰漫的遊霧，那些一張張剪洞後猶相連綴的東西，就像往河裡投下一面一面的網傘。然後那個男人踏著空車面朝著我駛來，我們互相看清楚對方時，他的臉上顯示一種空漠無情感的灰白眼色。我回頭望他，又一次見到他前傾的沒入霧中的背影。我來到橋頭，觀看那經年累月被傾倒廢物所堆積的由河底延展到路面來的一個如山坡的斜度，有一面牌子雖是插在那裡但卻是被廢棄物包圍著，白色的底漆上寫著嚴肅的黑色字體：「**禁止傾倒，違者嚴懲。**」

當陽光出現，漸漸驅散這市鎮的晨霧時，我回到旅店。我躺靠在床舖上吸煙，決定不那麼急速去會見鎮長提出我早先爲這市鎮所規劃的焚化廠的設計。我必須重新觀察這市鎮的人口、地形和區域範圍，以及所有廢棄物的複雜品質之後，才能完整地獻出我的計畫。我是自願來的工程師，這市鎮在我預想中應該會樂於聘任我爲他們的環境清潔做出一勞永逸的工作。當土地上沒有人居住時根本不需要去注意污染的問題；但當人們密集生活在這個地區時所拋棄的廢物卻必須加以控制或轉化，這樣才免於危害自然和人類自己。這是人類自己的社會歷史、生活地理、道德和生活哲學的全盤考慮。

二

我寫了一封信給鎮長，說明我到達而還未前去拜見他的理由。我已由那家旅店搬到一處只有一對老夫婦居住的房子的樓上閣樓，在那個寂靜的房間裡，我擁有足夠的空間和免受各種誘惑的干擾，來從事我的研究和構想。我首先做些估計和統合的工作。這個鎮上約有千戶人家，每戶人家每天約有半桶的廢棄物；舊街有幾家製紙盒的工廠，那條名叫景街是鎮上每天上午露天的菜市場，每天有成噸的壞菜葉和腐爛的水果和其他被隨意拋置在現場的不要東西；新街有數家塑膠鞋工廠，他們有百多人工工作所留下來的剩餘物，那是像那天清晨用三輪車把它運往橋頭傾倒的東西。另外有幾家木料製材工廠，和在家庭裡木刻藝品留下的木屑，這些東西現在不用來做爲家庭的柴火，而是運往郊外的空地隨意拋散。這市鎮沒有重大的工業，除了一所設在海邊新生地的火力發電廠，它的特殊廢水有一條涵管通流到海裡。

我跟隨一部垃圾車，看它收集廢棄物的情形。那是一部舊式的需要人工站在車上接獲每戶人家的廢物桶傾倒的車子，所以那幾位穿長筒塑膠鞋不停在車上踐踏和工作的男子看來非常的辛苦，他們像患有貧血病一樣臉色十分蒼白，他們有一種類似惡劣的壞脾氣，他們並不傾倒得很徹底，常常還有黏黏溼溼的東西掛在桶口就把它拋到地面，讓人撿回去。依照它行車的路線，可以看到地面上隔了幾步就有遺穢的東西點點滴滴地散佈著。那部車的幾個工人最後就站在滿載的廢物上駛離市區了。我和那部車距離有幾十公尺，由於它的車速，我離它越來越遠，但我憑著目光知道它前進的方向，離開市區後，經過一段低地，它開往河岸而去。

我坐在河岸的堤防上，這段河道是繞過市區邊陲而來的河道下游，可以遠遠觀賞到海口處寬廣的沙灘風景。那部駛來傾倒廢物的車子在河床中央完成它的任務後轉頭駛回去了。河床上開始有火光和漫煙在焚燒，一堆一堆的廢棄物佈置在那裡，像是一種廢墟的悲殘景象，使人想像抽象油畫的色澤和佈局。我從堤岸跳下，在那廣漠和惡臭的地域裡巡行和思考。我信步走到海口，那些被水流帶來爲潮水漂洗過的廢棄物改變了另一種形貌擱淺在沙丘上。在那裡徘徊可以看到單獨一隻的紅色女鞋、家具拆散後的一根木條、消瘺的洋娃娃或啤酒罐。我撿到一些被海水和風和太陽漂洗磨滑減輕了重量褪了顏色的木質物，它們像什麼我不知道，只是代表一種在時間裡轉化的東西；它們沒有什麼價值，但我把它們帶回到我的住屋，放在一隻竹編的小籃子裡。

我還沒有和鎮長正式會見卻在街道上相遇了，他的隨行者介紹了我認識他，他姓白，並告訴我他們已經注意我的行蹤多時了。他站著並不多說話，只露出笑容傾聽我和他的隨行者辯論街道上企鵝桶和河床廢棄物的觀瞻問題。他們誇耀他們原先對企鵝的構想以及付諸實施，卻並不知道是對生活在地球另一個地域的動物的嚴重侮辱。那些街道上擺設的企鵝桶幾經風雨和使用的不當，企鵝的滿嘴污穢，頭部被唾吐檳榔汁，而圓弧的肚腹裂開，冒出腥臭的魚鰓和鴨鵝的肚腸。他們並非沒有想到這一層，而是自久遠以來習慣於表現人類本身的優越感。滿街上的事實使那隨行者啞口無言。但對於河床上傾倒和焚燒廢棄物的事，他們很有自信的說只要幾小時的雨，水流就可以把它們做一次的清理，沖它們流到海裡。

鎮長對我表示有關於我將提出的計畫均須呈報給上級，如果上級批准下來，那麼就可以正式對我任聘。最後他們詢問我是劉派或曹派，我十分迷惑，並不了解著這包含什麼意義；我想到這可能是一種政治派系的問題，我既不是劉派也不是曹派，這是非常顯然的事實，因此我天眞地回問著他們：「是劉派或是曹派這有什麼關係呢？」他們並不回答也不解釋地走開了。

三

房東兩老簡明地回答我的詢問，說這是這個地方縣府轄區內的兩大政治派系，任何一件涉及到公共事務或私人恩怨總會出現著一派贊成時一派反對的局面；他們在議會或代表會裡均維持著相等勢力，當事情需要尋求最後的解決時，就必須在暗中以價碼收買游離的份子。我無法想像我的工作一旦要與這種情勢相混淆時會產生什麼樣的結果，而我似乎預感著這是不可避免的現實。無論如何，在我提出了規劃設計之後，我只有等待事情將如何發展，而目前我最重要的是在不能離開而必須存活的情形中尋求一道自己活命的辦法。我對東埔鎮的人來說應該不是像外國人那樣的陌生人。這一點也許更糟。我只有向房東夫婦坦白表示我的處境以先獲得他們的了解；事實上我十分幸運由於他們的清高見識和老久的閱歷反而對我投以非常的諒解和關切。我從他們感慨的述說中得到新的靈感和憂慮，他們依記憶講述東埔鎮過去的生活史，那條圍繞流經的溪流隨歲月的變化使我對廢棄物的處理的單純意念展佈和拓擴了起來。僅只五十幾年的光景，它已由與海水相連可行船的景象變爲河床淤沙和高浮，如果再經過五十年，那麼河道恐怕將要高於鎮區的地面，而人口卻不斷地在市區內增加和密集；雖然那也許是一樁未來我們眼見不到的事，可是過去、現在、未來對人類存活的本身來說又有什麼分別呢？處理廢棄物的問題，相同的必須把河道也考慮在裡面，否則將會全盤失效，發生意想不到的嚴重後果。

我開始每天上午的時候在鎮街內的廟前和一些爲生活擺設攤子的人一樣販賣幾件隨時經由我巧妙手工做成的玩具給婦人或小孩。後來就改由我在家裡製作，那兩老輪流在那裡看攤子，所得利益均分。我認識了茜娜，我首次見到她是她在爲全鎮民衆打夏季的霍亂預防針時我伸出赤裸的手臂給她。第二次是在假日，我到海濱觀察潮水，我發現漲潮湧進海溝來的水流上漂浮著白色摻有雜質的泡沫群，我雖無興趣游泳，但我站在水中讓潮水一分一寸的浸沒我的雙腳；茜娜和幾位衛生所的同事正要涉水橫過海溝到那一頭沙灘的海濱浴場去，她們經過我身邊時笑著我，我伸手拉住茜娜，要她注意那些成群而來的泡沫。她們並沒有對流過她們腿間的泡沫感到驚訝，她們瞇成一線的眼睛卻在窺視我，她們把目標由我轉到茜娜。

「茜娜，茜娜，妳怎麼會交上這個奇怪的朋友。」

茜娜馬上滿臉緋紅。

「不不不，我沒有和他交上什麼朋友。」

「那麼現在就交上了。」

她們說著把她留下來，就往前走開了。茜娜喚著：「等一等，等等我。」她追過去。我叫著她：「茜娜，茜娜。」但是她只顧往前走，並沒有理會我。

四

我由鎮街北往迎著強勁的東北季風想到河道的另一座橋去，據說那裡的一段河道由於建築商在岸邊建造數量頗多的房子侵佔了河道原先的用地使河岸變狹了。我立在橋柵旁邊目睹著許多大卡車來來去去在河道同向的道路上快速奔馳揚起大量的沙塵。在我不覺中，突然有些紙片和布碎被風勢吹來撲到我的面前打在我的耳邊上，我回頭看到一位婦人手捉緊著塑膠桶半跑半走地回到附近的住屋裡，原來她是跑來橋上倒廢物，那些東西一部分墜落河底，一部分飛捲到空際，又被風吹回到橋面，然後滾動著在不定位置的地面上。橋南的河道變狹是兩岸新建了房屋做了防護傾塌的堤防，橋北的河道漸漸伸入山丘的地帶，地勢較高，河床裡沒有水流，卻佈滿大大小小的鵝卵石。我爲了要看那些載運大量拆屋後的廢棄磚石和泥土到底要運往橋北的河處，由橋頭附近的另一條小徑下到河道去。我繼續往北顛簸地走著，在河道的轉彎處終於看清楚了前面一堆一堆像小金字塔三角形的堆積物，那裡距離橋樑有數百公尺之遠，又有轉彎被山丘上的樹木遮住，似乎法令或觀瞻印象都無法約束到。那些大卡車由那河岸道路闢開堤防鋪設了一個斜坡面下到河道來，然後就在那半荒的河床傾倒那些運來的廢磚廢石和廢土，它們輾塵而來，傾倒和倒車，揚塵而去，非常熱鬧。我像遊玩一樣散步走近那些土堆，憑著我的目測估計那些數量，以及想像未來更多的數量。我環視河道兩岸的風景和地勢，山丘上都是相思樹林，但有幾處較平坦的地方闢爲水田，將來洶湧的山區水流會被這些堅硬的堆積物阻擋轉向衝破兩岸的土堤，淹沒農作區，漫流到附近的道路。見到這種肆無憚忌的傾倒景觀使我繼續在那一帶徘徊和思考。我瞥望到一部車輛在傾倒它的磚石塊之後，並不是我佔了它的道路，而是它似乎有意地開足馬力衝向我來，當我驚險的閃避它後，又發現另外的一部也衝向我來，然後是所有的在河床上的車輛把我圍繞在中央。我站在土堆的頂上，正面臨著那些下車來的獷野司機向我一步一步逼近，他們握緊著他們粗大的拳頭，還有的拿著按千斤頂的鐵棒。我一時感覺我所見到的風鳴的大地突然變得屏息寧靜，那些在空際爲風帶飛的塵沙只見到它們流動的形影而無任何聲響。他們漸漸靠近我，他們都具有殺人之前的蒼白僵硬面貌。我的魂魄早已拋棄了我的搖動不穩的軀體，它已沒有竄逃的機會。這時突破這危急的靜默，從堤岸那邊發出一聲阻止的喚聲，並且跑下來幾個人，最前面的並且嚷著不要動手的是穿夾克的白鎭長。

翌日白鎭長使人召見我前往鎭公所他的辦公室，那裡的沙發坐滿許多人，所有的眼睛都朝我觀察者。他說上級已經指示下來，籌建廢物焚化廠的事應由地方自己的代表會去決定是否需要。他又說這事要辦也要好幾年的籌措，一時間無法依照我的設計去實現。他清楚而惋惜地告訴我明年要改選鎮長，他的法定的兩任鎮長已經屆滿，不可能再競選，而依照例規，他的會計預算已經完全用完，一切重要工作的編列要由下一任鎮長重新開始。代表會的主席表示目前無法安排臨時會議來討論這種人人不感興趣的議題。當我表示願意長期居留在這裡等候下任鎮長的決定時，他們說他們現在已經決定了，將來就是要做的話也由他們決定人選，並不想聘任非本鎮籍的專家。我說我的工作還未完成，我將親眼見到一些證實我思想的東西，我對東埔鎮的垃圾已經產生著熟絡的感情，我的生活已沒問題，我必須還要留在此地。

傾盆大雨已經下了幾近整天，我撐傘外出，在衛生所的門外等著茜娜下班出來。茜娜對我說過：「我被警告不要與你往來，爲何你要管那閒事不可？」我們在街道走過，可以看到水溝已經溢滿了水，滿街都浸泡著當天沒有清理走的東西。行經那座我第一次站在晨霧中觀賞河道的橋，從橋頭傾倒下來的廢棄物爲水流帶走了，但我預感著它們會再流回來。橋下滾滾的洶湧大水，在混濁的水流中浮沉著從上游帶下來的數不清的樹木和各種拋棄物。茜娜不明白我要帶她去那裡，我還無心情去爲她解釋我的行爲的動機，因爲一切將會出現在她的眼前。我們走了一段頗長的路來到鎮郊，我拉著她爬上山坡，我們行走得很困難，但終於爬到一個可以完全俯瞰大東埔鎮區域的位置。看罷，親愛的茜娜，我對她說，這場雨使我們能看得更清楚，可以證實我的想法。整個市鎮被雨無情地淋打著，水流的高漲，擴大了那河道的形貌，這一切都清清楚楚的。有人也許正在慶幸歡呼著這場雨把地上的一切污穢洗掃清潔，經由那條河把它帶到無邊際和無比深的海洋去。但是我指給茜娜看，看向那較遠的海口；現在已快黃昏，我算著潮汐不久就要湧臨，如果這場雨不停地下著，到了午夜，當人們在睡夢中時，將會發生海水的倒灌；那些在白日被水流帶走的垃圾大都浮在水面，將全數漂流回來，當河道的排水無法由海口進入海裡，將會溢出堤岸，漫流到市區。茜娜，我對她叫著，一個人泡在水裡並不是頂壞的事；我們都曾奔向海洋或到河裡的水潭去沐浴，覺得水是可親的東西。但是當一個人泡在死的動物和發臭的東西的垃圾湯裡就不是那麼愉快了。那些東西將沾滿在我們的屋門和牆上窗戶，隨水流進屋子裡，沾滿在餐桌和床舖上；水高漲時，可以沾滿在我們的身上頭髮和房舍屋頂。沒有人能在黑夜爲水侵犯或爲垃圾堵塞而覺醒時還來得及逃離。我不忍再述說透過我的想像把那難堪的慘狀形容出來。今天，我們還不會那麼快面臨它，東埔鎮在今晚還是安逸的平安之夜，還不會浸泡在骯髒的水患裡，但是它一定會在未來的某日來臨。我這樣說著，我身旁的茜娜卻熱淚滿盈……

環虛

一

我抵達傍海的小漁鎮時，天地一片灰靄分辨不出時辰，我沿著兩旁盡是早期紅磚砌成的房屋的狹長街道不停地前行著。行經市場的一隅，一片腥臭纏住了我的腳步，我皺著眉楞楞地望著市場的嘈雜紊亂，站了一會兒，才又恍然急速地大步離去。再行過兩個轉道就是臨海的區域，我突然憶及許久以前來此的經驗，同樣的光色，蟄居於此的友人曾詳細描述過這孑然獨立的貧窮漁鎮，我們沿著入夜的街道漫步，整個市鎮覆蓋在一襲黑色的寂靜中，有一種特殊的迷離氣息令我被強烈地吸引著。我還記得偶抬頭驀然地發現有數隻窺伺的眼神在天際向我逼視著，我與友人談論及星空與月光，有關他自一個善感的女孩聽來的一個月亮被埋葬的故事。後來我們坐在一艘裝有馬達停泊在碼頭的捕魚船內邊剝花生邊飲著酒，開始一個故事接一個故事地交換著彼此的思想和情感。我隱約還記得當時友人講述夜間海水漲潮的事情，由於醉意和興味的低落，並沒有十分聽眞切，而那故事總不外是夜半升高的海潮突湧吞噬了沿岸之類的悲劇。那時，我曾望向對岸的一片沙洲，依稀留有那印象的感覺。那友人雖賣力比劃著解說海水的沖積力量，但進據我心中的卻是沙洲本身蘊藏著的無限神秘感。是的，此地是有專以裝載沙洲居民往返小鎮爲業的渡船，然而入夜後即停渡。據說對岸只十餘戶居家，生活之窮陋尤過於小鎮；極少數的沙洲居民需與小鎮經常聯繫，其餘則日夜埋首於謀求最低生計的勞碌中，男女老少鮮有例外。「……居民餐風飲露的艱困生涯，是一代復一代地延續著……」當友人說到這樣的一群遺世者時，我感覺那語態中的敬愛尤甚於憐憫。我們沒有在捕魚船上等到海潮漲起就離開了海邊，因爲友人的住處是在漁鎮西南的小山上，而他堅持他必須去那山上觀看另一種景致。我們沿著小徑來到山巓時，俯覽下的小鎮似乎已經睡熟了，海邊所曾賦予的震撼感也逐漸地趨於平靜。那友人引導我到一處便於瞭望的草坪坐下，我下意識地先找尋沙洲的方位，而後安心地面對著它躺臥下來。「如果你需要我，就走到屋子的那頭，有一盞燭燈亮著。」友人向後指指草坪的盡處而後又詭秘地對我一笑：「現在你可眞正地享有你的孤獨了。」說完他轉身離去了。我對於「孤獨」確有一種迴異於尋常的虔誠情緒，有人苦心孤詣地贈送了我一塊鐫著「耽於孤獨者，非神即獸」的直行小匾，我對其中戲謔的意味毫不以爲意，並且衷心地感動著而頗引爲知己，這匾便一直豎立在我的案頭形如祖宗牌位被供奉著似的，於是「孤獨之膜拜者」之名便取代其他一切封號不脛而走了。想到這裡，我不由停下腳步倚靠在路邊的矮牆斜立，閉上眼深吸一口牆頭探伸出來的桂樹的芳香，向前凝視。

二

我的確是常有一種幾近膜拜神明的虔敬心態；在人群中，我感覺不到自己，經常我會遠離塵囂獨行至人跡罕見的山巔，尤其在夜裡，在漫天漫地的漆黑中，那漆黑中卻透著些許細碎的星光，我便在這沒有人聲的黑暗裡擁抱著天地，擁抱著我自己。靜靜的黑夜的山上，隨著呼吸的起伏，天地才好像展開了序幕。然而一切並不是眞正的靜止，我可以在靜夜中感到自身生命的逐次擴張、延展乃至於無限……。而有時，動與靜的極端感受卻幾乎是同時出現，我便在這無意間觸探了神的秘密般地萬分惶恐而又感激、滿足……。我再次深吸了那桂花的芬芳，這就是孤獨的極致。

但是什麼是愛情的極致呢？我想著。我的生命中曾經擁有過一位親近的戀人，她是我當時心中的女神，我崇拜似地狂戀著她，我一度以爲那即是愛情的極致。但是終於有一天，我對她說：

「單純的愛情不能滿足我。」

「你要複雜？你的意思需要刺激？」

「刺激與我的清靜是不相容的。」

我奇怪她的曲解，於是我說：

「我要的是愛情以外的東西，或可說是通過愛情來完成的東西——這才是我的意思。」

然而她終究沒能領會我的意思；如今我是孤獨的了，我且慶幸能夠擁有的是孤獨而不是愛情或其他事物。的確如此！我想，除卻孤獨世間哪有眞正的圓滿與徹底呢？——愛情尤然，愛情的最終目的在於結合，但世間並無眞正徹底的結合。結合之義，在於免卻孤獨，然則人能夠眞正免卻孤獨嗎？最後她很寬慈地原諒了我帶給她的尷尬與疑慮而做出這樣的結論：「人與人的溝通，可以不依雷同而能共處。」我當時沒有繼續辯論下去，但是我卻這樣想著：人與人甚至人與貓與狗，皆能共處而不必要認同，可是不能認同亦將無法達致最深的溝通，而未有最深的契合，亦無能得到最深的喜悅。

三

當我移動因久站而發麻的雙腳欲繼續前行時，突然感到身心的一陣疲憊，腳步顯得滯重難於舉步；抬起頭，海口的景致已歷歷在眼前，沙洲在望，此行的目的地已在前方，而我卻感到無力邁向前去，在這靜然凝視的凸立中，我決定轉折到記憶中的西南方向的小山。

我再度攀登這山巓並未如想像中的困難。經過一番摸索和找尋，我終於又躺臥在那片青青的草地；下意識地回頭辨認友人的居室，那已離去而不知定居何方的友人的空屋，似仍留存著友人詭秘的情性，綠色不知名的植物沿著屋垣凹凸不定的外形，呈現出奇特的綠色分佈，侵呑了屋宇的絕大部分，然而那黝暗、陰森、紛雜的綠色中，卻莫名所以的冒出一枝黃色雛菊也似的幼嫩花朵，正如友人在夜間慣常撚亮的昏黃小燈一般的曖昧氣氛；我突然感覺友人似乎並未離開，仍如昔日一樣，在隱密中窺伺著我的一舉一動。

我在這斜角的坡面眺望和遐思，隔著一帶海水，沙洲靜靜地停峙在對岸，似熟稔又陌生；遠帆點點，囂噪的市鎮已在下界；登臨是如此地令人渺小而又高傲，我頓然訝異地感悟著。

我深吸著略帶草味的空氣舉目四望，尋思著友人也曾在此草坪度過無數個白晝和夜晚，想到他也有自己所獨有不爲人知的秘密，如今他已遠離這方土地寄寓於異地，他是否繼續他的一貫的尋求呢？或只是在從事一種終致也要被拋棄和遺忘的物事一如過去的足跡呢？現在的我正躺臥在他過往的足跡中，而他所曾在此經驗的一切曾令他痛楚或欣悅的那些深刻感覺都已不復存在，一切有價值或無價值的也都憑空消散，那麼所謂生命的軌轍也只不過是生命一時無意中留下的仍然會消失的物事罷了。

一片白雲自眼前飄掠而過，我的視線追隨在雲後一陣子又放棄了，那雲也已變換形貌而不似原先的清悠模樣。我望向沙洲，意外地發現連沙洲景致也略微地改觀了。

日光在那些飄遊的雲霧間露出來了，可以見到它斷續顯露的喪失色澤的淡白如月的形影，像在飛奔，沙洲在這濃鬱不安的天蓋下，有如被蟬翅般的薄霧環護起來，它橫鋪在大地和海之間，我愈專注地睇視它愈爲感覺它蠕動在隱約中如一條蟲——「啊，它不是靜止的死物！」我聽到一個興奮的聲音在喊，但心中另一個冰冷的聲音亦同時響起：「這是早經揭曉的秘密並不足奇。」

於是我冷冷地期待著，瞇著眼簾專注那似靜而動的神秘沙洲，似乎有一個預感顯示著它正醞釀著一場風暴。我持續盯著白靄的沙洲景象一瞬也不瞬，專心等候，然而什麼也不曾發生。當流雲走完，我的起伏不定的思緒波紋似已被展露的溫暖日光逐一地熨平了，我的眼皮不知不覺竟開始沉重、下墜……

四

我聽到洶湧的海濤聲，然後看見自己衣衫襤褸而容憔悴地自一艘殘破的小船中走出，甫上岸，小船旋又被捲失於黑茫茫大海中，大海斷絕了我的來路，過去變得模糊不清。

呈現眼前的是一荒僻小島，島上茂密的叢林顯示一片生機，我急步向內陸行去，急欲知曉植物以外尚有何種生物在這島上生存。

穿過一些奇形怪狀的樹叢之後，我突然煞住了腳步，視線如被膠住了一般，身體僵硬不能動彈，眼前是一團相互蠕動著的裸裎軀體，激烈動盪著令人目眩神迷，腿與腿的交易，肉與肉的纏鬥……劇烈的交戰終於靜止，個體也分開而各自還原本來；於是我看清了面龐一一奇怪的面龐、奇怪的形體啊！面龐又迅速地消失了，靜止無聲的我卻「哇」地一聲嘔出了腹中的穢物，腦中不斷閃過適才的圖象，我控制不住似地幾乎將胃部嘔出底來……

「是不同類的面龐！是人與獸啊抐這是怎樣的地方？是人的世界，或獸的世界？」

我移步前走不到數十步，同樣的一幕再度出現：又再一幕，又一幕；人與獸、人與人；什麼世界啊？我的心開始蠱惑，耳中傳來半人半獸的呻吟聲。我想：如果走不出這裡，我將被困於此，永遠屬於這片世界了。不同的人，不同的獸，誠然是原始的相處方式，而他們彷彿不感覺彼此之不同，那荒淫離奇的行徑卻泛溢著一種和平寧謐的氣氛。

當我正處在疑惑不置可否的當兒，一位窈窕少女的身軀前來擋在我的面前，她以微笑友善的面容看我，並以鼓勵誘導著我，我反問著她：

「爲何？」

「並非如你想像。」

她說。那意思似乎是：人或獸，皆是我肉眼所見，心中所想而已。她揚眉而笑，姿態美妙非凡。

「我們只見陰與陽，萬物之根源、宇宙之本來，這裡便是生門。」她又說。

「生門？」我仍然疑問著。

「你也許喚做死墓。」

她在言說間展臂上前欲擁抱著我來。

「啊！」

我大聲驚喊，奮力從她的圍抱中掙脫。

我跑著，極力地奔跑，腳下好似騰雲駕霧般奇幻，終於跑出了濃密的樹林看見了大海，重見大海，我猶如看到了親人般直向它奔投而去。然後，我倒臥在沙灘上，重聞一波一波海浪滾捲的韻律之聲，它們是這樣溫柔和親切的呼語，寧靜隨著低垂的夜幕而來，我任由自己闔眼沉沉地睡去。

我的意識正處在無比的靜夜之中，一輪盈滿的明月懸在海洋之上，月之光華照耀著那一波波湧上沙灘的海水，浪濤愈竄愈高，像興奮似地拍擊著我的雙腳，然後是浸潤著我的軀體，我任由這自然包圍著我，並且淹沒著我，而我滿足和安詳地沉睡著，猶如在母親的襁褓中。

突然我感到一陣顫慄，我舔舐到海水的鹹味，感到海水的冰冷無情，我清醒過來，發覺嘴角邊殘留著那鹹苦之味，原來不知何時，那是我在躺臥的睡夢中汩汩流下的淚水。

五

我不禁惶惑起來，想著那故事中月光下的海葬，是一個意外，或是他自己的抉擇？山風開始吹來陣陣的寒意，環顧四周，景致並未改變，小山如舊，回望友人的空屋也依然如故；我在茫茫中揣想，這是怎樣的一個恐怖荒誕的夢境，它是如此地眞實，像是某種眞確的曉喻。我從躺臥中坐起，用力搖頭欲甩掉剛才令我不安的夢魘。當我抬眼高望，方才舒適溫煦的陽光卻已不再，重又出現流雲飛拖的景象，只見沙洲佇立山下，被即將垂下的夜幕染上詭異淒迷之氣。

「啊！」我驚跳地嚷著。

我的前來是緣於攜著昨夜預寫好以替代遺囑的一篇墓誌銘來訪尋我自己的墓地。早先，一位備嘗艱辛的求道者，付出了他在世間所能傾出的一切，包括他的一生寶貴光陰，卻始終未能求得他心中所唯一渴盼的那點光芒——直到他已垂垂老去只剩下最後一口未嚥的不甘之氣，一日，他半臥著自床畔窗口望向屋外，注視著那臨近一方從未令他留意的土地，那眞是自任何角度看都絕不起眼的小地方，突然，老人仰天哈哈大笑，隨後鼓湧出最後一絲氣力，緩緩行到那塊土地上，盤膝坐下，終於含笑閉上了他的眼睛。

有偌長的時光，我反覆咀嚼著這事件企圖捕捉它內在隱含的確切喻義，而竟沉溺於這神奇而曖昧的陷阱，墮入於輪迴式的苦惱中，爲尋求解答，形成了我宿命的悲劇性格。爲了索求事件的眞諦，我深信那「土地之說」，終致醞釀成我以決絕的姿態出行，將自己自表面的世間放逐出境——或者，毋寧說是更積極地深入眞實的世界去尋找——。而我確信是有一方且專屬於我的土地，像那長者，那是墓，也是門，一個世界之終而另一個世界之始。而我將能尋到，且安然地進入它，這於我竟漸至演成一樁生平未有的神聖使命，我感到一種莫名的興奮和冷靜之力，推湧出信心，攛掇著我前來。

是的，沙洲原來就是那荒島。沙洲的神秘只爲隱藏那敗德淫亂的生活。但那少女，那令我幾乎不能守身的美麗超凡少女竟也是一個敗德的喻象？爲何那荒島卻有一種寧靜圓滿之感覺，有如世外桃源。如果夢中之境即是未來世界之地，則現實世界與未來世界究竟何爲清淨？何爲墮落？在夢境中，我逃離了樹林、選擇了海洋，應是被迫而出於無奈，又何以當時在恐懼中卻能懷抱恩情而安詳的睡去？「死之墓，生之門，來處即是歸處。」我眞是走回原本熟悉之地嗎？然而我夢寐以求的那方土地又安在？大海吞噬了我的生命亦即吞噬了我全部的希望，我竟連一方屬於自己的土地都不能擁有!?

我忽然覺得自己已無路可走，且一無所有，生而爲人即注定了悽慘之命運，這竟是一樁無可挽回的悲劇嗎？我絕望地想著過去、現在和未來，它們都變得遙遠而陌生，所有的思想、一切屬於我的自信與驕傲都不再與我關聯，我的靈魂跳離了我的軀殼。

我只是一個孤獨飄泊的遊魂，
從未有來處或歸處；
永遠在試探、尋覓，
直到心灰、情滅、魂消。

我聽見自己的靈魂這樣哀訴著，又恣意地灑淚水於自己的臉龐。這面臨終結而躍跳的靈魂的不尋常舉動，使我了解了一直來的被壓抑的委屈與痛楚，熱情的生命被迫要接受的絕望和幻滅，我與我的靈魂終於相惜地抱頭痛哭起來。時間已然停頓，淚與哭成爲空間裡的唯一存在，這盡情的悲哭，竟成爲我一生中唯一經驗到的一次徹底。淚水沖刷著靈魂，滌清了我的心。我悠忽自遙遠的彼端渡回到現實情境；低黯的情緒已經宣洩，平靜了的心一片空明。

六

我從清新美麗的綠草山坡站起，拍拍衣褲，順手將袋內的遺書撕毀，我想人生誠然並非圓滿，然一意追求完美圓滿之心不亦是一種圓滿？那久來的無形壓力與束縛已在此刻解除，我旋繼振臂奮力將紙絮撒向四方，對那迷幻的沙洲注視最後的一眼，再遙望那相連接——的海和天，我毫不猶豫地轉身離開了。

環虛後記

本篇應出版的書店要求才會收錄在這本集子裡，這也使得我有追述改寫蘇永安原作〈求道〉而成爲〈環虛〉的經過的機會。蘇起草求道於五年多前，然後中斷，到今年初才又接續完成，並突然擲贈予我。它約有略近中篇的規模，分成極有順序和理路的段落和小標題，文字非常的暢美；由於它充滿個人的思維和悲憐的內涵，無疑地它撥動心扉般感動著我。我以爲這是蘇想像著他的人生或揣度我度著的人生或甚至某些人已經行過的人生的故事。不論如何啊，蘇是那麼明確地道白著，在那篇求道的文字裡。當他一面學佛一面行醫且遠赴印度尼泊爾等地朝聖的期間，那篇作品在我的身邊逐日醞釀和變幻著，左右我的思潮和生活，我感覺一切眞實和虛幻的無從分辨，逐漸與我一路來寫作的思想銜接和混合，像生命的呼吸一樣，一個簡短的形式遽然成形，而原作的優秀文體有如我們常加讚嘆的美的肉體的塑造，我不忍捨棄而珍愛地檢選並加以連綴妥切併隨玄秘的內在精神存在著。我應著某種內心的呼求，就在那暈旋下筆的一夕間撰寫完成了；題名〈環虛〉也一併產生。雖然還嫌草率，即頗合我一口氣下處理短作的風格相致，也就不計小節地再補行修飾，任其存留我的思路的笨拙痕跡。一個作品的譜成後即已和作者斷了血脈，成爲天地的獨立個體，自有其存在的時空，我影印一份給蘇，一份投給中國時報的人間副刊。但我內心不忘這原是來自蘇長時懷就的靈感，我算是他選擇的感應者，然後成爲另一個變貌的撰寫者，所以我不得不註明原作蘇永安，我是改寫者。但是，副刊為了更加簡明地使讀者不受這繁曲的過程干擾，當編輯來電詢問我道及了這篇文字的緣由時，他們也不要讀者有誤會這是一篇外國翻譯過來的作品，因此屬意只在後尾註記故事由蘇提供而發表了出來。不過，我深覺蘇的蒙受委屈，但他則表露出寬涵接納的態度，並事後同意此時也收錄在這裡，一併與我的其他作品同在，好似它們都是兄弟姐妹。現在我要特別記載這件事，一面表示我對蘇的感激，一面為了道明求道的作者和環虛的我如眞不具同樣的精神原素，其改寫的工作不會如此有如神助。廣言之：能夠喜愛這作品的讀者，我深信他們也有共同的原眞。凡作品乃天地之物，百年後，已不再專屬於一時的作者，像遠古流來的作品，成為一種傳統，而這篇作品的題涵不也是意外地敲擊著自古以來無數人生的傳統嗎？後面的空白容我和蘇共同簽名在此，也讓擁有此書而與這篇文字共鳴的讀者互相簽名在此，但不要忘懷這原是那篇求道的文字誕生而來的。

公元一九八四年七月

七等生

蘇永安

目孔赤

一

我從未有過那麼難以起頭述說一個事物，尤其是指涉某一種人，一個我親眼看到的人，在我筆述的時候我相信他還活著，只是我不知道他在那裡。每一次他在我眼前出現總叫我感到十足的意外。我的意思是在什麼時候在什麼地點完全不能預期。他的出現所帶給我的驚震和反思使我日常怠惰的心靈產生一種機轉。他是一個景致，或者是一個景象，當他立在一個活生的環境裡與其他的事物同時並存時，他是一個使人訝異的風貌。一個現今的眞實人物會有那樣的一種給人的作用一定是超越眞實，或者是我假造的，以便有著一種反現實的諷刺；但對他而言，他本身的表露是我無權杜撰的，因爲他從他的表現裡所需要的就只有那麼一種形式，除了這個形式之外，沒有其他的形式値可代表他的確實存在。

我和他的首次緣遇，是在一條市鎭和山區之間的道路上，當他的形象穿出晨曦的濃霧在大路上出現時，我正好要在早晨的時光駕車上山去工作。我眼望前方，遽然發現他的身影由淡薄而漸次顯明露出形體的輪廓；他從什麼地方來的，那時他的形象給我的感覺他是由虛無之處冒出來的。

他的出現在事前或事後於我都是無知的，當然我可以查訪或詢問那山區裡生活的住民。可是那樣做違背我的品性。他的模樣在我眼前顯露適足以造成一種了悟的驚愕，如果我知曉他的俗世底細，我會從那些身世資料裡裁判他的異常狀態，結論將歸於世俗的一般說詞，這樣做對我而言是毫無痛癢和啓示，因爲我凡事都那麼期待有別於凡庸的價值。探討是曲徑，遇見是直徑，其中的感受是截然不相同。

他從霧氣瀰漫的天地奔出時，我以爲看見的是幻象。春天的霧靄在這一帶的山區往往從昨日的傍晚開始籠罩到翌日的上午，要等到陽光高照時才能驅散。在這種情形下，要看清一件事物的形象就必須要相當的接近。他幾近滑稽的穿著一條紅色短褲，我眞的一時難以判定他存在的眞僞。農曆的二月裡，很少人在出門時會穿著很單薄的衣服，因爲寒意還在，還可能下雨。但他的赤裸，使我大覺意外。

享受眼睛所見的物象，這樣的說辭未免給人怪異的感想。一個在他所生活的區域裡可能被指爲醜陋不堪的人，我卻視他爲神妙，如我要像他那樣打扮，恐怕就充滿了造作，而在他一切都是自然。

他除了那條刺目的紅褲外，上身只有一件無袖的素色背心。他的頭上綁著毛巾，大概是用來吸取額上冒出的汗水。我特別注意到他的短身材和那個介乎結實與瘦弱之間的體能，而他的肩膀上卻挑著兩頭下垂比他的體重更甚的疊得很整齊的木柴。姑且說他像個樵夫罷。但現在怎麼還有樵夫的存在呢?可是不容置疑，他確實挑著一擔柴木，我要往山區，他要到市鎮，我和他在路途上相遇著了。

當然我不知道他叫什麼名字。我說過了，爲了我個人的理由，事後我不願去查問他，去冒褻他，去損傷他，甚至我亦不去靠近他，不特意去守候他的來臨，我只保持與他自然而遇的機會。

想來他已經趕了有一段路程，他打從那裡挑擔出發我並不知道，但他看來早已熱身過了。那一雙重擔和他的身軀仰仰傾傾地前後搖擺，到底是擔子跟隨腳步搖晃或是步伐配合著動開後不易靜止的擔子舞踏，在這行路的途中眞是不易辨別；總之那腳步和挑起的重擔是一個活生生動顫的整體。還未見到鳥雀飛翔的早晨原是寂寞無聲的。他的行姿襯著一片灰白和流動的霧氣，彷彿可以聽見隱身演奏的音響在詮釋著我眼前出現的景象。

然後是我和他之間急遽地拉近了距離。我開著車像是快速地向他衝過去，而他奇異地要比我的速度更迅速地迎面撲來。雖然可以常識分別車子與徒步兩者速度的懸殊差異，但我想我感覺到他的速度是等於我的車速和他的走步的總和。何況挑擔人不是用走的，是用跑的，這個經驗我在童年時因爲需要挑水供家用而體認無誤，因爲挑擔能用慢步走，那一定是輕擔子，而重擔子是絕對做不到的。

那是一段陡峭的斜坡，我加油往上爬升，他像是連翻帶滾地要跌進我的懷抱。哇噻。我幾乎要驚呼起來，甚至要一時慌張失神而失掉了駕車的意識。我和他就這樣在幾近危急和瞬息的情況下匆匆地照面避過去。在這之前，我想時間是很短暫的，也許在這樣的短時間之內要辨明事物是不夠正確的，所以感受到的可能僅僅是一種印象。雖然如此，我看到他的每一部分形狀都有先後的順序，有如在一個白幕上由那不知景深的氛圍裡先是滲透出那條短褲的紅色塊，再看出是一個人的輪廓，跟著知道他是個挑擔人與那特別動人的跑動姿態，一件灰白的背心以及赤裸的四肢和頭部。赤裸的部分呈現著淡紅的色澤。事後我懷疑著他為什麼不是像一般勞動者普遍具有的灰白或褐黃的膚色呢？我以為這個傢伙彷彿要在我離開家門去工作的途中故意這般扮演來嚇唬人，或是這一切都是我的幻覺呢？現在是什麼時代了，還有這種樣相的人存在。古初的人類也不顯現出從他那裡煥發出來的光澤和天生自然的形貌。在這個時代裡，貧富是懸殊的，一切都是對比的，甚至仁慈與殘酷也是同時並存的，諸事均可以從現象反應出來。可是他看起來並不是有意要和什麼存在的事物去做比較。唯一矛盾的現象就是在他那像是貧賤的矮小身軀上卻豎立著一個異乎尋常的奧貴的頭顱，一個大頭，他的容顏的莊美和掛著的微笑，幾乎在我和他交視的瞬間裡把我懾住了。

我從車子的後視鏡瞧見他急忙滑稽地隱入了霧靄，當然我事實上也置身在這陣霧幕的天地中，只不過我有約莫十來公尺的視距可以看明形物。我追憶這首次與他的邂逅幾乎像是在戲劇裡一樣，要非後來竟然在這帶山區裡我能到達的角落還有不期而遇的事，這僅有的一次遭逢是一定會自認為置身於夢境的世界。而這夢境的世界是我的誤撞或有意的走進也不易理會清楚了。但是，我不把這印象追憶詳細且據實招出，在往後的日子裡，恐怕會因印象已經模糊，而認為這件事無疑只是一次自欺和蒙騙。我杜撰這樣的現象來蠱惑自己一定愚不可及，用繪畫或雕塑一個奇形的人物也許較易於用筆墨文字，如果沒有實際的印象，要用文字模擬那印象使接收的腦幕再經由文字構成那印象，眞是難之再難。我知道我要再往下去傳述的同一件事體更需要具體的事跡，何況我還未說到他那對眼睛的流光，那嘴唇，這些在初次的印象裡都有的，卻在後來的再遇中才看得明確和深刻。

二

相思樹林是我經常喜愛觀賞的植物，在某種相隔的距離看它們，是在著它們特別的柔美和綠意。相思樹林的頂層有著一個又一個的弧線來構成它們的群聚層次和深密。時常我覺得一堵粗糙的矮牆就會把人們生活的境界和自然斷然分開，牆內牆外是兩種不同心情的世界。我無事時總是站在長長的走廊下，把視線越過那圍繞著校園的磚牆，凝注著山嶺處遍佈的相思樹林的風姿。有一條泥土路不知從何處伸來通往那林子裡，似乎要延伸到山凹背後的某個村落。這條路很少看到有人經過，尤其在午後陽光熾熱的時候。相思樹林下的這條小徑幾乎快要被地面上漫生的野草覆沒了。我從短時的午眠中醒來站在廊下，神志恍惚一般地投視著那牆外的滿佈樹綠。童子們在圍牆內奔跑吵嚷和嬉戲，發出格外刺耳的尖銳聲音。我的心像不斷地翻牆一樣在童子們的跳動不定和靜止的樹林之間來回盼顧著。當那牆頂上出現移動的東西時，我像看到魔術的表演，奇幻地只有頭部，沒有身體。

那巨大的頭顱和掛著微笑的面龐突然轉過來注視牆內時，他並不盼顧遊玩的童子們，而是與我遙遙相對地看我一眼。因爲有牆垣阻隔，他的出現並沒有使專心戲耍的童子們停頓下來，只有一位剛奔到牆邊抬頭仰視他的女孩子，嚇得倒臥在草地上而喚叫了出來。

「瘋子，」

群童這時才齊聲呼應著：

「瘋子，瘋子。」

他們簡直是群策群力的合唱。

我的眼睛清楚地看到但卻聽不到他咧開嘴說出的一句話。整個要點從他轉過頭來看我一眼到他說出了一句話轉頭回去，在我的感覺只是瞬息之間，而我的神志已在現象發生的控制之中，沒有我自己的思考。當他的頭部轉臉過去後，那一前段靠牆的小徑開始折彎轉入林子裡，所以他的身子也開始露出來了，可是那是一點點一點點斜轉背離我的視線而去。他漸走漸遠。他的穿著沒有多少的改變，依然是那條紅色短褲，而這次在上身像是隆重地穿著一件拆除兩邊長袖的條紋西裝，仍然讓活動的四肢赤裸著。他的右肩放著一根肩擔，那桿子的後端近頭處綁著一個布質的小包袱，他以輕快悠閒的步伐穿過樹林的幹隙，他遠去的背影已經縮小，直到隱沒消失爲止。我向童子們遊戲的草場走去，找到那位跌倒但沒受傷現在猶然玩的很開心的小女孩，問道：

「他說什麼？」

「我不明白他說什麼，他說目孔赤。」

有很長的時間我一直復誦著這句曾在久遠以前聽聞過的音調，意使埋藏在深底的意識層能浮現出來，終於知曉這是我童年生活在市鎮時常從人們口中吐出的一句話，它帶著嚴厲的責批意味。那時正是一個變遷的時期，人們之間互相敵視和出賣。然後這句語詞消失了，像某些歌謠突然被禁唱一樣，社會的秩序在某種高壓下平靜了，而現在似乎又有另一個變動的時代來臨，可以感覺到觀念與觀念之間的衝擊和搏鬥，就像兄弟之間久壓的不平情緒突然高張而顯明在赤紅的眼眶裡一樣，使我們在議事堂裡聽到有人站起來大聲叫罵，在街頭看到人們和警察的拉扯和互擲石頭。夫妻也在吵架。朋友在酒肆之際毫無諒意地互相痛責。父子面對詛咒。我記得我做孩子的時候第一次聽到的是鄰居的一位愛美的姑娘因爲有別的姑娘用鄙薄的眼光看她穿著教會救濟的異樣衣服而氣憤說出來的。那時我穿的很襤褸，赤腳，直到考上城市的學校才有第一雙鞋子。我也聽過我的母親口中說過這句話，但現在記不得她到底爲何而說。總之，這三個字在整個市鎮甚爲囂騰；盤旋著刺痛我的心靈。當這三個字前面再加三字經飛出口時，那滋味就可想而知了。無論貧窮的時代或富裕的時代都有這種親痛仇快的眼紅現象，意味著嫉妒的情烈不易從人的心中去除，那誹謗之毒隨之而至。

童子呼他「瘋子」和他回應童子「目孔赤」應是錯置對錯置，毫無正面的意義。我在學童的年段曾混入閩南人與客家人、或台灣人與外省人的互相排斥而敵對謾罵的陣營，還有台灣人與日本人的區別中，一切顯得那麼錯綜複雜，但只要是做爲其中的一個份子，就難逃那種勾心鬥角的敗絮情緒。但把他視爲「瘋子」的確是「目孔赤」的行爲；其實他並不瘋，童子們的眼睛也不紅。充其言他只不過是不合群而已，他似乎能盡到做人的責任，並不寄生於其他人仰賴他人而生活。他並不像瘋子或乞丐一樣全身充滿污穢；他光潔煥發，冷靜如水；視他的怪異穿著而認爲他是瘋子，我卻認爲他的打扮合他的情，也合他的理，對他而言是舒暢和禮貌的，因爲他的出現不是獨自行走就是工作。如果他不侵犯他人且獨自生活的話，他應享有自己的愛好，任何人不應加以干涉。我親眼見過一種溫和一種凶暴的兩類瘋子在市鎭上出現，前者害羞畏縮在住屋堆積物的角隅，後者握棍在寺廟前逢人亂舞，他們都有一個共同特徵，身體積污不能自潔，生活靠人不能自謀，並且口不遮言，胡言亂語，毫無意義。

三

有一次，我駕車停靠在山區分岔路口的雜貨店前面，下車要進去購買香煙，竟然和他面對面相遇到了。這次我和他擦身而過，互相以最近距離交視了眼光。這是僅有的一次讓我清清楚楚地端詳著他那淡紅色的和悅面孔。高貴如帝王般的長形眼睛優美地落在寬大的額頭下面，靈活澄澈的眼珠左右快速地移動，一點也不帶懷疑和壞意，不害怕人也不使人害怕。依然是那永恆一般的微笑。他那不裝作的笑容是自然掛在臉面上的，不是見到人才浮上來的，而這樣的展露似乎沒有人世間人情的意味。那笑意是本然有的，也許應稱非笑的笑，配合著那面龐形成的氣氛，是一張見不到嘴唇的嘴，像利刃在泥偶臉部劃開一線而裂開的橫痕，這與平常見到的人們面上翻出外面的嘴唇大有分別。我和他之間那一眼的對視，使我感覺我見到的是一個非人的人，那一頃間我感覺到一種來自心靈的刺戟，對他那奇異的閃視有著非知似知的頓愕。由於遮陽篷擋住了光線，我幾乎要撞到他，但他早已閃避一旁，等候我走進雜貨店。他從篷下走出去，我轉身回頭就只能見到那與剛才的感覺不相稱的近乎野人般矮小的殘軀。我的心每一次見到他總是充滿著這不解的矛盾。那是一張我的眼睛所見到過的最爲脫俗和美麗的臉，沒有半點狡黠或陰惡的色彩，也不單爲聰明或智慧顯露采光的那般存在，那是近乎神聖和純潔而毫無人世歷練的形跡，有一點注視野獸面貌時所感覺到的那種本然和透明。但他是一個人，這是千眞萬確的，而凡是人都是可以多少瞭解的，無論從那一種資料或聽聞，或甚至親自和他面對，而又不止一次見過他的模樣的話。我已經費了不少心思和氣力目的就是企圖要來描述一個我不能了解的人。這個人至今我還不能絲毫辨別他，我的述說僅能做到模擬和接近，而到底和他的本樣還差距多少，我也不知道。也許我做的是一次無用的探討，這樣一個人的存在適足於證明我的無用處。是的，我幾乎忘了，在這一次那麼近前的碰面中，我好像沒有見到他有眉毛，和記不得他的鼻子是什麼樣子。關於眉毛，人們是易於從它的長勢辨識一個人的忠奸或具有某類野心或什麼的，鼻子也可以讓人揣測出運道的遞變。可惜，我無論如何想不起他有沒有眉毛和鼻子。可能有鼻子，我相信，但因爲是正面注視就看不清什麼形狀。但我則可以確信他的臉上沒有眉毛。這時也許應該聽聽別人怎麼說他罷。他走了之後，我走進那家雜貨店，有三四個人在裡面，有兩位婦人家在對談，好像講的是那人的背後話。

「敢是有娶妻？」

「早前有娶一個女子。」

「怎麼跑的？」

「他去當兵，那女子和別人同居。」

「他回來後呢？」

「他就像現在這樣一個人。」

「沒有發生什麼事？」

「沒有。那女子還住在五里牌。」

「那女子不是有一個小孩嗎？」

「不像他。」

「像誰？」

「只像那個女人。」

「有人見到他走往五里牌。」

「他拿錢去，放在門口就走了。」

「他有錢？」

「賣柴錢。」

「現在一擔柴能賣多少錢？」

「不多。」

「眞罕有。」

「現在是什麼時代了。」

「他來買什麼?」

「鹽。」

「除了鹽，他什麼也不買。」

我買了香煙走出雜貨店，四處觀望已見不到他的影子。我很快駕車離去。眞想不到那兩個婦人的談話，混淆了我一味的觀感和想像。這是不能避免的，已經聽進了耳朵，除也除不掉了。想到一定還有不少有關他實際生活的談論，雖然我沒聽到，也無意要去探究底蘊，但我想這山區的人們凡見到他的包括孩童在內一定都把他視爲瘋子罷?我絕不這樣認定，他甚至沒有我們慣常所謂的情緒，他有一個凡身，卻是另一種超然的存在，這可以從他的臉上看出來。他是一個近乎完全的在人的課題裡最最困難獨善其身的個人，他以最明白的心態活著，不假借任何事物張放他的欲望。有時，我所敬佩的人是以思想知識存在的，但他卻高勝一籌，不是嗎?知識的世界可以追趕和超越，可是，來自自然的本象是無法模仿和超越的。他的容顏象徵天庭，而他的賤軀落實於人間。難怪他的出現會佔滿我的思潮，激盪我的心靈和想像。

聖經裡，拿撒勒人耶穌出現在曠野，有許多人跟隨他，他向他們講道，並爲他們治病，耶路撒冷的猶太法老聽到了就心感不安，他們去見希律王，說耶穌是異端。目孔赤。當兩隻不相容的野獸相遇搏鬥時，牠們的目光就冒出了凶猛的火光。不言而喻，目孔赤是一種嫉憤仇視的現象。

我曾目睹臉色蒼白目眶空洞的知識青年三三兩兩走進了咖啡室，不久就不知為何事而爭得面紅耳赤，眼睛冒火。還有那些口嚼檳榔無事站在街角的男人，兩眼充滿了紅紅的血絲瞪著行人。當我每天早晨不分晴雨為著一天的賺得驅車從市鎮開往山區工作時，我不由得抬頭瞻望視界盡頭的那堵藍藍的山牆的壯麗，太陽凌空高照，橫在兩個市鎮之間的山嶺依然背光瀰漫著暗藍的氣氛，我的心胸充塞著過去的記憶，我會思潮洶湧，我曾是一個目孔赤者，妒慕著別人的成就和榮譽。我有時獨自悲哀流淚，疑問著不知，該向誰去學習。

四

某日，我從書房的座椅站起來，把閱讀的書本放回櫥櫃，並且把收音機的音樂關掉。我走到客廳，在門口穿上外出的布鞋。一個聲音從背後追問過來：

「你要到那裡去？」

「我要去散步。」

「到那裡去散步？」

「到海口的地方去。」

「沒有為什麼事嗎？」

「沒有什麼事。」

我自己心裡明白，我要在假日外出當然是有事，只是心中的事不便坦白地道出來。顯然的，我對書本的某些知識已失掉了興趣，年輕時代保持至今的音樂愛好也有些煩膩。我心中突然渴念著一個女人的影像。我記得在城市讀書的最後一個暑假，我回到市鎮來，整個假期裡和市鎮的幾個同伴混在一起遊玩嬉樂。我們經常聚集在火車站前的廣場邊，坐在一位賣西瓜的女郎的棚子裡，一面吃西瓜一面和那女郎談天調笑。漸漸地我們和她混熟了，除了吃飯和睡眠外，不在那裡和那女郎聊天爲她做雜事會感到日子很難過。直到有一天，不知是我們纏著要求還是她主動邀請，我們幾個人分乘兩部腳踏車，踏著月色到她海口附近的農舍去。事前都不清楚，她也不曾透露，到了那裡我們見到她的另一位姐姐。那位姐姐的挺立身子和容貌眞使我們感到意外的驚喜，姐妹兩人的風姿有異樣的區別。那海口有茂密的木麻黃樹林做爲海防，附近稀落著少數房舍，環境十分的幽靜。從那次的拜訪以後，我私自背著他們，獨自在夜晚去到那木麻黃樹林裡，和那位很少有人知曉也不曾在市鎮露面的姐姐會面，在幽暗和傾訴的海潮的低鳴環繞中，世界好像只有我和她兩個人，以及我們互聞的舒緩的鼻息。但是暑假的日子很快就結束了。也從那年開始，我在別的異地落腳生活沒有再回到這個市鎮來。我因工作的關係再回到這個市鎮是十多年之後。這時，我迫切地思念著她。或許時常我會在記憶裡短暫地閃現她的影子，然後又會很快地爲日常的事物淹沒消失。但此刻，我再也按捺不住了，我必須不顧一切去找她，不論此刻她還在那裡或者不在。

我清楚的記得，那時爲了避免讓人看見，我並沒有沿走第一次乘腳踏車和同伴去的那條鄉村小道，那時這種道路只供牛車行駛和行人徒步。我是由郊外的一條溪水通往海口隱身而去。這個市鎮的環境現在雖稍有改變，但溪流卻永遠是那個樣子地存在在原位置。我儘量憑記憶尋著當時的舊跡行走，在這白晝裡我才看明這條要去會見那位姐姐的途徑是頗爲曲折和阻障重重。我現在清楚著我的心情因爲時光的壓積，恐怕要比年輕時更爲急切和堅持。

走出了市街，我來到了溪流的堤岸，然後下到那滿佈著石頭的乾涸河床。假如現在我是面對著南方，那麼左手方向的東方可以看見那座幹線路經過的石泥橋，我右手方向的西方就是河道下游的轉彎處，再過去就是海口，遠處的木麻黃樹林的尖形樹梢已能被我遙見。

我的心情既亢奮又憂鬱，我的行動顯然已有相當時間的醞釀。我似乎已經下定決心。而我已經走到溪流的中央，正在踏著那些起伏不齊鬆動不穩的石頭前進。我的口中誦唸著當年熟記的雪萊的一首詩：

「有力的鷹隼，你高高飛行
在霧氣瀰漫的山林上空，
鑽入晨曦閃耀的碧霄，
像一片彩雲急急趕路；
當夜色降臨，也不顧
欲來的狂風暴雨的警告。」

忽然在我的行進間，空曠明亮的天宇陰暗了，由我的背後呼嘯著一陣聲響，追過了我，在我的頭頂上空覆蓋著急速飄來的烏雲，雨滴以筆直撾打的方式落在我的頭髮、面部和肩背。我遽然止步，心中充滿著衝擊而來的遲疑和惶悚。我回轉身軀，抬頭注視距離約有百公尺的石泥橋，在那橫跨溪流的橋面上，有著來往走動的行人，其中一位穿著簑衣和紅短褲的正是他。我不覺遠遠盯住他轉過來的那張裂開嘴縫的面孔，感覺從那多麼怪異的妖魔臉上，有兩道光芒穿過密集的雨林投射過來，使我震顫和憤懣；我一時像被那電光擊中，突然喪失神志般僵住了。

我愛黑眼珠續記

在晨曦的霧靄中，劃過丘陵起伏的高速路已充滿了車陣。在這條美好大道所經之地皆能睹見山景和花樹。李龍第和其他要進城的坐在汽車裡，他沉默地臨窗外望，曦光和灰霧的雜奇景物看起來似乎藏有詭譎和虛幻。像被柔美的弦律所帶引出來的感傷，李龍第由心靈底處湧出憂鬱的思潮。至今他猶不知晴子的下落就是一例。車行極快，大部分的車子都能循序依線道行駛前進，但只要有一部車急劇亂闖，橫行於各線道尋隙竄行，就會引起和帶動一些不服氣的車子跟著衝動起來，毫不顧忌別人的惡感而超車競駛。大貨卡也駛到內線道來，小車子常有被夾在前後兩部大貨卡中間，或左右被貼鄰，望著大車輪在眼邊滾轉的恐怖場面，使人驚嚇得面如白紙。李龍第有時百思不解，爲何人們竟然被養成一種急促搶先的性格，這種不能尊重他人的習慣到底所由何來。

天氣有轉晴的跡象，輕薄的雲霧正在逐漸移動消散，乘坐在汽車裡的人可以透過褐色玻璃窗瞧見山坡上相思樹林柔和的形姿和綠意。太陽光從雲隙傾瀉出來了，使山影呈現立體的感覺。紅色和白色的杜鵑花被培植在修築的坡道上，稻田上的水光襯托出綠禾的整齊和秩序，明喻著井然成長的道理。可是在橋樑下，當車子行過水泥橋時，瞥見的是被掛在河岸邊的工業廢料的塑膠垃圾，河床被挖掘出處處窪洞，好似砲彈打過的坑陷。幾乎靜止的水流污濁得在淺處也見不到底。那種不諧調和污染破壞的景致，使人的眼光黯淡下來。置身在這條精心設計和高價錢的平坦大道上，簡直像旅遊於夢境。但這種經驗卻不可避免地會想到與舒坦相反的顚震和不快的現實來，只要車子駛出弧彎的交流道後，與其連接的竟是補綴再補綴的畸形的鄉村道路，路面鬆散或坑洞或高凸均無奇不有，像似被打傷而永不癒合的顏面。夢與現實相距如此巨大，如此令人產生不適應的心理，使慣於旅行在高速路者恐懼駛出，使被囿限於鄉鎮奔勞者也害怕駛入。夢和眞實原本在存有的範疇裡是合一的理想，而不是構成於意識的虛幻。

這條美麗的輸送帶的兩旁風光，有時還能遙望另一種晦深的感觸，有些是零零散在田間的隆丘，有些是疊滿整個山頭的層面，那種參差不齊的擁擠墳塚和墓碑，從遠而看是風景的一式，但每一個人都似乎曾親臨那實地的場地，在雜亂的蔓草中尋找和祭拜。

由於鄰座的人想和他交談，使李龍第站起來，走出他的位子；他看到後端猶有空座，就移到那裡孤獨地坐下。他傾身倚靠著座墊，沉靜地緊閉著眼睛。車廂內一直有著談論的語聲，但他儘量不去聽聞。有人高聲把話題引到近來發生的種種社會現象，他們談到的無非是表面上事情的誰是誰非的論斷。他覺得他有滿身的疲憊感，要想在強權的區域明辨是非就像在巨人面前比劃拳頭。對他而言，最重要的莫非是能再見到晴子，這才是他最關懷的事體。

這時不知從何處飄來的濃煙瀰漫在高速路段，車內的乘客雖享受著空調設備，仍然能嗅到一股戴歐辛的刺鼻氣味。有人取手帕摀住鼻孔，有人躁急的期望車子迅快衝過這股毒氣的薰陶。乘客們顯得情緒忿怒，坐在最尾端的李龍第也受到影響而睜開眼睛望出窗外，發現天氣又改變了，一切景色意外地灰暗和殘破，天邊有散亂的捲雲，近處是翻轉的煙霧。難過的時刻終於過去了，但是人們在車廂裡可以感覺車速漸漸地慢下來，隨著無聲般滑行一段距離後，就完全停止了。片刻間，原本在暢行無阻中空盪的路肩位置，突然有一輛黑顏色的計程車開過去，繼之跟隨著許多各型體的大小車子，一部一部魚貫地從後頭而來，向前而去，只有這邊兩線道的車陣眼巴巴望著卻絲毫不能動顫。這種現象，對經常在高速路跑的人都知道前面有車禍的可能，那麼到底要被堵塞多久就得靠運氣了。車陣偶爾會隔半分鐘緩慢地移動兩三步，有時是左線，有時是右線，並不同時。就在這等現象產生時，就有車子打著方向燈搶先一步駛出來，由左到右，或由右到左，在兩線車道間來來往往，即使在半句鐘裡事實上只推進了不到一百碼，也覺得它比別人聰明和神氣。警車的呼嘯聲由遠而近，但路肩上的車也塞滿了，警車過不去停下來，不斷地閃著車頂的紅燈和發出咻咻的叫聲。兩位面戴墨鏡的年輕警察，頗有修養又頗富人情味安詳地端坐在駕駛前座裡，像趕鴨群面對鴨屁股等候路肩的車輛一部部想辦法往內靠，而留出空間讓他過去。沒有人知道或看到前面到底多遠是肇禍的現場，也不知道警車何時開到那裡，除非在幾小時之後恢復暢通而路過時，才能見到有幾部扭曲和殘傷的車子被展示在路旁，宛如抽象雕塑。

在晌午前，城市裡的主要街道上已經站滿請願示威的遊行隊伍和觀衆。比較小規模的示威遊行曾經在所謂解除戒嚴之後的時間裡一波一波地過去。雖然有某些人被懲罰了，但訴求的行動卻能因凸顯而獲得效用，使當局不是在某些措施上改絃更轍就是直接去滿足他們的需要。這種行爲會感染貪婪者，也被視爲達到某種權益目的的手段。單純的請願遊行看來值得鼓舞，也使人同情，要是他們十分有秩序地走過街道，將使人感覺他們合法合理，尤其靜坐更令人感到他們自愛。如果不然，演變成暴動，造成殘傷累累，這就別當別論，難以辨明眞相了。一個事情到最後會改變形態，背後一定有著深沉的底蘊，不像偶發事件即可當下結束；如果那個事情是有著長時間的歷史淵源，或帶有某種仇恨色彩，天啊，這不但不能隨便立下定論，還可能會延伸歧義，沒完沒了。當局最感頭痛的就是這種帶有複雜因素的事件，而如果假定有一個當局的反對者存在的話，當他們猶在弱勢時，就可能無所不用其極的利用活埋問題機會來加以發揮攻勢。這像是自然定律中的一種生存競爭，不必拿眞理和善惡何在來辨別他們。

晴子就在遊行的隊伍裡面，她是他們其中的一員。她在六十年代那種略帶稚氣和想法刻板的模樣，經過那次洪水的洗滌，已經變樣了，現在她參雜在男性的行伍中，她的成熟和英挺比誰都更引人注意。李龍第也看見她了。觀察投以好奇和讚賞的眼光注視晴子，是因爲她這一時刻中的外表和行動意義，而眞正能從一種深遠的記憶認識她的，卻只有圍擠在群衆裡探頭尋視的李龍第。即使她的外貌和衣著已大別於往昔，即使她可以否認自己就是那個在洪流對岸屋頂曾經歇斯底里咒罵過他的無情舉動的晴子，但於李龍第而言，晴子順應社會的變遷而裝扮的角色並不爲他所重視，任何人都具有變色龍那種因環境而更換色澤的能力，但他堅持肯定在那個軀體裡藏匿的是一種原始單純的素質。李龍第所認知的就是這一點。當大水的洶湧阻隔著他和她於兩相對望而不可相聚的時候，他冷靜而持有的也是那個被激動所一時泯滅的本質，他的內心沒有因她被水流沖走而放棄對她的同情，即使不在今天重見她，而是永遠無法再見她，他也不會喪失他心中對她的想念。愛就存在於這個個別差異裡而不僅僅選擇它的類同，就像它不是一時的權宜和婚姻，而是一種時間的痛徹了解，是對全生命的認知和關懷。它貫穿於各種現實行爲的矛盾，有如統攝著各種色光和形狀的思考結果，它使現實寓居存在著一個恆久非現實的理念。不憑著這種認知，李龍第所見到的晴子無異於觀衆的一般感想；而這種識別，觀衆眼光所視的晴子的眞，在李龍第的眼裡就是一種假；觀衆眼中所存在的眞相實體，於李龍第而言根本就是幻覺形影。所以在這個形如洪流來臨的人潮裡，李龍第冷淡地無動於衷於激動的群衆情緒，他置身於萬般險惡的境地而不顧，只關注著某一個人，跟著那行動的潮流保持距離往前移動。但是晴子，她忘懷個人的過逝經歷，她迷醉和滿足於眼前的情境，陶然在一種虛擬的榮耀裡，感懷自己行爲的偉大。

在路經那些沒有官署機關建築的一般街市上，遊行的鬆散形態近似戲玩和迎神賽會的性質，書寫訴求或抗議文字的簡陋白布條在風中飄晃著，執旗者的赤條手臂僵硬如木棒，卡車上鑼鼓的交敲十分零亂不諧調。道路中央的隊伍和兩旁的觀衆相互打趣說笑，行伍中有人擅自離隊跑到路邊買檳榔和飲罐，路旁也有人和隊中的熟人打招呼跑進去遞香煙。跟隨著看熱鬧的閒雜越來越多，狹隘的街路呈現著空前未有的擁擠和無秩序，形成一種交混，使原來的示威者和群衆成爲一個意義曖昧的膨脹集團，把零星站崗的警察擠開了他們爲監視而站立的位置。看在眼裡的李龍第心想著：這是一個被疏忽而可能造成嚴重後果的關鍵。但是這也許是將要蓄意對抗的雙方最想要利用的所在，不論將來演變成如何結果，誰都可以推託這種開始就失控的情勢。李龍第無意趁便走近去接觸晴子，她不會有預期而特意在此時的群衆中看見到他。他們之間已有頗長的時光不明對方，僅在數年前的一次示威大對抗中，報紙曾登過晴子的照片，她被判監禁的刑罰，出獄後仍然致力於她自許的社會運動的角色。而李龍第則爲個人生計居於沒有自來水可飲需掘井的偏僻鄉下。晴子有著徹底改換自己的理由，在她心中斷了有李龍第的牽連。因此，李龍第能在此時看見她，而她根本無視於他的存在。

一只空啤酒罐從一位矮個子的手中抛出，像單隻首先衝出籠子的灰鴿，撞打在聳高的商業大樓光滑堅硬的大理石壁上，發出一聲亮音，不過馬上被喝止，被警告還不是時候，才沒有引發懷埋的妒憤的糟亂。人潮像雨區匯聚的水流越湧越多，情緒越來越高漲。開始時在各區域地點集合的團體，經過一段時間的遊行後，逐漸地在較寬廣的地方接合了。行動中，人們不忘瀏覽街市景觀，排遣心裡頭壓抑未發的單調氣悶，這時眼光紛紛朝前注視建築在圓坡上顯得刺目的紅燈籠樣的那家大飯店，它像是被高倍鏡放大了浮在空際中，而瞧見它似乎易於引人在腦幕回味那屢屢不厭其煩地在電視上所報導的首長們宴請國外嘉賓的華貴場面，紅色和金色的佈置襯托出權勢的迷人神祕，美麗高雅的仕女和彬彬有禮的男士互相舉杯和溫文的交談，彷彿在古老的傳說中一模一樣，令人不勝遐想和嚮往。有人甚至一生都沒有機會進過這家古色古香的屋子，住一夜幾等於法令公佈的勞工一個月所得；窮其一輩子大概也沒有口福和心情嚐到那些有冰雕藝術陪襯的佳餚美味。一位相貌魯野的傢伙從嘴裡吐出一口檳榔汁在地上，他旁邊的人這樣說道：「喂，別吐血，這無異於酸楚的味道太濃。如果國家是一整體的話，首長們就是我們的頭和面，他們代表的就是我們；他們穿好吃好，我們會感覺舒服，精神愉快，手腳強壯，使我們做肢體的更加勤勞工作。」李龍第像一個怕惹事的懦夫躲進路邊的冷飲店。

這個遊街蠢動的日子，連店子裡也坐滿議論紛攘的各色人等。李龍第低垂著頭顱坐在角落歇息著，即使有宏亮的聲音明晰在嘈雜聲中，他也不舉頭看望。就有這樣的一個聲音不以爲然地表示著當局拿十多億美金到國外打贏一場所謂漂亮的外交仗，其論調顯然與報紙上的無精打采相悖。他說：「許久許久之前，有一個愛面子的人家，有一天來了幾個朋友，因爲家中沒有什麼好東西招待他們，只好宰殺一隻孵蛋的母雞，因爲怕饞嘴的小孩吵嚷，把他們趕到鄰居去看管，並囑咐病榻上的老母親不要出聲呻吟，然後一夜歡飲。」李龍第抬頭看著這個說故事的人，他看來像六十年代面熟的如今已有老樣的落魄書生，還繼續留著一頭長髮，眼睛紅紅地瞪著大家，露出憤慨的表情。

李龍第付完賬閃避地步出店子，他有些煩厭裡面七嘴八舌所道出的陳辭，他更緊要的是還要去跟隨遊行的隊伍，擔心跟丟他心中掛慮的晴子。但他眞的迷惑了，人群太多，使他有寸步難行之苦，卻望著遊行者在路中央如波浪般浮動而去。他舉目所望，無法識別那路一隊是那一隊。他盤算只有一個辦法可行，不再依循著跟著他們，他轉進巷衖，預計著他們可能的遊向，抄捷徑趕到前頭別條街路去等候。

他一面打聽遊行隊伍的路線，一面加緊地趕路。他看見戒備的警方在某些路段設置的障礙防線和他們的防身戒護裝束。他想這種圍堵措施恐怕會失效而釀成大災禍，因爲這種明顯排陣勢的準備本身就是認定對方為敵的心理顯露，將成為激怒對方的誘鉤，只有逼迫對方走向衝突的途徑而別無選擇。如果不是有戰略上的考慮，顯明的是極為愚笨的戰術，聰明而有誠意的佈置者絕不會有這種考慮。記憶中打不還手的前回對抗事件，一方是膽大包天，一方是蠢相百出，事後是新聞界如泣如訴請求全體百姓的同情和譴責的呼聲，整個是一場醜戲，並沒有多少眞價。李龍第對這種所謂改革的事需要陣痛的觀念莫不感到缺乏智慧。但要不是它的發生，他還不知道晴子存在的樣相如何。他的觀察還發現這些待命的警察和路障幾乎都陳設在各個重要官廳所在的附近。他們寧可成千成百地固守在那裡，也不早先移動去把觀衆和眞正代言的請願示威者分別開來，使不交混而護衛他們順利的到達終點，並且接受請願的儀式。是不願那麼便宜的就化干戈為玉帛嗎？人雖是肉身組成的形體，卻包裹著一種眞理和感情的熱力，當這股力量聚集形成像滾動的水流向前奔馳時，只有導之成河，讓它流到海洋，使之歸於安靜。相反地，任何阻擋都會構成敵對和破壞的狀態，雖有可能被壓制得效，但這也表露著因屢次的衝突而造成不共戴天的事實。而以高壓和欺瞞的手腕處事，不只使歷史學者良心不安，更令社會學者為百姓抱屈。至今竟然還任官僚談笑風生，說出要賺錢不要空氣和環境乾淨的瘋話，還任厚顏無恥者坐在高高的議席上擺出清白的面孔說謊，鄉下人皆知其霸佔著特權和賄選，在選區出盡糗事，大筆選票錢被黑吃黑，甚至還有因嚴重背信而被槍殺。難道還不想自我嚴整紀律重建清廉形象嗎？難道腐朽還不鏟除，衰老還不請退任其阻礙社會的革新嗎？這些長期以來因循苟且、隱瞞弊端、弄權玩法之事均使沉默的多數人產生無奈的感想，像李龍第者流。他回憶自己做公費寄宿生的時候，有一次因全體學生在餐廳抗議伙食被剝削而用筷擊碗，當群情激憤時，他跳上餐桌舞蹈，教官躲在門縫窺視，捉他以鬧學潮為由開除出校。他被宣佈為學校的毒瘤和盲腸，應該加以割除。這個畢生的烙印深深嵌在他的心靈上永遠存在。他親眼見到，甚至大多數同學都知悉，每天早晨採買車回來，教官和廚夫紛紛上前割肉帶走，以致當伙食委員的學生也效尤在深夜時盜賣米包給糧商。不廉政是國家的濾過性病毒，影響深遠。那次官商勾結所造成的禮堂倒塌而死傷的無數女學生，她們的冤魂知道最近的重大貪污犯也獲得減刑時不知作何感想。有人說國家的稅款部分納入官員的私囊，當然此說還無確據不可盡信，但是現在在城市中追逐聲色的到底都是誰和商人在一起呢？那種膚淺的文明外表都是什麼東西在支持的呢？公務員的微薄薪津怎麼足夠為鋪張的慶宴和賭博的支出呢？還有他們的子女及早出國去的生活費用呢？教育部四十年來最大的恩澤就是免除全國小學教師的值日夜勤務，這個特別選在元旦發佈的消息給一向不甚明白小學教師到底都在做什麼工作的人感到意外和唐突，可是命令下達之後，小學教師依然在鄉村在偏遠的角落頑固地還在執行勤務，每週分配有一到兩次，他們莫可奈何地苦笑道：「紈袴的官員啊，請你們不要開我們的玩笑，和隨便玩花樣好不好？」當國家的外匯累積數目驚駭寰宇之時，國內地方的小學教師服務屆滿依法請退，卻推說無錢無法照辦。高官和立法委員之間的買賣，玩百姓於股肱之間，以百姓為芻狗。這時，李龍第看見幾乎各種人等都有的請願示威隊伍的前頭者已經臨近警方架設的嚴防陣地。一個外國青年，自安全島的樹間匍匐過來，手拿著利剪，正在剪開拒馬的鐵線，但他被警方發現，把他架走了。警方的麥克風大聲告誡著：

「請理性的遵守秩序，停止前進，不要越區走過來。」

理性一詞就像那些曾經宣佈的官樣文章一樣，只有命令下民做到，從來對當政者本身不必有相同的要求，因爲理性的浮表意義就是不能動粗；的確他們都是受高等教育外表斯文的紳士，凡事動口不動手，這叫粗民怎麼有辦法在事情上說得過他們。遊行者也備有一隻回話的麥克風。

「警察先生，請讓開，請你們理性地守護我們的權益，不要橫擋我們的去路。」

這樣的對話很可能會因任何一種意外而衝動起來。李龍第欲想離開這個區域，以免滾捲進去難以脫身或遭到池魚之殃。所謂理性，並不存在兩方對峙的空間裡，也不存在於身不由己的細察和群衆之中，理性早已用盡在事前的時間裡了。李龍第因爲還沒有見到晴子在隊伍中，他才知道今日的遊行是一個全面的運動，以抗議過去頭痛醫頭、腳痛醫腳、寵壞貪婪者、無視沉默大衆的敷衍似革新措施，各階層的團體和人數之衆是難能僅在一個廣場或街角就可看到全貌。他心中想著這種擺明態度的熱潮現象，即不能說成正義或不正義，亦不能辨別孰善或孰惡，只是像風雨或高低氣壓互相推移和替換。將來的社會，在朝或在野，均能產生失敗者反撲的現象。這種朝代歷史已成陳舊話題，內容毫無新意。眞正使人付出思考的是人性的問題，一切事態背後的主因都是它，它使人有正義，它也使人有腐敗。即使熱血沸騰的事物也會使人痛恨入骨，尤其那些僅就表面或一時存在的現象。想當年三七五減租實施時，李龍第正値年幼，生長在鄉下，他看見家鄉的農夫得意地駕牛車到街市，把牛綁在榕樹下，丟下一把草料，便走進酒家歡樂通宵。如今那酒家還在，但人呢？卻爲了時代的變異，把農產品和禽畜拋向街市以表抗議沒有保護他們的利益。這在李龍第看來至爲可惜的是那些被當作利器的作物，而人本身也有被當作工具來操縱和利用的。眞正使他惋惜的是這人性的墮落和淪爲物具而使用，他想逃開的正是這種物化而斷殺的場面。一切戰爭無不是如此。所以他見不到晴子大爲慌恐，怕她成爲這種浪潮的粉碎花朵，喪失爲人的價值。

綿延的行列正陸續地從一座陸橋下通過，還在後面地方的晴子，不經意地抬頭掃描那些站立橋上觀望的人群，她像觸電般震抖了一下，感到有些意外。她再注意看清楚，是他不錯，但有點懷疑。李龍第出現在陸橋的端頭，走向中間來。他陰沉不快樂的臉顯然多加了一層尋望的表情，在這樣的場合中，他根本就沒有一般人那種戲鬧騰熱的形態，這種天生的容貌曾使晴子喜愛認識他，也曾使她痛徹地恨他而與他分開。這時重又似他那永不更改的容情把她的過去無情地喚醒。晴子心中直呼著：

「你這天殺的李龍第！」

他再度找到她了，他從上俯下看到她們的隊伍正從遠而近地移向陸橋來，可是他又有來得及接住她看見他時的眼光，他們是個別地辨認到對方。陸橋上不但擠滿人，連帶附近火車通過的平交道也壅塞不通，火車被迫回駛車站，一切陸上的車輛交通都停擺了。他站立在一個可以斜俯注視隊伍穿過陸橋下的位置，清楚地看明她昂然的步態。他冷靜下來凝望和思索他所見到的她那容貌煥發的意涵。但是晴子奇怪自己爲何還不容易在諸多面孔中忽視他，她內心中的納悶使她不要正面和他交視，她不願露出分神的窘狀來。她這樣想卻不容易這樣做到，她心裡有不斷要想到些什麼行事的激動，這和她此時的社會使命感產生著激烈的拉扯。這種內心的衝突使她對他的氣憤超過她平時痛恨某些社會不公平現象，使她打從心底裡翻騰起來對他憤怒，令她幾乎昏厥失控。他們的對比情緒，在熱太陽下，在充滿騰動的人群中，他們彷彿透過無形的空間在進行對話。

「晴子，妳看起來很好，比較從前是不相同了。」

「你怎麼都沒變，還是那個老樣子，甚至比以前更深沉陰鬱。」

「晴子，歲月應該使妳衰老一些，但妳的精神很旺盛，妳的身體也很健康，我記得我們在一起時妳常生病。」

「只有天知道，你到底擔當了什麼重擔，使你比以前瘦弱，是老了？我想你的生活一定過得不好，像我們以前一樣沒有吃好。」

「晴子，我雖清楚地看見到妳，但我缺乏自信認妳。妳當然是妳，但對我而言，好像妳已經不是妳。」

「我還能一眼就辨識你，但是你的存在對我已經沒有絲毫的意義。」

「晴子，我是否該為那次的洪水而後悔？我相信我們是可以永遠在一起的。」

「我們過去是有一段貧窮的美好日子，但與現在相比，懷念它是相互矛盾的，最好認為它根本就不曾存在過。」

「晴子，不論怎麼說，我們確曾在一起生活，這在心中是永遠抹滅不去。我說妳曾屬於我，或我曾屬於妳，我們互屬於對方，這是否與事實無誤？」

「你到底怎麼想我不管，說有許多許多的證據證實我們曾在一起，說我們原是分不開的一家人，但此刻我和你的明顯分隔就不是更重要的證據嗎？人分兩地，你的證據說的是過去，我的證據擺明地指的是現在，是現在可以知覺的每一分秒，這你要怎麼說呢？」

「晴子，假如我們能爲了締造將來，過去是不能被我們忽略的，不是嗎？」

「我依稀記得我們一些過去的言談，那都是夢的話語，與事實連不起來。要不然，就是夢和事實混淆不清。我受不了你的善變。」

「晴子，人的希望不因有中斷和分離而變異，尤其分開的原因是不可抗力的情勢，妳應該了解這一層。」

「我當然可以理解。但你可知道你的行爲表現的眞是空前絕後，你現在憑什麼理由來塡補這麼大的缺憾和空洞？」

「晴子，妳只要想到這一點：我們出生在同一個鄉村，童年進過同一學校，成年時是朋友和伴侶，共同經過苦難的歲月而相依爲命……就憑這一點罷。」

「你說什麼我也不感動於衷，是當初你把我割棄了，我現在的自立依靠的是自我的肯定：不論如何，我不再回到過時的關係去。」

李龍第默默無言，眼睛望著晴子和隊伍通過陸橋下。他由這邊橋柵移到另一邊橋柵，望著晴子的背影和那些如長蛇的行列漸走漸去。假如他是爲她而來的話，晴子自忖，他應該會向她打招呼，但他絲毫沒有表現出這個人常的舉動，所以她完全相信自己對他人格的判斷，對他設想什麼純屬多餘。她幾乎在這一想法的瞬間要大聲喚出：

「兄弟姐妹們，前進，勇往直前地走下去！」

她有衝動而卻沒有眞正喚出聲都因爲她看到他那凡事理該應爲而卻無爲，或相反亦然的違背期待的態度，她甚至發覺自己有著那種愈不想理會他卻愈氣他的情緒。

「想想我自己，我現在非弱女子，亦非過去觀察老闆臉色的店員。我鍛鍊自己站立起來，男人能做的，我們女人照樣能做，這是個人要求而成爲時代需要的天地。你，李龍第，看來你還曾給我這個機會呢。可是，至今你還是那個差勁的角色，使人對你產生輕視。現在的時候，誰不爲自己本身的權益走向街頭呢？現在的世界到處都是這個樣子，獨你是個例外。你酷像夢遊者，不知自己身置何處，亦不知道自己是否有生命。」

有如意料，前行的隊伍被阻擋了，掀起嚴重的爭執。當幾個領頭者跑向大建築物前廣場和排成人牆的警衛比手畫腳地交涉時，突然不知從何方向拋出一塊飛石，劃過人們的頭頂，它繼續升高，然後微微弧降衝向建築物，穿破緊閉的窗玻璃，發出堅清脆散的響亮聲音。然後是一陣譁哄和謾罵交混的轟隆人聲，配合著石頭磚塊，就不停地拋擲起來。後面的人擁擠著前面的人而擁向那堵人牆，一場打鬥就這樣輕易地展開了。李龍第原想奮力邁向前去，卻推不開那混雜而密集的人潮。有高舉照像機拍攝這等亂相者混在人中，卻被搶下機器摔壞在硬地上。奇怪的是，原從人群拋向建築物的石塊，紛紛的又從建築物的破洞窗口拋出來，落在人們的身體上。李龍第閃避不及被一個磚塊打在前額上，血液很快沿面頰流下來，他退到路邊走廊下，掏出自己的手帕把傷口包紮。此刻，他遲疑著到底是向前或退後，因爲在混打中晴子的形影被遮掩不見了。預先停在廣場邊的救火車，開始發動馬達噴出強勁的水龍，用來驅散群衆。李龍第在流連不捨的情況下只好退後迴避，在他離去的瞥望中，看到空際霧茫茫地充滿水花和碎珠，地面上有倒下被踐踏的人，也有沾血的石頭，血漬被水沖淡化開，像桃紅色絲帶，被吸進排水溝。

午後展開的這一段打鬥場景顯得十分混亂和多面，變化迅速而形態多樣，幾乎不能盡述。之後，帶點小傷的李龍第四處奔走，始終沒有再看見晴子的蹤影。他有時走近人多嘈雜的商店，聽到的盡是謠言。其中最爲嚇慌人心的傳言施琅再來了。李龍第倚立街邊，目睹軍隊的卡車開過來，在人多的街頭停下，從車上跳下持槍的士兵，他們配合警察驅散人衆或逮捕向他們擲石的人。在天黑之前，有一段時間是寧靜的，其實不然，那是使人想像該是平常晚餐的時刻。在鄉下，他可以看見半邊天是黑暗，半邊天是光亮的彩霞，這是梅雨後的夏日景象。李龍第坐在一家西餐廳的角落感傷沉默著，他額上的血早不流了，用手輕按那疼痛處，感覺手帕上溢染的血凝成硬塊。那施琅再來的言談在這飲咖啡和用餐的室內被當爲主題，他們溫和的語聲已經掩過午後的暴動。但是入夜之後，城市的游擊戰開始了，從遙遠的某些巷道傳來零星如炮竹的槍響聲音。

施琅從海上來的政治寓言溯源久遠，它曾是明末清初的歷史事實，不料時間的推演使隔岸對峙的形勢又成彷彿。彼時鄭氏從大陸沿海退守海島，意想精勵圖治，企望有朝能反清復明。但傳至二世三世，因內部不和，終被渡海而來的施琅打敗投降。至清末年間，海島再度易手於外族，經半世紀的統治，由這外族釀起的大戰慘敗後撤退歸還。但是如今人們對這一同族敵對的情勢所反應的心理依然分歧，從最初省籍的分野到晚近的異向抱負，這種爭論從學術界的立說到普遍民間的意向，從一黨專制到多黨分立，從戒嚴到解嚴，政治上出現著多彩的藍圖。雖然如此，當海島的終屬沒有確立之前，施琅的魔影會始終盤繞在想像的領域之中，隨著由海上吹來的風的恫嚇而箍緊人們的神經。目前既無法自決也無法超越，被迫在約限的範圍裡浮沉。因此，施琅再來，在城裡傳言甚囂，可能或不可能，兩種說法都足以表露他們的心態。

通往城外的交通孔道都封守關閉了，午夜之後，整個城市的電力也被切斷，只靠天空的半輪月光昏微地照著城市的各角落。不想惹是非的人緊閉著門戶躲在屋裡不敢外出，在破亂骯髒的街道都必須結隊行動，以免遭到攻擊時沒有援助。在誰敵誰友不明的狀況裡，單獨的個人可能被無辜地殲滅，因為猜疑的氣氛濃重。

李龍第處在極度危險的境地中，在相互攻擊和躲藏的情態裡，他有如喪敗者單獨地貼牆而走。他既疲乏又憂心，想尋覓一個可以暫時歇息的住所，不久，他就感覺難能清醒，在陰暗的街角被一拳打倒，隨後倒地的身體又被許多隻腳踢打而昏歇過去。在黑漆不辨面目的情況中，是晴子的小隊把李龍第打倒的。她看清楚是他時趕快叫停，並吩咐他們把他抬進一個地下室去。晴子告訴同伴迅速地行動，要他們去打聽是否有離開城市的路徑，她留在地下室看守他，她說她原是認識這個人。

李龍第昏睡了有一個時辰，他醒來偷偷睜開眼看，他能在幽暗的地下室空間看清楚形體，他知道有一個人靠著另一面牆坐著，因此不敢動顫來引起對方的注意。然後他頗感意外地認清是晴子。他閉上眼睛，放鬆僵硬的身體，輕微地慢慢嘆氣。直到此時，他所經歷和目睹的一切對他而言都完全明白了，他自覺他根本沒有什麼客套話可對她說。而對晴子來說，她把他打倒像是在無意中報了私怨，可是在目前的特殊情況下，他躺臥在地面上卻是個麻煩透頂的事，她不知道他的傷有多重，最好的辦法就是送他出城，一切不干他的事，以眼不見爲淨的態度處置他。

她打發去探問出城路徑的小隊人回來了，她驚訝他們把阿傑一同帶來。他們說情況十分糟糕，全城宵禁，有些人毫無道理地在進行破壞公共設施，顯然是地下小混混在幹出氣的事，而當局正在循線捉人。晴子看著年輕的阿傑，心中湧起一陣不可抗拒的酸楚。她在聽著他們的報告，頭腦也在盤算著某些決定。在幽暗的地下室裡，有一種複雜神秘的氣氛籠罩在他們每個人的知覺裡，誰也不知道如何去戳破它埋藏在心裡的祕密。阿傑兩顆雪亮的眼睛注視每一個人，詢問地上躺臥的人是誰，但晴子不答，誰也無權應答。她讓阿傑留下看守李龍第，如果他醒來，不要干預他的自由行動。李龍第看他們走了，把上身抬起坐著。阿傑退到牆壁邊好奇地看著他。李龍第想著：我要離去回到鄉間又何需晴子的幫助呢。他心裡有點荒謬之感，想到初衷來到城市有點滑稽和諷刺。他擺頭看看阿傑，覺得他只是一個不十分懂事的純樸青年，他的模樣完全是新時代教育下被照顧得很好的產物。但他又暗自搖搖頭，否定自己剛才的想法。

「你叫阿傑，是嗎？」李龍第開口問他。

「是的。你是誰？」

「我？」李龍第想了一下，「這不重要。」

「你受傷了，感覺怎樣？」
「我還好，但我現在想走。」
「你不等他們回來？」
「不等，他們有他們的事。」
「你不是和他們一起的？」
「不是。我受傷，他們救了我。但是我非走不可。」
「那麼我要怎麼說？就說你走了？」
「不錯，就說我走了。我現在就走。」
李龍第試著站起來，覺得自己的身體有些疼痛和不舒服，他用手扶著牆遲疑片刻。
「你眞的不要緊嗎？」
「不要緊，我還好。」
他想了想，再看阿傑一眼，他還是遠遠站著靠在那邊牆壁觀察他。李龍第重新坐在地面上，這一次他把背貼在牆壁，使自己覺得舒坦一些。他對阿傑說：
「你知道在這個城市裡所發生的一切事嗎？」
「我大概知道一些，可是我不明白爲什麼要演變得那麼壞。」
「你覺得它演變得很壞嗎？」
「是，這是我的觀感，你不是也受傷了嗎？」

「其實我和他們毫無干係。」

「那麼你爲何受傷？」

「這也許難以解釋，我受的不僅是皮肉之傷。」李龍第停頓一下，又說：「這說來話長，今早，不，現在什麼時候？」

阿傑低頭看他手腕的錶說：「清晨四點鐘。」

「那麼應該是昨天午前的事了，我搭車從鄉下進城來……」他抬眼看阿傑，接著阿傑看他的眼光，那對眼睛好生熟悉，使他一時領悟過來。「對不起，這也沒什麼好說的。我覺得時間都過去了，我應該現在走。」

「好吧，你走，我會跟他們說你走了。」

「等一下，我很想說一些話，你或許可以轉告……」

「沒問題，你就說罷，時間還早呢。」

「其實我想說的，只是想對那位晴子說，你能轉告她？」

「當然。她是……」阿傑機警地阻住自己說下去。

李龍第裝作沒注意，只顧自己說下去。

「她也許想知道我到城市來到底想做什麼。」

「你和她原來認識？」

「認識的是另外一個人，他叫李龍第，我是亞茲別，他的朋友。」

「哦？」阿傑審愼地對他看著。

「李龍第已經死了，我來城市就是爲了告訴她這件事。大概在你未出世前，在六十年代的時候，這個城市曾發生過一次大洪水，把李龍第和晴子沖散了，從此他們沒有再見過面。後來他移居鄉間，生活在他誕生地的天空下，他生前日夜盼望的是能再見到晴子一面。他的遺憾是我來城市的理由。但是當我見到晴子，她的模樣已非他向我描述的形象時，我一時懦弱而不敢認她。但事有湊巧，我意外受傷，他們救了我，把我安置在這地下室。」

「你的感想是什麼？」

「我看不到李龍第對我說的純然女性的樣子，我看見了盲目的衝動，像所有一切有目的的作爲一樣的盲目。」

「你的說法不合邏輯，你不能把昨日的事視爲盲目的衝動。」阿傑心裡升起一股敵意。

「爲何不？白蟻黑蟻之戰就是盲目的生命衝動，它們依靠的是本能。」

「他們是爲理想，爲這個我們居住的地方爭取我們應有的權益。」

「這個說法當然是帶動群衆的理由，不過另一方也會說，是爲了國家、道統和民族啊。你說誰是誰非？」

「那是騙人的口號。」

「不，凡是有理由的事都可能騙人。雙方有理就等於雙方也都無理。」

「可是目前我們要有基本自由的權利。」阿傑說。

「這我贊成，這是依法有據的權利。但是我反對那種暴亂的爭取方式，就像我亦反對故意容許暴亂發生的措施。就像人是應該樹立尊貴的存活，但如果你並沒有合乎尊貴的條件，那就會令人產生反感。就像政府是維護和實行法治的，但假使它不維護和實行的不好，那也不配稱爲是好的政府。所以當你要反對那樣的不好政府的時候，你要做好反對的角色，使人知道你確實比他們好。當你批評它不好時，你本身要做好；你說它不合理時，你本身要合理。」

「當權益都被剝削和奪去時，尊嚴何價？」

「社會要靠另一批菁英把權益取回來。可是這也並永遠有效，當他們獲得權力時，他們也會隨時間腐敗。」

「那麼社會不就是要不斷改革、更新和取代嗎？」

「不錯，除非用和平方式。」

「也要不惜用武力。」

「我不同意。它會惡性循環，像過往的歷史一樣。武力從不曾帶給社會進步，也不帶給人類同等公平的生存權利，那是用某些人的痛苦和死亡換來給另一些人的暫時和平。」

「我以爲人類的歷史是有進步的。」

「這是片面的說法。但從全面來說，當人用集合的力量征服這個世界時，或民族或民族進行戰爭時，就像草原上的野狗群那樣去圍攻獵物，牠們看起來卑鄙極了。」

「可是那是爲了免於飢餓、被消滅，是爲了種族的生存而做的事。」

「如果說一切爲了生存，而不擇手段，那不是很好的理由。」

「爲何？」

「人當然不是野狗，是有智慧的動物，人可以講求優美、技巧，甚至對自己可以進行了解和約制。」

「但是人也會虛僞、狡詐和自私。」

「這是人的美與醜的兩個面目。人是應該學習美的表現，而如果表現的是醜，那就沒有價値了。」

天亮了，有微光透進地下室來。李龍第和阿傑走出地下室來到街道上。昨夜的宵禁已經解除，街市上雖可見到滿地零亂的跡象，但行人和車輛都像往常一樣活動。李龍第和阿傑互道再見分開了，他們在地下室最後像朋友般的談話，所以道別後各走了幾步又回頭來揮揮手。李龍第趕到車站，搭上昨日來時同路線的班車。他上車坐在舒服躺靠的椅子就睡著了。他只是睡了一會兒，做著夢，醒來時車子還在高速路上奔馳。他想到昨日的事，晴子的新映象浮在他的腦際。他極想罷休不去追究他親眼見到的事物卻不可能，他眼望著窗外，同樣好看的綠野像進城時一樣映入他的眼簾，那移動的景物和他湧出的心事疊合成一個畫面接連不斷地出現。他如此想著：晴子，對於人世的事物，我是又愛又恨，就像他再見妳的情形一樣，在我的心胸裡掙扎著，不知要偏向於那一個方向，這是我對選擇的困難，也是我始終沒有選擇的態度。我不像現在的妳，凡事投下決定，抱定一個有利於己的眞理，或爲了傾洩心中的積鬱，把從現實中遭到的不滿足想法冀圖再從現實的改換中獲得解決。我持有改革現實的理念，但我又不贊同殘酷的辦法。我不是害怕競爭，我恐懼的是一種無規則。當我們把競爭視爲一種遊戲來玩時，我們要有一個競賽的規則。事實上，我們都知道也有一個規則擺在那裡，是大家一起約定的，大家也同意爲了進步和利益而承認那規則的合法性。不過，那定下來的規則也並非永遠不能修改，它容許因時空和人事的變易而加以更正使之合於實際的需要。但阻礙它往前進步的是來自霸佔和毀約的行爲；那暫時負責執法的人的私心作祟，產生了永遠把持和專斷的妄想，並且認爲執法者可以自己不遵法，不依法辦事，成爲法是管理他人的利器，對自己和同黨的人可以不必有這種約束。我憎恨的就是這種不公平的遊戲態度。每每我們投身去競爭，所獲得的是偏頗的待遇。我們在實際生活中看不見權利和義務的明確劃分，我們付出的多而取得的少。我們眼見到那些專橫的黨人的優越感，他們處處有特權，而我們見到一般人總是居下風而深感苦痛。所以，我的心中也有一份熱情，呼籲執政者拿出誠意和公平的作法來，在同一個標準的規則裡互相公正地競爭，使人生的遊戲富有激力和趣味。可是我感覺現象並不如此，執政者和改革者雙方都缺少那種依規則公開競爭的共識，在暗中要詐，以打擊消滅對方爲目的，而不是以和平相處爲目的，這是我所憂鬱的。我無法在兩個不高尚的陣營裡去選擇和讚賞他們，像看兩個打混戰的球隊比賽一樣，我深感喪氣和悲哀。我退出實際的遊戲是因爲我見到雙方都不誠實，一個理想的高貴並不在它理論上較有邏輯和眞理性，而在它的實際作法的正確和優秀，就像眞正的存在是一種表現，它的理念和手法是合一的，使存有的事物都能依照它的需要法則而產生出來。

汽車從高速路滑下交流道，在一個休息站稍事停留後，就顛顛跳跳不平穩地駛進鄉村。

一九八八年・六月

綠光

一

戴芬，是法國導演侯麥的電影裡的女主角，她尋尋覓覓無始無終，這種類型和我的本性頗為相似，所以看到這部電影就像從銀幕上看到我自己的顯影。侯麥的動機似乎沿襲了汝勒．魏納同名的書和某些內涵，我沒有讀過那本書，只從電影裡知道這位作家。我提到這種關係是為了表明對某種現象的存在有不受時空限定的認同。因此，我自承我就是戴芬。自來我了解自己的途徑不外是發現了對象顯露的本因而受到啓示，否則難有內省和自知的可能。事情就是這麼單純。

二

我接聽卡洛琳打來的電話，她告訴我不能等我而要先行去度假。我必須再工作兩星期才能眞正離開悶熱的巴黎。這件事就這樣使我感到十分的沮喪。在公園的博物館前廊，我對曼紐拉提到這件事，我眞不知道這事將怎麼辦。曼紐拉說可以找別的同伴，可是目前我眞的沒有人可以同行。她自己的伴侶是安康，她還堅持說我找得到同伴，有一個人想和我同行，想和我在一個大別墅中度假，他就是哈伍。提到哈伍，我對曼紐拉感到訝異，簡直就是神經病。她還是說哈伍不錯，我只得搖頭，不再和她討論。對我來說，獨自去度假是一件困難的事，雖然可在那兒交到朋友，但我不知道將去那兒。曼紐拉根本不懂得我。但是她卻提出另一個我也頗表新鮮的意見，就是去西班牙，她的祖母在海邊有所大房子可租給我房間。的確如她所說，到西班牙去度假是不會寂寞的，那裡有很多的遊客。如果是我單獨去西班牙的話，我得愼重考慮，因爲我沒有冒險的精神。曼紐拉站在石像前面，她生氣地說誰也猜不透我喜歡什麼樣的男人；她揶揄我說這位石像如何？妳該喜歡他吧！他很英俊，他有點髒，但好雄健，看！好美的腿肚。

三

我對爺爺表示七月好奇怪，他說對，不熱。我偶爾去看他，他獨自住在一間有後院的小房子。我問他假期做什麼？他答說不做什麼，退休了，做做家事，只有家事可做。他現在從不離開巴黎，他表示以前年輕的時候經常離開兩個月去汝拉省和瑞士的邊界地帶的山口。我再問他八月也常留在巴黎嗎？他說很晚才開始休假，因爲工作的關係，近六十歲才第一次看到海。他表示他們那時不太放假，拚命工作，開計程車，需要放長假，所以便開始放兩個月假，在鄉下一個人的家裡照顧小動物和他的小院子，在那裡停留兩個月。他不愛山，因爲他已習慣在巴黎開車，害怕滑陡的山路。他是眞正的巴黎人，在都市裡覺得很舒服，有散步所需的一切，有大公園。我以爲沒有自然，沒有海，是不可思議的，但他以爲塞納河可代替海。我說這可不足夠，他卻說當然夠。我想對塞納河表示我的意見時，他搶著說：我到海邊做什麼？我本來就是不識水的旱鴨子，見水就怕，怎麼辦？

四

我到姊姊伊莎白家去探望他們，他們會去度假，想去比較不熱的地方。他們說去露營，遇到下雨就找民宅住宿，吃早點。伊莎白說走走停停，帶帳篷及一切，反正那兒到處可露營，是合法的，不像法國，那兒幾乎沒有所謂特定的營區，那兒西部海邊到處有露營野地。但是我不太相信那兒的人會熱情，雖然姊夫說露營時到人家的私有地，只要問一聲就行，我還是疑心重重。這使我不能太相信他們說的話，何況他們說都柏林還不算最好玩的地方，簡直越說越離譜。他們的小男孩坐在我的雙膝上，我問他：

「你喜歡去？」

「是。」

「你去過愛爾蘭？」

「不。」

「還沒有嗎？」

「還沒有。」

「你想出國？」

「不想。」

「愛爾蘭是國外，這是出國。」

「我不想出國。」

「那麼你爲何喜歡愛爾蘭？」

「因爲……那是一個漂亮的國度。」

「你怎麼知道？」

「因爲……伊莎白跟我說過。」

「既然是伊莎白說的，那兒雨下個不停，怕不怕？」

「不怕。」

伊莎白對我說：今夏到都柏林看我們，好好來看我們，家裡只剩妳沒來。我說我知道，但夏天我較想去熱的地方，想做點小改變，換換環境。我表示我會去看他們，可是不知道何時；八月裡我想看看海，泡泡水，想把皮膚曬黑。我心裡想和尙皮耶聯絡，再看看，因此我雖喜歡去愛爾蘭，但這不是馬上能決定的事。

我從他們家步行回來時，在行人道上看見一張背面朝上的撲克牌，我撿起翻過來看，是黑桃皇后的圖像。我站在那裡，一所古房屋的方窗下，遲疑著片刻，想想這會是什麼預兆，但什麼也想不出來。我把它放回原地，然後懷著無可名狀的感覺走開。

五

每當我心無主張時就會想到尙皮耶來，他遠在山上，平時不下山，他打電話來時我正在陽台無事朝望著街道，我早想和他連絡。我以爲他會留在山上，所以向他商借海濱的房子。他說現在還有人在使用那所房屋。他要我獨自上山去，這是老問題，對我根本不可能，我也沒什麼理由，就是不喜歡。我告訴他本來和朋友計劃去希臘，但朋友爽約先行，我也許去愛爾蘭，還不一定，目前不知道怎麼辦。

六

週日，我去找朋友的途中，看見電杆上貼有一張廣告紙，這樣寫著：**自閉症治療，面向自己以及與別人的接觸。**

我們圍坐在院子裡的樹蔭下，坐在我旁邊的貝雅蒂斯說她曾經獨自去佛羅倫斯，爲何我不獨自去度假。我曾經試過一次，我覺得沒意思，也不喜歡。雖然她認爲獨自度假好棒，我獨自去過尼斯的那次卻覺得眞不是人幹的。曼紐拉說獨自去度假才能交到朋友，她就是這樣才有機會遇見安康。她們認爲我在巴黎交到的朋友不多，如果想多交朋友，爲何不參加團體度假？

「神經病啊！」我說。

「妳有成見？團體有何不好？」

「你們是否在批判我？」

「我們沒有批判妳，是你得擺脫寂寞；妳不能這樣下去，不能永遠單獨生活，看看妳多憂鬱。」

我不憂鬱，我很好，我不知道她們到底怎麼看的。

「妳孤獨，妳覺得孤獨有意思嗎？」

「我當然不覺得孤獨有什麼意思，但我就是不與團體度假。」

「妳得主動擺脫孤寂，我們是朋友，該幫助妳。」

我只得說她們不了解我。

「不了解妳，但看得見妳。」

「看見我什麼？那樣短時間。」

「我們談過。」

「談過什麼？」

貝雅蒂斯以兇悍的態度對我說教，她說是爲我好，爲使朋友好有時得的確要兇一點，像父母偶爾要說出這類的話。我認爲不以爲然。我心裡想：妳和我不相同，就是因爲不同，這樣生活才有意思。其實，我很好，雖然目前我有點孤單，但並不全然是孤單；我的心目中有人，雖還沒有遇見，但我很在乎他，保持他在我心中的存在。

「妳要停止自我折磨，不能那麼死板。」貝雅蒂斯說。

曼紐拉也突然說出使我羞顏的話，她說：

「戴芬，反正妳和尚皮耶算完了，妳到底要交朋友或是活在回憶裡？妳要坐等白馬王子或採取主動呢？」

「怎麼主動？」

「可看看妳的星座命盤，轉動桌子找男友。可試試看，該相信什麼吧！若不相信……。」

「我相信，我相信，信某些事情會自然地到來，但會自然地發生是毫無道理，比方說愛情。」

「妳不相信，妳不迷信？不信命運，不信紙牌，不信占星術，什麼都不信嗎？」

我偶爾在街道上撿到的紙牌，那全然是意外，難道撿到的牌總有什麼意義嗎？我曾注意到那張撿到的黑桃皇后，背面圖案是綠帽和綠豆子，巧合的是，我曾遇到過一個通靈的人說綠色是我今年的顏色，奇怪得很，從此可能是我特別注意的關係，我總是遇見綠色的事物。

「妳可能遇到綠色的外星人。」她們取笑我。

「不論如何，綠色代表希望。」我說。

貝雅蒂斯說：「妳是魔羯座，由於不願意接受固定觀念，寧願等待白馬王子，總是孑然一身，這使妳產生沮喪。眞是惡性循環，如何才能改變妳固執的個性呢？」

我回辯道：「是生活對我固執，不是我本性固執。」

我擺脫了這些無謂的爭論。我知道我不是爲了男孩子，也不是爲了假期，這些都是表面要發生的事，眞正的理由是沒理由可說的。

七

我和淑婉結伴去瑟堡，我們在港口的堤防瀏覽風光。她指著對岸說那邊是拉伍格，又指著另一處說那是石油探勘台，那兒就是遊樂碼頭，那兒是拉雅格，而另一邊則完全沒有開發過，儼然是個旅遊嚮導。但我卻注意到一隻正在水裡游泳的很漂亮的狗。

「妳有沒有注意到那個男人？他有棕色頭髮，身材很棒。」

「別這樣看人，不要一直的看。」我說。

我知道那個男人就站在我們同一條堤防道上，他面向海港。

「他很不錯啊！他在看我們，他是看妳，他一定在注意妳。妳看嘛，他適合妳。」

我正感到難爲情時，淑婉提高嗓子向那個距離不遠的男子打招呼。他回應後就自動地向我們走近來。

「別這樣，妳的膽子眞大。」

但淑婉並不理會我對她的警告，繼續和他交談，甚至互道姓名。原來他是位水手，他們的船就停泊在港內。

「我的船明天要開往愛爾蘭。」

「我差點兒去了愛爾蘭。」我開口說。

「爲什麼？」他問。

「當然使我留下來沒去愛爾蘭是因爲我喜歡瑟堡。」

然後淑婉搶著和他說話，談得很開心，他們居然訂下晚上的約會，可是我們早先已經答應和家人一齊吃飯，我表示不該和家人爽約。

「當然可以爽約。」淑婉說。

「不行。」我說。

「爲什麼？」她問。

「因爲已經說好了的。」

「可以協調啊。」

於是那位男子建議在飯後見面，去保齡球場吃客冰淇淋。我承受不了這種勾當，想拉淑婉離開，但她還不願意走，我只好一個人走開，背後又聽到他們這樣說：

「我們明天見面。」

「明天我就走了。」

「那就改天吧！」

淑婉從後追上我，問我爲何要走掉？我說我很當心啊！她以爲我會喜歡這種男人，我根本不喜歡，他像是專門釣馬子的男人。我知道我這樣是交不到朋友的，但是，一個第二天就要走掉的人，眞可以去信賴嗎？淑婉說：

「要是我，就會答應。」

「我們不同啊！」我說。

八

我和淑婉的家人吃飯的時候，他們表示歡迎準備了許多豐盛的菜餚，譬如豬排，有全熟的，也有半熟的，可是我不吃肉。我也不喜歡蛋。他們想要爲我做別的東西，我表示不要麻煩，只要有番茄和蔬菜就夠了。我不但一點肉都不吃，連魚也不太吃，曾吃過幾次是因爲當時沒有別的東西。他們認爲這樣在營養方面會有問題，而且在別人家裡會有麻煩。我說沒問題，沒關係，我的身體很好。我在家一向吃穀類，給自己做好東西吃。

「乳製品呢？」

「對，乳製品，牛奶、杏仁這類東西，但沒有必要吃肉。」

「我們可以給妳買些特別的東西。」

我希望他們不要爲我特別買些什麼，我根本沒有問題，我已經習慣了。

「甲殼類海鮮呢？」

我說我也不吃。

「龍蝦呢？」

我說那些都是動物，代表動物的一切都不吃。我覺得不應該，那些動物都有血液。總之，他們問我這些豬排會讓我看到豬嗎？他們比方說我喜歡綠色食物，我到院子裡要採它時，它還是活著，採下以後便枯萎而死了。我說對，可是這不一樣，絕不相同，對我來說，蔬菜離動物很遠很遠，它比動物離我遠得多，蔬菜是朋友，比較清淡，比較有提昇力。

「是沒有血液？」

「對。」我說。

「沒有跳動的心臟嗎？」

我說我對事物的認知不是在目前我所處的階段……也許我弄錯了……是本性的問題，我就是這樣。

「我在年輕的時候到肉店買肉也有類似的感想，但我到包裝精美的超級市場就不再有這樣的感想了。」

我回答這樣證明對事物的認知問題完全不對，因爲若只因對自己的行爲無認知，對人們屠殺動物無認知，這是錯誤的。你到肉店時便有認知，對血、對暴力有認知，如果在超級市場便失去了這種認知的話。

他們認爲這些製造者的環境與我們完全不同，我們仍毫無顧忌地購買他們的東西，若每次到超級市場買東西都有認知的問題，那豈不是……。

可是我只談肉，在法國根本不需要它，因爲有許多別的東西可吃，是很容易解決的認知問題。

我的說法引得他們全都笑出聲來。

「有許多省錢的葷食啊！」

我繼續說：肉很貴，穀類很便宜。以整體的經濟來看，在野地上養一群牛比較貴，若吃野地上生長的東西便較便宜。

「但味道呢？我們較喜歡……。」

我說肉根本無味。譬如所謂的素肉醬雖是素的，但是仍有肉醬味，我便不吃。雖知是素的，仍覺它討厭。

「只因肉醬這個詞嗎？」

我以爲不是文字的問題，是那味道，那種東西很膩人。

「這樣營養不足夠。」

「不會的。我喜歡提昇自己，這種營養方式很靈氣，很清淡。」

「如果我們請妳吃羊腿，在露天裡烹煮呢？」

「不行。」

「用的是炭火。」

我解釋說靈氣與氣氛無關，那是我在體內可感覺得到的。身體是我們提供營養的對象，但它需要營養也需要靈氣。這一切幫助我們生存，使我們……。

突然在談論的時候，有人端來一盤東西放在我眼前，我伸手去摸它。

「這很神祕。」我訝異地說。

當然，他們嘲笑我，拿來向我開玩笑。

他們說：「這沒有煮過。」

「我也不吃花，是本性的問題，因爲……。」我從盤裡拿起一朵。

「那你還吃什麼？像中國人一樣吃米嗎？」

我說對，米，我吃米。可是我不吃花，因爲花屬於詩，是一幅畫。

九

他們一家人都玩得很快樂，但我的心裡卻很孤獨。在院子裡，他們像在最初的伊甸園中，無憂無慮，盡情地享受休閒，而我卻有一份孤獨的自覺。在這個寬闊的鄉下院子，種植著許多花木，有草地，有鞦韆，而且有草莓。年輕的男女，喜歡盪鞦韆，快樂地擁抱和親吻，然後奔跑到花園的另一頭去採草莓。我和一位年幼的小妹躺在草地上，把身體露在陽光中，把頭部隱在樹籬投下的陰影裡。這位小妹妹對我很好奇，她認爲我很靜，不愛激烈的運動。雖然玩鞦韆不算激烈，我的確不怎麼喜歡，原因是我會立刻反胃，我小時候根本沒有盪過鞦韆。就像我會暈船，也不喜歡帆船。小妹妹對我很照顧，帶我去花園採草莓，她問我吃過紫梅沒有，我告訴她我吃過紫梅。她還問我有關我的男朋友的事，爲何沒有來和我一起度假。我說因爲他不能，他得工作。這雖然可惜，但他不在巴黎工作，我和他並不常見面。這位女孩一直問我問題，突然不小心被草莓刺刺到了。她似乎懂得許多男女的事情，問我會打電話給男朋友嗎？我說也許，反正我還有別人，她就這樣說：「妳換男人像換襯衫嗎？那很好玩，但會累。」

「是誰要妳問的？」

「沒有誰，只是問問。」

她又說是自己好奇，她的好奇是天生的。

「妳和他有計劃嗎？」

我說妳眞的很好奇，但我不能立刻有計劃，這得慢慢來。

「那麼妳以後會和他住在一起嗎？」

「會，總有一天。」

「妳會在此久留嗎？」

「直到你們趕我走。」我說。

十

我唱著：

「攪啊！攪拌孩兒的湯湯，

攪啊！攪拌孩兒的湯湯。」

我和一位全身赤裸的女嬰孩玩耍，我坐在水泥地上，她的手拿著小鏟子在我面前的鐵桶裡攪沙。我對她說：

「妳再去拿。」

「再一次就好了。」

她跑開去鏟沙。

「寶貝，慢慢來。」我說。

她把鏟來的沙倒進桶裡，我們合唱著：

「攪啊！攪拌孩兒的湯湯，

攪啊！攪拌孩兒的湯湯。」

十一

我很高興明天和他們去海邊，但我不划船，因爲我會暈船。那座鞦韆隨時都有人在玩盪，有時坐著，有時倒掛，這些我都不喜歡。花園這邊的太陽傘下的陰影裡也是時常有人閒坐著交談，甚至男女之間互相捉弄鼻子。他們知道我是魔羯座。魔羯代表什麼嗎？它象徵一隻小羊爬山，它會儘量爬高，但通常它是獨自爬。他們這樣說。這確實有點像我，我不完全否認這一點。我和他們雖然相處不久，總覺得他們時常向我提議什麼事情，而我總是說我不喜歡，或不很喜歡。這是我固定的回答。其實我沒那麼麻煩，要他們爲我安排什麼事去做。我很客氣。我負責買些東西，到處閒逛，我很好。我洗過碗盤，可是我從沒說過。他們也沒有責備過我。他們想討好我，這些日子來他們都想使我高興。的確，我這樣過日子已經很好了。他們無法了解我還有什麼興趣，到底我眞正想做些什麼？在這些天中，我只想閒逛，這就夠了。他們疑問這樣就夠了嗎？夠了。他們說我是一株植物。我是一株植物嗎？

十二

在海浴場，我不能像他們一樣瘋狂的運動，不參加他們的團體遊戲，我只在水淺的地方走一走。我會游泳，但今天我不想下水游。

後來，我走到附近的樹林裡，毫無目標隨處漫遊，來到一處荒地。這塊空曠之地有好幾處的木欄柵擋著我的去路。這使我自覺慌張，極欲擺脫空洞和寂寥之感。之後，我撥開茂密的樹枝，發現一條爲樹木的枝椏掩蓋的小徑。原來這是一條荒廢多時的車路，還留著凹凸的輪跡，只是被草和樹木逐漸吞沒了。沿路竟然都是花樹，我靠近去嗅嗅長在樹枝上的花香。風吹很大，搖曳著繁茂的枝葉，像狂亂的波浪發出驚人的聲響，我的頭髮也被吹得散亂飄動。又有一處木柵擋著我的路，我停下來休息，轉身過來把背部靠在木條上。這時，我整個神經被這一帶我所經歷的環境控制住了，我感到無比的孤獨，我只意識到自己的位置，而所有的一切都被隔離在域外，離我站立的地方很遠很遠。這種感覺使我掩臉哭泣。

當我後來又和他們會合相見時，我十分的喜悅，那些小朋友見到我都叫喚著，迎接著我，和我相擁互吻，問我去那裡，我裝著若無其事，只露出高興和歡喜。他們把手中握著的大串花朵和枝葉推到我面前要獻給我，我說不行，你們留著，那麼我該給你們什麼呢？但我不採花。我不喜歡他們蹂躪大自然。

十三

我結束瑟堡的度假是臨時的決定，並沒有預先想到要何時離開，是看到淑婉要和她的男朋友攜行李走，我好像有被人留下的感覺。在他們特意的呵護之下，我在瑟堡大致過得很平靜。他們對我好，但我總不能單獨留在那裡。我幾乎已經習慣喜歡瑟堡，所以我無法向他們解釋要走的理由。其實是很不好意思開口說要走。淑婉說：

「我去跟他們說，他們很聰明，會了解的。」

當淑婉走向他們圍坐著閒聊的院子時，我的確感到難堪而由屋外奔進屋內去。淑婉後來告訴我說他們不覺得奇怪，他們所表示的意見是眞可惜，她很好。淑婉的回答是：

「你們跟我一樣的了解，她和我們不一樣。」

十四

所以回到巴黎後我試著打電話給尙皮耶，因爲我在公園遭到一個男孩子的跟蹤。

我原先在市區閒逛了很久，後來走進公園，想找一個休息的位置看書。我選擇一張長椅坐下來時，才看到他在我對面的椅子也坐下來，但是他的狂野的眼睛一直瞪著我。他是個穿背心的流浪漢，在頸脖掛著兩條鍊子，模樣非常粗俗，一眼就可辨識是個在巴黎的外鄉人。我心裡頓時感到害怕，我想不理他，把書本從袋子裡拿出來看，但他卻站起走過來，在我坐的長椅的另一端坐下。就在這一時刻，我合上書趕快站起來走開。他緊跟著我走出公園，在街道邊他靠近了我的身體，對我微笑，我生氣地說：「要我的照片嗎？」「好啊，妳那麼漂亮。」他這樣說。他甚至要請我抽煙，掏他的袋子，但我已經拔腿趕快衝過了馬路。回到我住的屋子，我就打電話給尙皮耶。

我說：「哈囉，尙皮耶嗎？你好嗎？我是戴芬，我在巴黎……不是……我不知道……很不錯，但是……總之我回來了……沒有……你了解我嗎？我想問你，我可不可以上山……。」

十五

翌日，我搭乘遊覽巴士到達山區，只有不知情的米歇爾在店裡，卻沒有見到保羅的蹤影。我問米歇爾，保羅．尙皮耶的鑰匙在他那兒嗎？他說保羅到山谷去了，六點回來，他大都隨身帶著鑰匙。這是我從巴黎攜帶沉重的行李來到山區所始料不及的事。米歇爾建議我把行李放在店裡到附近去爬山逛逛，我只好接受，但我甚至無主張到是否要戴帽子，最後還是戴上帽子，讓米歇爾把行李提進店裡。

就像在瑟堡他們說的一樣，我像一隻獨自攀爬的小羊。我沒有目標，卻是我爬山走最多路的一個日子。我橫過一座山腰，走到一個寬闊的地方，看到凝固的冰層，我剝了一塊冰放進口裡解渴。後來我站在山坡上眺望迷濛不清的遠處。

我折返山口的市街時，尙皮耶倚靠在門邊等我。他臉上戴著墨鏡，身體很健壯，舉手招呼我，他向我問好，我向他問好。我拒絕了他的鑰匙，因爲我想回巴黎。

「我很煩。」我說。

「妳來只爲讓行李呼吸山氣？」

「不是。我現在亂七八糟，我要走。」

「我眞搞不懂。」尙皮耶說。

我對他說我沒事的。他把行李給我，我說很抱歉，那麼下次再見了。

十六

我一個人在巴黎根本不知該做些什麼，覺得心不在焉。上山，單獨一個人在那兒太難了，我受不了。現在我要怎麼辦呢？問題是一個人走，我會緊張，這有點不太容易。往後的幾天假我總不能逗留在巴黎，假使我想交到朋友的話。其實，我什麼也不期待，只是想看看有什麼收穫。我眞的不知道該不該留在巴黎。

我很意外的在露天咖啡座遇到久不見面的伊涵。眞想不到，要不是她前來巴黎買東西在這路邊坐下來休息見到我在街道上閒逛。這一天，巴黎的天空充滿著鬱悶的雲彩；這一天，我走到塞納河的堤岸，那裡躺臥著許多上身赤裸的男人，我走過時，他們抬頭注視我。然後我走回市街，聽到有人喚著我，原來是伊涵。

我更驚奇的是伊涵說她又結婚了，她認爲這是一個很大的進展，是認眞的，而且生了小孩。

「他長得漂亮嗎？」

「還算漂亮。」

「妳高興嗎？」

「高興，也不高興。有的時候，到目前爲止很困難，太難了，一言難盡，總之……。」

這是伊涵的感想，但我根本不能領會這些到底是怎麼一回事。而我的情形是：我去度了短假，回來，又走了，再回來，覺得自己空空的，彷彿是巴黎的一個白癡。

「我好想走，天氣好糟。」

「天氣會轉晴的。」

「我不管，」我對伊涵說。「我的房間天氣放晴就熱得要命。」

伊涵告訴我，她的內兄在比亞海濱有一幢房子，她要借給我。伊涵說他每年都借給她，但她現在不方便去，她得留在巴黎附近和先生在一起生活。

我聽到這話喜極了，直呼太好太棒了，但伊涵又說：那邊的確很美，那兒的人不複雜，但也不能保證。

十七

我在比亞的海濱度了幾日之後，我散步到一處崎嶇的礁石水邊，撿到一張紙牌，它是紅心傑克。在另一天的黃昏，我走過幾位坐在堤岸交談的人面前，清晰地聽到他們談話的語聲。

「我一直在讀汝勒．魏納的書。」

「你喜歡？」

「我讀過《海底兩萬哩》，非常沉悶。我現在重讀這本書，這本《綠光》，以前覺得十分沉悶無趣。」

我聽到《綠光》兩個字時轉回頭看他們，他們是四位年紀不等的婦女和一位年老留鬍鬚的男人，背著將落的太陽，坐成一排在交談。我在距離他們幾步的地方走下石階，但依然能聽到他們的話語。

「現在重讀起來，覺得《綠光》非常有意思。」

「我讀過它，覺得很好。」

我緩慢走下石階，移步到他們背後的石灰壁下面，坐在水泥台傾聽。

「我非常喜歡，覺得它像個童話。那位女主角，是童話的女主角，和灰姑娘或白雪公主一樣簡單。」

「是愛情故事嗎？」

「在愛爾蘭的愛情故事。」

「對，我以前很喜歡那裡。」

「你看過那本書嗎？」

「看過，在小時候，可是記不太清楚了。」

「你正在看嗎？」

「我看完了。其實，我並不喜歡汝勒．魏納。但《綠光》是本奇特的書，因爲它是愛情故事，因爲故事很浪漫，因爲它的人物總是尋尋覓覓，很奇特。」

「對，總是在尋找某物。」

「你看過《綠光》嗎？」

「看過。甚至看過三次，一次在八、九歲，在拉勃勒。你們去過拉勃勒？」

「沒有。」

「那兒有個很優美的海濱，約有七公里長。我那時和父親在一起，他向我提到那本書。那天正好天氣晴朗，空氣很乾，沒有雲。他說：也許我們運氣不錯。就在這一次，我看到了綠光，只有幾分之一秒的時間，那是當球形的太陽落下地平線時的最後一瞬間，有一道彷彿綠色的閃光，像馬刀刃般橫向反射，美極了，但極短暫。」

「我們今天看不成了，你們看看天空，全是霧氣。」

「我們運氣不好，天氣又霧又陰的。」

「你們知道汝勒．魏納怎麼說的嗎？」

「他說人在看到綠光時，可以洞悉人的心思。」

「是的，那太好了。」

「若是眞的，在看到綠光時，人的眼睛就變得格外清明。」

我把頭倚靠在石壁，閉目沉聽。

「書中的女主角就是如此。」

「她從沒看過《綠光》，最後卻能看清自己的情感，以及她所遇見的男人。」

我睜開眼睛朝海上的陽光望一眼。

「先生，您了解這種物理現象嗎？」

「非常了解，而且我看過幾次這種光。也許五次，很難得。這時在夏天仍無法看見綠光，因爲氣象條件不合。譬如說，今天就看不到，因爲霧氣太重，雲太多。想要看見綠光，就如我太太說的天氣要完全晴朗。」

「這種現象的原因是繞射或折射呢？」

「是大氣層的折射作用。」

「要我詳細解釋嗎？」

「要，要的。」

「好，你們看太陽，它並不眞的在你們看到的地方。實際上，它在較低處。太陽的各光線在大氣中是彎曲的，太陽越接近地平線，大氣的折射作用便越強。當太陽好像接觸到地平線時，事實上，它已經在地平線下。太陽的光輪仍比地平線高一點，大約半度左右，是綠光形成的第一個原因。太陽各色光的分散作用，有如在三稜鏡中看到的一樣，當陽光透過三稜鏡會出現一個光譜，彎度最大的顏色是藍色。」

「藍色！」

「我本來要說綠色。不，綠色在藍色旁邊，有紅、黃、綠、藍、紫，但藍光及紫光很弱，人肉眼可看見的是黃光和綠光。正當太陽落下時，太陽光線便有點上升，然而藍光和綠光比其他的光較高，所以當太陽的光輪消失於地平線時，我們最後看到的光線是綠光，最美的綠光。」

「這使我想到書中的一個學者，叫什麼雅里斯托布魯斯．尤西羅科。」

「好麻煩的名字。」

十八

我在風景幽雅的礁岩海灣浴場認識與我鄰近的一位個性爽朗的女郎瑞兒。我的脾氣是除非對方先開口否則我從不和陌生人搭訕。她說：我說妳而不說您，抱歉，我說不好法語。

到此爲止，我來到比亞還沒有相識任何人。不論何時何處，我在比亞所擁有的是悠閑和孤獨，但是我毫不怨言，因爲這是我要的。我不知道我心中到底有何期望，似有似無，我都不想去驚動它。而我眞正害怕的是像瑞兒那樣滔滔不絕的無所不談，好像那不休止的波浪和潮聲。她喜歡法國，認爲這個國度一切都好，只可惜沒有時間好好認識它，這種情形正好與我平生生活在這個國度的平淡感覺有別。

「妳還遊法國嗎？」

「不是。我跟著飛機來，然後到西班牙去。」

「妳是一個人旅行？」

「對，我很喜歡這樣。」

比方說，我們從沙灘移到堤岸的平台時，她的身上只披一件外套，裡面全不穿內衣，她是沿襲在斯堪地那維亞人們在夏天總是半裸的習慣。而我則不然，離開沙灘，我的身上的衣服必須裡外俱全。我還發覺她頻頻看著海灘上或堤岸上的男人，甚至指給我看所謂英俊的男人。

「妳在看男人啊！」我說。

她說當然，她要看的是男人，她認爲她一個人度假，得自其中找一個好的，最好的。

「妳有未婚夫嗎？」

「我的未婚夫？妳沒有嗎？」

「沒有。」

「眞幸運。」

「爲什麼？」

她說因爲他們都很討厭，因爲他們太容易吃醋，他不讓妳看別的男人，他們總是監視妳，跟蹤妳。但她又說獨身太久並不好，和一個男人在一起太久也不好。

「妳一直獨身嗎？」

「不是。妳訂過婚？」

「對，而且訂婚很久。可是現在沒有了。」

「發生了什麼事？」

「總之，就這樣。我現在一個人。」

「是他甩你？」

「不是。」

「是妳離開他？」

「不是。」

「怎麼樣？」

「是生活的關係。」

「這很複雜。」

「是的，很複雜。」

她有一套獨身的理念，她認爲得好好把握假期，不能整天關在屋子裡，應該走出門外來。

「出門到那兒？」

「對啊！妳想不想跳舞？妳不覺得出來玩樂很好嗎？咱們去釣男人。」

「釣男人!?」

「當然是去釣男人。我現在好想釣一個男人。」

她指給我看一個很棒的傢伙，我表示贊同。

「但我知道我很難找到理想的男人。」

「妳的理想是什麼？妳喜歡什麼？」

「我的理想很浪漫。」

「那麼荷包不重要嗎？」

「不重要，荷包的確對我不重要。我一直以爲不行，我的理想太浪漫了。」

「總之，你喜歡燭光晚餐。」

「不是，不是蠟燭之類的玩意兒，我以爲在海浪深處，會有……。」

我們換到一處可以坐下來喝飲料的露天座。我們都換過衣服，我戴上我的藍色無邊帽，她的頭髮上插著花朵。她問我怎麼知道某人在面前經過，一個英俊男人，怎麼去知道他，怎麼感覺他，當他走近來，開始和妳說話，妳怎麼知道妳愛不愛他，妳若不仔細看，妳怎麼知道妳會不會喜歡他呢？我說我當然仔細看，然而，其他的一切就很模糊了。

「爲什麼模糊？」

「不知道。因爲我注重行動的效果。」

我通常不主動，只是看著人們，從未採取具體的行動找某人，或去找某樣東西。她以爲我期待別人自動上門，其實並不是，對我而言，這一切太模糊了。她說別人不會自己來，得採取主動才行。這種話我聽起來都太空泛，人家也對我說過同樣的話，巴黎的朋友也嚷過要主動，這一切對我都只是瞎扯。

「妳找過？」

「我覺得不應該去找。」

「妳感覺嗎？和別人說話時有去感覺嗎？妳感覺如何？」

「我感覺。」

「然後？」

「我一點也不封閉，我會聽別人的話。」

「可是妳有時會失望嗎？」

「當然，也不一定，如果沒有什麼特別的事發生，我就不會。我總是傾聽他們說話，看著他們。」

「然而，不敢馬上信任他們？」

「我敢。」

「我不會。」她說。

原來她不信任男人，她只和他們玩。我問她怎麼做到的，她認爲要找一位正確的好人，不能馬上把心掏出來。

「那妳拿什麼和人家相處？」我問她。

她說我生活、自娛，注意別人的反應，然後做結論，決定好與壞，像玩牌，不能立刻出示底牌。

「可是我手中什麼也沒有。」我說。

「妳當然有，真是的。」

「我的確什麼也沒有。」

「可是妳不必難過，應該忘掉煩惱。」

「我並沒有想到什麼煩惱，妳在談底牌，我什麼也沒有。我若有什麼在手裡，人家早看到了，還等到現在嗎？妳以爲人家在幹什麼嗎？」

「算了吧，別這麼想啊！」

「我和妳不同，妳看得出來，一切都好難。我沒有妳正常，對我來說，我毫無底牌，否則早被發現了。我被甩是正常的事，因爲都是我的錯。我總是努力和別人溝通。」

「妳是嗎？」

「我一點也不封閉，我聽著，看著發生的一切，若人們不走向我，那是因爲……因爲我毫無價值。」

「戴芬，忘掉妳的煩惱吧！今晚咱們好好玩一玩。」她說：「坐在妳背後就有兩個男人看著我們。」

由於她的舉動很明顯，那兩個男人便對我們招呼：

「妳們好！可以和妳們坐嗎？」

「可以啊。」她興致勃勃地說。

他們端著杯子走過來。我望著坐在她旁邊的那個男人的右手很隨便地就搭在她的肩上。我冷靜而不動聲色地觀察他們的交談和舉動。

「妳冷嗎？妳是那國人？」

「我？我是西班牙人。」

「你會說西班牙語？」

「當然，妳也會嗎？」

「不會。我只說法語。」

「妳認爲我是西班牙人？」

「不，不是。你是瑞典人，你明明是瑞典人。」

「偏偏不是。」

「芬蘭人？」

「才不是。」

「到底是那國人？」

「我是德國人。」

「妳是？」

「對，我說德語。」

她頭上的花掉落下來，他把它撿起來。

「妳喜歡花嗎？」

「喜歡，非常喜歡。」

「獻給妳。」

「這明明是我採的。」

「給妳。」

她接過他手上的花插回原來的頭髮上。

「妳叫什麼名字？」

「我叫蕾姊。」

我在沙灘上認識她的時候她說她是瑞兒。

「你們叫什麼名字？」

「若埃。」

「若埃。你呢？」

「我叫皮耶何。」

「皮耶何，這是馬戲團的名字。」

「不是。」

「是個小丑的名字。」

「對，是個白色小丑。」

「小丑，今晚要做什麼？」

「妳們幹嘛，我們就幹嘛。」

「我們也不知道要做什麼。」

「我們可以一起決定。」

「戴芬，妳在想什麼？」

「沒有。」我說。

「沒有嗎？」

「對。」我說。

她繼續和那位小丑打諢話，說他拿香煙的樣子好菜，問他把香煙放在那裡，他把香煙塞進汗衫裡貼住胸部，拍拍那個地方。

「戴芬，他們好好玩！」

我沒有回答。

「戴芬，戴芬很憂鬱，今天對她而言不是好日子。」

「爲什麼？她怎麼了？」

「不知道。反正我們已決定玩一頓。」

她表示要去跳舞，問他們有沒有好地方。他們說海濱那兒有個小酒吧。當她和他們繼續漫無邊際地胡扯時，我感覺這一切都是浪費而忍不住地站起來，拿著我的提袋離去。

「戴芬！」

有人在背後叫我，追趕我的是原先坐在我旁邊那位比較沉默的男子。

「妳聽我說，請停下來。」

我停下來說：「我在聽，但煩死了。」

「我們四個人可以在今晚好好玩啊！」

我生氣地說：「什麼？我又不想和你們玩。」

「可以去聽音樂。」

「爲何強迫我不想做的事？」

「我不知道。」他說：「但我被妳感動，我一個人，在這裡誰也不認識。」

「撒謊！我更不是你該認識的人。」

「我們可以一起閒逛，在沙灘上……。」

「我不要。」

「要。」他拉住我的手。

「不要。再見！」

我奮力掙脫和急速跑開使他不再緊追不捨。回到我住的屋子，我馬上撥電話給查號台，查詢比亞車站的電話號碼。

十九

翌日下午三點半，我急忙趕到比亞車站竟然沒有搭上預定的車班，我心中懊惱著糟蹋了這次假期。我在候車室等下班車也不能專心看書，因爲我有點不喜歡走；我要回巴黎，可是又不太想離去，心中存在著矛盾和遲疑。這時我接到審視我的眼光和一張嚴肅冷默的臉，一個誠樸和穿著整齊黑色衣服的青年坐在我的斜對面長椅上。這一次我毫無害怕，時常有人對我注視或追蹤而令我恐懼，那是因爲我感覺他們很不適合我，我本能地會加以排斥，但這個冷靜無惡意的男人卻使我也同樣對他感到好奇，我和他持續對視了幾次之後同時向後方發出試探的微笑。

「你對我的書有興趣？」我先開口說。

「對，可是我讀過了，是杜斯妥也夫斯基的《白癡》。」

我沒有拒絕他走過來請求要坐在我的身旁。他問我而我說是巴黎人在比亞度了幾天假。他要到桑尙德律去度週末，但不停留很久，星期一得再做實習。他是做實習木器加工。我說我是祕書，但沒有什麼意思。

「我沒去過桑尙德律，很遠嗎？」

我覺得桑尙德律這名字好聽，有魅力，所以問他。

「很近，那兒很漂亮。」

「也許我可以乘夜車回巴黎。」

「當然，夜間火車。」

「我的意思是……我只想問你帶我去好嗎？」

我沒有想到我會這樣大膽，在桑尙德律的小漁港的堤岸散步時，我告訴他我對男孩很小心，我神經得很，我不再交男友，男人追我，爲了一起喝一杯，也許還爲了睡覺，我是一概拒絕。

「妳你從沒追過男人嗎？」

「沒有。」我說：「我只追過你，也不知道爲什麼，更不知道這樣做會變得如何。」

他問我那些男人是不是都愛上我，我並沒說他們都愛我，完全相反，他們不愛我，他們追我，但我知道那不是愛我，我很清楚他們要什麼，我知道一個男人的眼光落在我身上，他往往只看到表面的東西，他想要我把那東西給他，我覺得那太沒意思，少有男人的眼光是廣闊的，而且也讓我想要走向他，且給他……。

「你現在有愛人嗎？」

「沒有。」他說：「但我希望戀愛，我可能戀愛。」

「我很蠢。」我嘆息著。

「我不覺得啊。」

可是我自己覺得。我已很久沒有認識男孩子了，其實也是我自己要這樣，決定繼續孤獨。若不是跟一個眞正和我……若跟一個不愛的人隨隨便便，當我回到家裡那會更寂寞。當我一旦和一個男人睡覺，我明知大家都互不在乎，雙方都會覺得失落，這樣比忍受寂寞還恐怖，這就變成彷彿生活的道德沒有規範，雖然孤寂地生活不再和男人有任何瓜葛，會使我萎靡，然而同時在內裡卻保留了一種純潔所擁有的那一點權力。我說：

「我總是做夢和等待，等待往往比眞實好，眞實會驅走希望。」

我們路經一家署名「綠光商店」的禮品店時使我望著它而駐足，某種心中的牽連令我會心的微笑，我這樣說：

「有一件非常奇妙的事情……。」

「什麼？」

他依我的視線轉頭去看那家十分平常的店鋪。

「你不可能懂，你不會懂的。」

這時我直視前方遠處海岬矗立著的一座白色燈塔。

「你想和我去那邊嗎？」

他也看到那海岬和燈塔。

「我們去看落日。」我說。

我們費了很多時間走很長的路才到那裡。我們坐在石板凳上，面對著海洋，等待著日落。他突然問我星期一要不要工作，我說我還有幾天假期。他請求我陪他在貝揚附近過幾天，我認爲他在跟我開玩笑，這使我頗爲心疑。

「你爲什麼要我和你過幾天？」

「因爲我想……就是這樣……非常簡單……。」

「非常簡單？」

「我希望妳放鬆自己，跟我來，不會怎樣的。」

我沒有回答。

「妳不要嗎？」

「等一等。」

「那會使我非常高興。」

「等一下，請你耐心一點。」

「妳要等什麼？」

這時我看見平靜的海面上，日將落。

「你知道綠光是什麼嗎？」

「不知道啊！是什麼？」

我告訴他是落日的最後一道光，汝勒．魏納寫了一本關於它的書。

「我沒看過。它會帶來幸福嗎？」

「並不全然這樣，是會使人心心相印。」

我看他一眼，再望著前面落日前的景象。

「到底是什麼？」他問我。

「我待會兒再告訴你。」

「相印什麼？我很想知道。」

「我也是。」我說。

「我想我知道了。」他說。

我哭出聲來。

「妳在哭？」

「我不該哭嗎？」

「別哭，」他用手擦拭我眼下的溼淚。

我們望著前方，日落得很快。

「你看，」我說著，不停地哭著，把頭倚靠在他肩膀上。

「等一等啊！」

我們聚精會神地瞪著太陽沒入水平線，我驚奇地把手搗住嘴巴，因爲我的心彷彿就要從口裡衝跳出來了。

詩集

幼稚而脆弱的心嚮往山巒

幼稚而脆弱的心嚮往山巒
在這個早晨盼望山坡草場
他在屋宇外眺望，尋覓佳壤
想到山崗的背後呼吸樹香

灰靄的雲霧使他見不到遠方
他看中一處嫩綠的伏坡在近端
這之間相隔著谷深和林樹
但他不知道通往前去的路

突然這心田變得老邁，跳得遲緩
他的夢做得太久不新穎
不論何時他的幻想都只是個碎片

就像晨間的理念暗淡於夕暮
那豐碩的山野恆常在那裡惑誘
使輕輕的魂魄飛越那谷樹的上空

海浴

這心確已不能等候
渴望奔向藍色海洋
整個寒冷的冬日夜
高高站在山上眺望
越過樹尖和鎮上火光

最後一次在海洋沐浴而與之告別；
每年的海浴末期總是令人重複感傷；
在那些日子，沒有遊客
沒有年少的游者
祇有欺詐者在釣魚。
水已轉涼，風沙大
他在沙灘上散步
看那滑落的紅日。

四月即風聞一些訊息
得知誰是今年海浴場的獲標者
這牽連到經營方式和救生風格。
這與他毫無關係，他不是遊客。
雖然離不開要在水中游泳
海浴却不是他假日的消遣
他以全部心身都投注
全然的心懷屬於所有和存在

他在那裡沒有單純的歡樂或嬉戲
滿懷著孤獨之愛在那裡踱步徘徊
悲哀、幻想、哭泣和歌唱；
他與所有的人保持距離
無需保護可以自由越區
沙灘和樹林是他的天地。

五月來時他癱軟無力似生病

彷若無水之魚，任時間
擺佈其生活的淒寂。
眞理之愛的希望使他尙存一息。
而那一天終於來臨
他一路奔跑一路瘋啕
像要去會見那久別的女人
欲想甜蜜的福田。

不，美女對他雖是至上的事物
但這今夏已不同於昔時日；
他的生命只能親近海洋
他愛它奔向它時心中瘋狂。
跳進水，沉入柔滑蕩漾的質地；
在盛光中，自閃動的金水浮起。

夏日之落

樹梢尖體色青綠的幼木麻黃林叢
以淘氣且怪異的形態傾斜著姿蹤
在那平鋪著褐色沙群的遼闊海岸
從海溝處排向通霄灣的北方伸展

在這整個廣大的視野裡
唉呀，這些無以計數
形成一堵矮牆的可愛樹林
祇是一小片塗色，它們之背後
還有綠綠的山巒和煙囪。
夏季的天空已經做好準備
爲這一日的流逝展佈著
哀婉多柔的顯示。

何其悠久而又緩慢的時光啊

海浴場有著舉步艱難的遊客
手攜著滯重行囊，腳踏著軟沙
太陽收斂後，才感覺赤紅肌膚的楚痛
祇有稀疏的幾個本地人默坐
在沙丘的船邊爲暮色守候。

吵嚷和蠢動的景幕已經過去
失掉威力凝成血紅的日頭正要沉落
高空借助雲彩展現天堂的盛況
是否孤獨之靈魂才會如此嚮往？

但是尋索和沉思罷，
當面對一個景致時，
如果想從這行徑裡獲得什麼；
這時從西南海洋吹來涼風減輕了負擔，
而那漸去漸遠的潮流足可靜靜的觀望。

一九八二年七月

冷默的消遣

漸漸地，降到最冷
浸入肌膚，到最裡
牆外突伏的山嶺
灰薄如紙
和那些覆頭猶如泣婦之相思樹
靜默如斯

消遁或要轉化
幾不可能
當你僵立在簷下
被群雨圍住
據說黃昏還要更冷
你只能垂眸凝注和聆聽
在牆內的矮樹叢下
一對白頭鳥的

舞踊和唱鳴

一九八三年三月

漸行

漸行漸遠
那魂魄驅策著一個形體
漸進那幽深和靜寂
在那高崗的風鳴之地
儘行地俯瞰和觀望
辨識群山的縱橫走向
突出的稜線像長軀之獸的脊椎
在那起伏蜿蜒之界
與視線交鑲的依然是青綠
一種成區的分色和暴露於秋天的微動
和那大地的不平之象
任憑心馳和眼亮

漸行像歌的行板
像小喇叭吹起的嘹亮的戀歌

道盡了邂逅、承諾和失落
山巒之上的廣闊天宇
那天音無私和無聲
而時光和雲朵遞變著
轉入那森幽的林徑時
清晰可聞悸動的心鳴
合著節奏抬起的腳步
引導迷失的期盼前行

路途上煞然出現
一座涼荒的隆丘
灰暗低頷的小塊墓石
前面是一隻木箱的遺物
四周的坡面散亂著
被火燃焦的草叢灰燼
光景像有情人間的孤獨

漸行已經靠近
山軀柔美的側腹
高大繁茂的樹林腳下
梧桐花繽紛地飄落
鋪蓋著雨後的泥濘
進行中纏綿的哀歌應有休止
歇下那疲倦不情願的贅身
使玲瓏剔透的無形靈魂
在自由的時間世界續行

一九八六年秋末

木棉花

灰白的天空上溼氣正濃
山林的綠色臥橫和凝重
那披著鈍刺的冑衛的筆直粗幹
稀疏地伸出平衡而無葉的椏枝
預留充裕的空間給
紅和黃交柔均勻的聖杯

那杯底有褚色的托盤
那麼高聳的形象架在沉鬱的春天
這時滿山野的大地稻秧
已被彎腰躡足的農夫播種了
池邊赤裸的荊棘更換了綠衣
修飾齊整的烏秋出現在早晨

肅然起敬地翹首仰望

那不別致而別致的色澤
勾起童年在悶熱的夏季結實的柿子
帶著衝動的情緒涉水過沙河
走著冗長而寂寞的山徑到農舍
探望那愛唱歌謠和任性的敏子

如今每在無風無搖的黃昏
孤瘦的魂魄佇立在山崗之上
目睹那懸掛在對山天空與花同色的太陽
從那俯瞰的河谷的竹林末梢
升起遙遠而熟悉的音樂
由一隻晚鶴從這山拖到那山

無題

我在晨午之間信步走向園外的溪邊
沿路的各種花樹都在芽萌
風拂已不再那麼感到寒厭。
走到河地
腳踩石上
傾注諦聽；
先是微弱而離遠
我的眼睛尋索著
低跳的音符似發自於地底
從漫野的石頭穿過低低的草叢
像似呼求也宛若敘述。
我辨悉它的方向
它引誘著我過去
我駐足站立，垂頭凝視
對著它的色澤和形貌沉思。

我的心發出驚異的疑問
彷彿第一次而又是熟知於久遠
這潺潺的溪水
竟然使我溢喜於色
久已封閉的心靈綻開了
現出舒坦和知足。

水的流滑和樂音響徹我的心坎
遍佈於我的全身血液
開啓我腦中的思想
給我新來的欲望。
四周的自然
環繞著灰綠的樹木
石縫中生長的喬草
開著紅花圓而小。
我充滿著憂鬱而卻堅定著希望
懷著孤獨却以爲你在我的身旁。

我沿著溪水流來的路
一步一步邁步而出
跨過水流立在水面的突石
輕緩比步於水邊的沙土
然後登岸徘徊在相思林的深處。
但我又回到水的近旁
爲了那情放低訴的聲音
它多麼使我戀慕。

一九八五年三月

走獸追鳥

北風吹起時
飛沙如煙龍
遽然間發生
走獸追鳥
在長瀚的沙灘

牠暴奔如虎
迅箭地衝刺
白鳥冉冉飛出
長翅伸開和拍動
在無物阻擋的低空

平靜的樹林裡
風折的椏枝斜橫著
暗藍的枝幹顯得堅硬

它們矗立成列有如站兵
但這海岸卻是世外的沙原

傾聽風聲響自林外
呼嘯的寒意備感孤懷
拂不掉那明麗生動的畫影
心旌的觸發和驚動
來自那幕追趕和騰空

的確，牠的努邁和跨躍
是如此地昂氣和雄美
無法使人深信這只是
灰色帶條斑的皮毛和筋骨
在奔馳中煥發活耀和光彩

但白鳥若無其事的起飛
直翔一段再俯身低翼折彎

如不將異類二物合併觀注
將地面的和天空的連想
就難構成那繪徵的意象

凡事還不是由那瑣細揭開
重重疊疊織成一生的坷哀
在這剩下猶存的幽藍樹林
啊，強風越過林末樹梢
夕光穿透枝幹間的空白

一次又一次地掉頭追趕
有力的腳爪落地和後拋
無垠的褐沙洞陷和窪凹
牠的奮勇之志受人欽敬
且嘆讚那英姿鋼直優美

只見那白鳥棲了又飛

飛了又棲，不曾太在意
彷彿落在各處水邊取汲
而瘦弱和駝背的閒適之軀
裹著一襲樸素無華的白衣

何樣的語句能傳述和抱憾
潮聲騷耳；凶狠的惡水
渾濁地滾捲著；夏季已過
此刻風勢挾帶著沙群
構成如煙似霧的幻景

僅有樹林裡還能坐下喘息
懶得瞻望未來和回憶過去
讓那存在於空間的靜謐精靈憩眠
這是否要怪罪那霎時的驚心
那無法言傳的睹見和親臨？

一九八六年秋末

八月的夜

那夜原比其他的晚上更涼亮
彷彿從開始就在誘惑下醞釀
聽覺裡充塞著不能迴避的歌聲
自屋內傳出，
在園子陰影裡的花草間流轉
是否也激盪到區外的黑暗？

只有高大的樹木不曾動搖；
一盞守夜的水銀燈，
便足使木棉的葉子亮透如玻璃
南洋杉的羽翼已經雕鏤和僵化
椰子樹像蓬婦撥散的頭髮。
天空有雲月的移動。

從交談到散步

自廊柱下到平坦的園子
四周被疏密不齊的樹木環繞著
像是久遠以來精心佈置好了的
就等待這一刻，
把那年輕活潑的女郎引領至樹下

仰望，那盞水銀燈不能另外發音詮釋
她看到的是幻影而不是時光的藝術。
她沒有經驗，更不知歌聲
會刺穿心靈的魂魄
當她自環抱過來的手臂中
驚慌逃脫……

霧

誰灑下了灰粒
使遠山的稜線
無法再注視。

南洋杉的葉子
光整明晰得像羽翅
因爲沒有背景
而引人注目。

假使現象是它的形體
那麼它隱去的只是記憶
一切都未曾失去。

無題

走下坡道，路過農家的稻場
行繞田畦小徑，回眸縛在
櫻桃樹下的一隻黃狗
那褐鐵的鍊索深沉暗鬱地
照著冬陽，隨著那拉扯的身軀
發出喇喇涼涼的音響。
屈身穿過橫倒的竹叢
邁向荒漠的草場，身旁的芒花
已經枯萎垂掉，從溪谷
吹來陣陣寒風撲透胸膛。
抬頭眺望，近山青綠而遠山紫藍
浮面的黃色葉子散綴在
這風景的一角。

走進這被放棄的寧靜地帶

卻洶湧著歷歷的心潮，彷彿那抬起
的年輕面孔，渴望著親俯
而淚水的訴怨，關起廚房門來
相擁哭啕。記憶似一種
不能再用眼睛看見的存在，
使眞實的時空成爲十足的夢幻。
此刻，只留下這孑然的身子
一步一步仔細諦聽腳下踩踏的落葉
猶如你對我優柔寡斷的責言。

那年的初夏你來了，親愛的人兒
步下漫漫的鐵路火車就淋溼衣衫
在灰暗的黃昏失望地走了。
想想那一切啊，總是寒溼和顫抖
我們在二月裡邂逅；城市的街道
泥濘不淨，在人潮擁擠的廊下穿過
去尋覓一個幽會的處所。然後

無月在湖上泛舟，要非有陪伴者
我想，我們已經傾覆雙亡。
無疑你的命運，你胸有成竹
因此遠渡重洋。

但願我的靈魂能托給這山谷的斑鳩
展翅飛出領域，衝入水面變成海鯨
游向彼岸。記得舊時你歡心就哼唱
那首喬淇女孩似你的寫照。
有鳥兒引領，我也放聲高歌，
但唱著什麼，重山廣水你聽不到。
孤隻的存在，靈魂卻紛擾不堪。
爲何，春天已過多時了，
我還在這寒冬裡徘徊？

一九九一年一月五日

無題

這些日子來每當走到
山裡岔路口的池塘邊
只得坐下，不是疲累
彷彿爲某種失喪而惆悵。
傾額注視那池靛黃水
映著衆樹繁草，空白深處
有移雲；在撩雜的紋線中
尋找伊臉龐的輪廓
在暗影的形塊裡
認可伊體態的姿麗
竟是徒然
使我更加確認：哀哉，
天地萬物有伊已不在。

我知你不會托夢前來，

美妙的精靈不嚇人；
卻不能忘懷那文與語，
來自相隔遙遠的兩地
往返於城之樓和鄉之居。
午夜零時，
電話過來說：現在是快樂時刻
已不會再有人來吵；
你睡了，我不必說對不起
你會容忍我，我要對你說
世界只剩下兩顆原始的心。
我呆傻般地聽著，另一份
心思在驚訝：這豈非人間
最自信和美麗的聲音？

不然，
你就乾脆寫成斜體字
把肋骨摔斷到肺裡去

以及在萬華的寶斗里
擁抱那位狂顛小妓女
一同在吃文蛤薑絲湯
誰付錢都沒有要緊。
然後是評語：「你的文字境界
自小以來是某種時空魅力
對我而言，那份時空
是一種巨大的寂寞。」
是嗎？
你能走進我的思維領域裡
放閑悠遊，有如驕縱自承
在信紙上的草原
只放馬半轡，沒有奔馳。

我起身繞另一頭路走
誰能經得起長時悲憫
爲那自棄的可愛女人；

伊遺下的是這個無情世界
惟我獨坐池岸反覆唱吟。
有誰勝扮癡情的蘇爾菲琪
伊是眞浪女，斷無歸期；
她非眼前滑入水裡的蛇，
我亦不會沉潛與之繾綣。
哼！婉轉唱後心似舒坦
側首隔谷與那紫山對望
焦光的殘餘熟葉和炭幹
爲何此國度到處在燒砍
叫孤落者備感蒼楚淒涼。

木棉花訊

去年的花朵落盡之後
夏季曾綠葉繁盛，大地
充塞著嬌艷多姿的競簇花樹
它隱在棕櫚間在叢林裡

它只維持生命之綠和呼吸在冬天
但人間充滿對小巧花色的寵愛
跳躍不定的鳥群曾來棲息片刻
風在它的枝椏間流轉而雨曾滑過

直到春天來臨它殘相畢露
犀皮的堅甲裂隙，畢卡索的禽獸
那肥蹼尖爪的葉瓣正在轉黃萎落
醜陋地冒出蝌蚪朝上的褐色苞頭

襯著灰空如原始的生物在風中
像古典的木刻畫平伸著枝枝幹幹
想像裡值可期待的色澤將要綻放
一如往昔被凝注的金杯如詩讚嘆

一九八七年二月二十六日

有鳥我遇

有鳥
無聲飛過
一隻白羽雞
抬起紅冠頭

我遇一樵夫
晨霧中挑柴去上市
斜陽裡輕身躍回足
他是誰
他是誰

附錄 永遠現代的作家——七等生

阮慶岳

如同文壇永遠現代的先輩莎士比亞和蒙田一樣，七等生也是臺灣文學界少見具有同樣「永遠現代性」的作家，他像莎士比亞一樣，藉由故事中的人物（大半是他自我的化身），直接和讀者最底層的靈魂對談，使人無可遁逃；他也像蒙田一樣，以優雅的獨白文學，謙遜的懷疑主義態度，展現出他對人性與個性的尊重，並以描述瑣碎的自我經驗作出發點，呈現出一種多義的生命寬廣性，使讀者經由他這樣雖屬個人卻也平凡的經驗，理解到各自的自我在生命中的獨特處境，這種心靈與心靈直接對談所衍生的藝術性，是七等生得以超脫出時空侷限的原因之一。

《思慕微微》的兩篇主要作品——〈思慕微微〉及〈一曲相思〉，七等生一向引人注目的文字風格，有由奇特轉入樸實無華的趨向，但是文字的音韻與旋律的優美性，卻更加凸顯，展現出一種更勝於前的文字節奏風韻，令人著迷。

在這本書中，七等生延續《譚郎的書信》中書信體的風格，再次拋棄掉傳統小說中藉由虛構人物與情節來述說的手法，而以類似蒙田般直接對話的形式呈現作品。但是這樣的對話，並不只是對著他珍愛的菱仙子，也同時是對著他自己（如同他大多數作品中自我傾訴的特性），以及更重要他所意識到存在卻隱身的讀者們。這種有如對著自我獨語，又有如對情人喃喃細語，卻其實是對著全人類說話的複雜性，使這樣的書信體格式，展現出一種極大的企圖心。這有如在舞台上對著茱麗葉信誓旦旦的羅密歐，同時仍對著自己的角色及台下滿場的觀眾說著話，這樣是否因此會傷害到對茱麗葉愛情的純粹性呢？其實是不會的，七等生在作品中，不斷將個人的經驗投射轉換成全人類共通的心境經驗，且他一向在主客體（文中角色情境與全人類情境）間自在出入，而選用直接訴說的書信體格式，使這樣的訴說更顯眞誠並具說服力。

七等生拋棄小說傳統形式，改以個人獨白的書信體來呈現自己內在的思維，可能也是意圖尋找出更直接更不矯情的文學形式，同時試圖挑戰小說本身需要「故事」才能存在的傳統章法，沒有故事（或很少故事性）的小說，還能不能傳達出同樣的情境呢？七等生以《譚郎的書信》及《思慕微微》，向我們證明了這樣的可能性。

在《思慕微微》中，菱仙子以一個戀人口中神話般不完全眞實的姿態出現；文中菱仙子顯現的面貌，一直在眞實與虛幻間飄浮，在我們被說服她是一個「女神」般完美的女人後，卻仍對她的面貌身姿等細節一無所知，彷彿她只是一個被七等生頒賜桂冠而成女神的女人，她的完美是七等生所決定並賜予的。七等生這樣「聖化」文筆出的女性角色，在他其它的書中有許多前例可循，這種處理方式，也使七等生顯示出一種像是對女性孺慕般的純眞性情；但是七等生小說中同時有另一種女性類型出現，她們通常十分功利現實、處處獨斷爭強，這二種以不同方式出現，卻同樣顯露強勢的女性角色，與相對顯得軟弱，憂鬱無助的男性角色比較，叫人不能不心生好奇。是否女性角色的二極化特質，訴說著對女性有一貫企盼態度的七等生，仍徬徨於對女性的憧憬與疑慮（如〈期待白馬而顯現唐倩〉的故事所指）之間呢？

馬森在〈我看《譚郎的書信》〉中，曾提到「……在讀這部作品時，會不期然地產生創作一般的欣悅之情。從作者心田中自然流洩的清泉，也同樣會從讀者的心田中流洩出來。達到這種境界的作家，在這個世界上實在也並不多見……」。

的確，七等生在《思慕微微》中，向我們吐露的愛情絮語。有可能將跨越過時空的穹蒼，在未知的將來，仍以一樣現代的話語，向當代的人訴說出他迷人的文學世界。

是的，七等生是永遠迷人、永遠現代的。

七等生生活與創作年表

七等生　自撰
張恆豪　增補

一九三九年　出生於臺灣（日據時代）通霄。原名：劉武雄。父名：劉天賜，母名：詹阿金。在十位子女中排列第五。

一九四五年　臺灣光復。

一九四六年　進通霄國民小學就讀。父親失去在鎮公所的職位，家庭陷於貧困。

一九五二年　考入省立大甲中學。父親逝世，家庭更加窮困。

一九五五年　中學畢業，考入臺北師範藝術科。首次接觸海明威作品《老人與海》和史篤姆的《茵夢湖》。

一九五八年　因學校伙食不好，在學生餐廳用筷子敲碗，爲了好玩跳上餐桌而遭致勒令退學。兩星期後，由洪文彬教授作保復學。隨後因教材教法不及格重修一年。讀《諸神復活》（雷翁那圖、達文西傳記），惠特曼的《草葉集》，愛不釋手，在學校舉行個人畫展。

一九五九年　師範學校畢業。分派臺北縣瑞芳鎮九份國民小學當教師。

單車（腳踏車）環島旅行。

讀海明威作品：《戰地鐘聲》、《戰地春夢》、《旭日東昇》，以及D．H勞倫斯作品《查泰萊夫人的情人》。

一九六二年　改調萬里國民小學任教。

首次在聯合報副刊發表短篇小說，當時主編是林海音女士，在她的鼓勵下，半年間刊登〈失業．撲克．炸魷魚〉等十一篇短篇小說，以及散文〈黑眼珠與我〉、〈囂浮〉、〈狄克．平凡的女人．漁夫〉。

十月，在新竹入伍服兵役。十二月休假回通霄，長兄玉明因肺病去世。

一九六三年　在工兵輕裝備連服役，由岡山調嘉義。與東方白會晤於嘉義鐵路餐廳。

一九六四年　在頭份斗煥坪受平路機駕駛訓練。十月，在嘉義退伍，回萬里國民小學任教。

在《現代文學》雜誌發表短篇小說：〈隱遁的小角色〉、〈讚賞〉、〈綢絲綠巾〉。

一九六五年　與許玉燕小姐結婚。

十二月，辭去教職。

繼續在《現代文學》和《臺灣文藝》雜誌發表小說作品，計有〈獵槍〉等六篇。

一九六六年　在臺中東海花園楊逵家暫住數週。與尉天驄、陳映真、施叔青相識於臺北鐵路餐廳，創辦《文學季刊》，發表〈灰色鳥〉等七篇小說。獲第一屆「臺灣文學獎」。

一九六七年　長子懷拙出生。發表〈我愛黑眼珠〉、〈精神病患〉等六篇小說。獲第二屆「臺灣文學獎」。

一九六八年　認識龍思良和羅珞珈夫婦。發表〈結婚〉等十五篇小說及詩作。

一九六九年　女兒小書出生；九月，離開臺北獨往霧社，在萬大發電廠分校任教。發表〈木塊〉等三篇小說。出版短篇小說集《僵局》（林白出版社，絕版。後由遠景出版事業公司出版）。

一九七〇年　攜眷回出生地通霄定居；九月，在國民小學復職任教。發表〈巨蟹〉等七篇小說。出版小說集《精神病患》（大林出版社，絕版。後由遠景出版事業公司出版）。

一九七一年　發表〈絲瓜布〉等七篇小說以及散文和詩。

一九七二年　發表小說〈期待白馬而顯現唐情〉。

出版小說集《巨蟹集》（新風出版社，絕版）。
自費出版詩集《五年集》（絕版）。

一九七三年　次子保羅出生。
發表小說〈聖·月芬〉、〈無葉之樹集〉等五篇。
出版小說《離城記》（晨鐘出版社，絕版）。

一九七四年　發表〈蘇君夢鳳〉等三篇小說。
撰寫長篇小說《削瘦的靈魂》，和詩〈有什麼能強過黑色〉等五首。

一九七五年　撰寫〈沙河悲歌〉、〈余索式怪誕〉等小說。
出版小說集《來到小鎮的亞茲別》（遠行出版社，絕版。後由遠景出版事業公司出版）。

一九七六年　撰寫《隱遁者》中篇小說。
出版〈大榕樹〉、〈德次郎〉、〈貓〉等小說。
出版《我愛黑眼珠》、《僵局》、《沙河悲歌》、《隱遁者》、《削瘦的靈魂》等五部小說集（遠景出版事業公司出版）。

一九七七年　接受《臺灣文藝》雜誌安排，與學者梁景峰對談——〈沙河的夢境和眞實〉。
撰寫長篇小說《城之迷》。
發表〈諾言〉等八篇小說。

出版七等生小說全集十冊（遠行出版社，絕版。後由遠景出版事業公司延續出版）。

一九七八年 撰寫《耶穌的藝術》。

發表〈散步去黑橋〉等九篇小說。

出版《散步去黑橋》小說集（遠景出版事業公司）。

一九七九年 發表〈銀波翅膀〉等三篇小說。

出版《耶穌的藝術》（洪範書店）。

一九八〇年 決定暫時停筆撰寫小說。

出版《銀波翅膀》小說集（遠景出版事業公司）。

一九八一年 研習攝影和暗房工作。

撰寫生活札記。

一九八二年 與美國華盛頓大學研究生安東尼・詹姆斯（Anthony James Demko）通信。

發表〈老婦人〉等五篇小說。

一九八三年 接到Anthony James Demko的碩士論文：〈七等生的內心世界——一個臺灣現代作家〉（The Internal world of Chi-teng Sheng, A Modern Taiwanese Writer）。

八月接受美國愛荷華大學國際作家工作坊之邀赴美，十二月底回國。

發表〈垃圾〉等小說。

一九八四年　出版《老婦人》小說集（洪範書店）。

一九八五年　澳洲學者凱文．巴略特（Kevin Bartlett）來訪，並接受他的論文：〈七等生早期短篇小說中的哲學、神學與文學理論〉（Literary Theory, Philosophy and Theology in Chi-teng Sheng's Early Short Stories）。

發表《重回沙河》生活札記（聯合文學），長篇小說《譚郎的書信》（中國時報），出版《譚郎的書信》（圓神出版社）。

小說〈結婚〉拍成電影。

獲中國時報文學推薦獎。

獲吳三連先生文藝獎。

一九八六年　出版《重回沙河》（遠景出版事業公司）。

重回沙河札記攝影展（臺北環亞畫廊）。

一九八七年　發表小說〈目孔赤〉。

一九八八年　發表《我愛黑眼珠續記》小說集（漢藝色研文化事業有限公司）。

一九八九年　自小學教師的工作退休，重握畫筆，設工作室於通霄。

接受法國巴黎大學研究生白麗詩Catherime BLAVET女士碩士論文〈QI DENG-SHENG七等生ECRIVAINCONTEMPORAIN TAIWAN AISPRESENTATION ET IRAOUCTIONS〉。

一九九〇年　六月，成功大學歷史語言研究所研究生廖淑芳的碩士論文〈七等生文體研究〉獲得通過，爲國內學院裡第一篇研究七等生的碩士論文。

一九九一年　出版《兩種文體——阿平之死》（圓神出版社）。
臺北東之畫廊之鄉居隨筆粉彩畫個展。

一九九二年　接受《新新聞》記者謝金蓉女士採訪，談其近來心境，即〈我不想讓人覺得我有做大事的使命感〉一文。
與美國漢學家墨子刻Thomas A, metzger（HOOVER INSTITUTION, STANFORD）相會於通霄，此後，成爲莫逆之交，互相通信和造訪。
臺北欣賞家藝術中心邀請之「油畫與一張鉛筆素描」個展。

一九九三年　移居花蓮，設繪畫工作室。
法國出版〈沙河悲歌〉法文本，Catherime BLAVET翻譯。

一九九四年　移居臺北市，在阿波羅大廈畫廊區設畫鋪子。
義國威尼斯大學Elena Roggi女士的碩士論文及長篇小說〈跳出學園的圍牆〉（原名：削瘦的靈魂）義文翻譯。

一九九五年　結束畫鋪子，退居木柵溝子口。與傑出小說家阮慶岳相識。

一九九六年　發表中篇小說《思慕微微》（聯合文學）。

一九九七年　發表中篇小說〈一紙相思〉（拾穗）。

出版《思慕微微》合集（商務印書館）。

學習彈唱南管。

一九九九年　國家文化資料館（臺南市）展出七等生文稿及出版資料。

二〇〇〇年　國立成功大學研究生葉昊謹碩士論文《七等生書信體小說研究》。

〈沙河悲歌〉改編拍攝成電影（原名）（中影公司）。

二〇〇三年　七等生全集出版（遠景出版事業公司）。

編者按：一九三九年到一九八五年，爲作者自撰；一九八八年到一九九二年，爲編者增補。

一九九三年到二〇〇三年再由作者補述。

遠景出版事業公司圖書目錄(八)

7忠黨報港	林 行 止著	240元
8痼疾初發	林 行 止著	240元
9如何是好	林 行 止著	240元
10英倫采風(四)	林 行 止著	160元
11終成畫餅	林 行 止著	240元
12本末倒置	林 行 止著	240元
13通縮初現	林 行 止著	240元
14藥石亂投	林 行 止著	240元
15有法無天	林 行 止著	240元
16墮入錢網	林 行 止著	240元
17內部腐爛	林 行 止著	240元
18千年祝願	林 行 止著	240元
19極度亢奮	林 行 止著	240元
20王牌在握	林 行 止著	240元
21破網急墮	林 行 止著	240元
22主席發火	林 行 止著	240元
23閒在心上	林 行 止著	240元
24追你花錢	林 行 止著	240元
25少睡多金	林 行 止著	240元
26中國製造	林 行 止著	240元
27風雷魍魎	林 行 止著	240元
28拈來趣味	林 行 止著	240元
29通縮凝重	林 行 止著	240元
30五年浩劫	林 行 止著	240元
31如是我云	林 行 止著	240元
32重藍輕白	林 行 止著	240元
33閒讀偶拾	林 行 止著	240元

W傳記文庫

1魯賓斯坦自傳（二冊）	楊 月 蓀譯	900元
2阿嘉莎・克莉絲蒂自傳	陳 紹 鵬譯	480元
3亨利・魯斯傳	程 之 行譯	180元
4夏卡爾自傳	黃 翰 荻譯	240元
5雷諾瓦傳	黃 翰 荻譯	320元
6拿破崙傳	高 語 和譯	300元
7甘地傳	許 章 眞譯	400元
8英格麗・褒曼傳	王 禎 和譯	240元
9鄧肯自傳	詹 宏 志譯	240元
10華盛頓傳	薛 絢譯	240元
11希爾頓自傳	程 之 行譯	180元
12回首話滄桑―聶魯達回憶錄	林 光譯	390元
13回歸本源―賈西亞・馬奎斯傳	卞雙成・胡眞才譯	390元
14韋伯傳（二冊）	李 永 熾譯	400元
15羅素自傳（三卷）	張 國 禎譯	840元
16羅琳傳―哈利波特背後的天才	黃 燦 然譯	250元
17蘇青傳	王 一 心著	240元
18高斯評傳	易 憲 容著	240元
19王度廬評傳	徐 斯 年著	280元
20尼耳斯・玻爾傳	戈 革譯	900元

X 林語堂作品集

1生活的藝術	林 語 堂著	160元
2吾國與吾民	林 語 堂著	160元
3遠景	林 語 堂著	140元
4賴柏英	林 語 堂著	120元
5紅牡丹	林 語 堂著	180元
6朱門	林 語 堂著	180元
7風聲鶴唳	林 語 堂著	180元
8武則天傳	林 語 堂著	120元
9唐人街	林 語 堂著	120元
10啼笑皆非	林 語 堂著	120元
11京華煙雲	林 語 堂著	360元
12蘇東坡傳	林 語 堂著	180元
13逃向自由城	林 語 堂著	160元
14林語堂精摘	林 語 堂著	160元
15八十自敘	林 語 堂著	100元

Y 倪匡科幻小說集

1老貓	倪 匡著	130元
2藍血人	倪 匡著	180元
3透明光	倪 匡著	170元
4蜂雲	倪 匡著	180元
5蠱惑	倪 匡著	130元
6屍變	倪 匡著	170元
7沉船	倪 匡著	170元
8地圖	倪 匡著	170元
9不死藥	倪 匡著	170元
10支離人	倪 匡著	180元
11天外金球	倪 匡著	130元
12仙境	倪 匡著	160元
13妖火	倪 匡著	170元
14訪客	倪 匡著	100元
15盡頭	倪 匡著	130元
16原子空間	倪 匡著	130元
17紅月亮	倪 匡著	130元
18換頭記	倪 匡著	100元
19環	倪 匡著	130元
20鬼子	倪 匡著	130元
21大廈	倪 匡著	130元
22眼睛	倪 匡著	120元
23迷藏	倪 匡著	120元
24天書	倪 匡著	130元
25玩具	倪 匡著	130元
26影子	倪 匡著	100元
27無名髮	倪 匡著	130元
28黑靈魂	倪 匡著	130元
29尋夢	倪 匡著	130元
30鑽石花	倪 匡著	130元
31連鎖	倪 匡著	180元
32後備	倪 匡著	120元
33紙猴	倪 匡著	180元
34第二種人	倪 匡著	130元
35盜墓	倪 匡著	130元
36搜靈	倪 匡著	130元
37茫點	倪 匡著	130元
38神仙	倪 匡著	130元
39追龍	倪 匡著	130元
40洞天	倪 匡著	130元
41活俑	倪 匡著	130元
42犀照	倪 匡著	130元
43命運	倪 匡著	120元
44異寶	倪 匡著	120元

Z 張五常作品集

0流光幻影－張五常印象攝影集	張 五 常著	390元
1賣桔者言	張 五 常著	
2五常談教育	張 五 常著	
3五常談學術	張 五 常著	
4五常談藝術	張 五 常著	
5狂生傲語	張 五 常著	
6挑燈集	張 五 常著	
7憑闌集	張 五 常著	
8隨意集	張 五 常著	
9捲簾集	張 五 常著	
10學術上的老人與海	張 五 常著	
11佃農理論	張 五 常著	
12往日時光	張 五 常著	
13中國的前途	張 五 常著	
14再論中國	張 五 常著	
15三岸情懷	張 五 常著	
16存亡之秋	張 五 常著	
17離群之馬	張 五 常著	
18科學說需求——經濟解釋(一)	張 五 常著	
19供應的行爲——經濟解釋(二)	張 五 常著	
20制度的選擇——經濟解釋(三)	張 五 常著	
21偉大的黃昏	張 五 常著	

遠景出版事業公司圖書目錄(七)

6樂樂集1	孔在齊著	240元
7樂樂集2	孔在齊著	240元
8鄧肯自傳	詹宏志譯	280元
9魯賓斯坦自傳（二冊）	楊月蓀譯	900元
10我的兒子馬友友	馬盧雅文口述	240元
11水滸人物	黃永玉著	600元
12我的貓	丁雄泉著	600元
13笑吧！別忘了感恩	黎智英詩、丁雄泉畫	600元
14樂樂集3	孔在齊著	240元
15樂樂集4	孔在齊著	240元
16莫扎特之魂	趙鑫珊、周玉明著	450元
17貝多芬之魂	趙鑫珊著	550元
18攝影藝術散論	莊靈著	280元

T 杜斯安也夫斯基全集

1窮人	鍾文譯	160元
2死屋手記	耿濟之譯	200元
3被侮辱與被損害者	耿濟之譯	240元
4地下室手記	孟祥森譯	160元
5罪與罰	陳殿興譯	240元
6白痴	耿濟之譯	280元
7永恆的丈夫	孫慶餘譯	180元
8附魔者	孟祥森譯	480元
9少年	耿濟之譯	280元
10卡拉馬佐夫兄弟（二冊）	陳殿興譯	660元
11賭徒	孟祥森譯	180元
12淑女	鍾文譯	120元
13雙重人		
14作家日記		

U 諾貝爾文學獎文庫

1緣起、普魯東詩選	普魯東著	
米赫兒	米斯特拉爾著	
2羅馬史	蒙森著	
3超越人力之外	班生著	
大帆船	葉卻加萊著	
4你往何處去	顯克維支著	
5撒旦頌、基姆	卡度齊、吉卜齡著	
6人生的意義與價值	奧鏗著	
青鳥	海特靈克著	
7尼爾斯的奇遇	拉格洛芙著	
驕傲的姑娘	海才著	
8織工、沉鐘	霍普特曼著	
祭壇佳里	泰戈爾著	
9約翰克利斯朵夫（三冊）	羅曼羅蘭著	
10查理士國王的人馬	海登斯坦著	
奧林帕斯之春	史比德勒著	
11樂土	龐陀彼丹著	
明娜	傑洛拉普著	
12土地的成長	哈姆生著	
13天神們口渴了	法朗士著	
利害牽制	貝納勉特著	
14農夫們（二冊）	雷蒙特著	
15聖女貞德、母親	蕭伯納、德萊達著	
16葉慈詩選	葉慈著	
創造的進化	柏格森著	
17克麗絲汀的一生（二冊）	溫茜特著	
18布登勃魯克家族（二冊）	湯瑪斯·曼著	
19白璧德	劉易士著	
卡爾菲特詩選	卡爾菲特著	
20密賽特世家（三冊）	高爾斯華綏著	
21鄉村、舊金山一紳士	布寧著	
六個尋找作者的角色	皮藍德婁著	
長夜漫漫路迢迢	奧尼爾著	
22尙·巴華的一生	杜嘉德著	
23大地、兒子們、分家	賽珍珠著	
24聖者的悲哀	西蘭帕著	
荒原	艾略特著	
25玻璃珠遊戲	赫塞著	
26僞幣製造者、窄門	紀德著	
27西瑪蘭短篇小說集	密絲特拉兒著	
柏拉特羅與我	希蒙聶茲著	
28聲音與憤怒、熊	福克納著	
29西洋哲學史（二冊）	羅素著	
30巴拉巴	拉格維斯特著	
苔蕾絲、毒蛇之結	莫里亞克著	
31第二次世界大戰回憶錄	邱吉爾著	
32老人與海、戰地春夢	海明威著	
33獨立之子	拉克斯內斯著	
34墮落、異鄉人、瘟疫	卡繆著	
35齊瓦哥醫生	巴斯特納克著	
36人生非夢、遠征	瓜西莫多、佩斯著	
37德里納河之橋	安德里奇著	
38不滿的冬天、人鼠之間	史坦貝克著	
39阿息涅的國王	謝斐利士著	
嘔吐、牆	沙特著	
40靜靜的頓河（四冊）	蕭洛霍夫著	
41訂婚記	阿格農著	
伊萊	沙克絲著	
42總統先生	阿斯杜里亞斯著	
等待果陀	貝克特著	
43雪國、古都、千羽鶴	川端康成著	
44第一層地獄（二冊）	索忍尼辛著	
45一般之歌	聶魯達著	
九點半的彈子戲	鮑爾著	
46人之樹	懷特著	
47詹生短篇小說選	詹生著	
馬丁遜詩選	馬丁遜著	
孟德雷詩選	孟德雷	
48阿奇正傳	索爾·貝婁著	
亞歷山卓詩選	亞歷山卓著	
49莊園	以撒·辛格著	
50伊利提斯詩選	伊利提斯著	
米洛舒詩選	米洛舒著	
被拯救的舌頭	卡內提著	
51一百年的孤寂	賈西亞·馬奎斯著	
52蒼蠅王、啓蒙之旅	威廉·高定著	
53塞佛特詩選	魯斯拉夫·塞佛特著	
54豪華大酒店	克勞德·西蒙著	
55解釋者	沃爾·索因卡著	
56布洛斯基詩選	約瑟夫·布洛斯基著	
57梅達格胡同	納吉布·馬富茲著	
58巴斯葛·杜亞特家族	卡米羅·荷西·塞拉著	
59孤獨的迷宮	奧塔維奧·帕斯著	
60貴客	娜汀·葛蒂瑪著	
61奧梅羅斯	德里克·瓦爾科特著	
62所羅門之歌	東尼·莫里森著	
63萬延元年的足球隊	大江健三郎著	
64希尼詩選	席慕·希尼著	
65辛波絲卡詩選	維絲拉娃·辛波絲卡著	
66不付賬	達里奧·福著	
67失明症漫記	若澤·薩拉馬戈著	
68狗年月	君特·格拉斯著	
69		
70		

《諾貝爾文學獎文庫》平裝80鉅冊，定價28,800元

V 林行止作品集

1英倫采風(一)	林行止著	160元
2原富精神	林行止著	240元
3閒讀閒筆	林行止著	240元
4英倫采風(二)	林行止著	160元
5英倫采風(三)	林行止著	160元
6破英立舊	林行止著	240元

遠景出版事業公司圖書目錄(六)

	58巴斯葛．杜亞特家族	卡米羅．荷西．塞拉著	
	59孤獨的迷宮	奧塔維奧．帕斯著	
	60貴客	娜汀．葛蒂瑪著	
	61奧梅羅斯	德里克．瓦爾科特著	
	62所羅門之歌	東尼．莫里森著	
	63萬延元年的足球隊	大江健三郎著	
	64希尼詩選	席慕．希尼著	
	65辛波絲卡詩選	維絲拉娃．辛波絲卡著	
	66不付賬	達里奧．福著	
	67失明症漫記	若澤．薩拉馬戈著	
	68狗年月	君特．格拉斯著	
	69		
	70		

《諾貝爾文學獎全集》精裝80鉅冊，定價36,000元

O 上海風華

	1上海老歌名典	陳鋼編著	1200元
	2玫瑰玫瑰我愛你	陳鋼編著	390元
	3三隻耳朵聽音樂	陳鋼著	240元
	4我的媽媽周璇	周偉．常晶著	390元
	5摩登上海	郭建英繪．陳子善編	280元
	6雨輕輕地在城市上空落著	毛尖著	240元
	7上海大風暴	蕭關鴻著	280元
	8上海掌故（一）	薛理勇編著	280元
	9上海掌故（二）	薛理勇編著	280元
	10上海掌故（三）	薛理勇編著	280元
	11海上剪影	鄭祖安著	280元
	12滬瀆舊影	張偉著	280元
	13歇浦伶影	張德亮著	280元
	14淞南俗影	仲富蘭著	280元
	15滬濱閒影	羅蘇文著	280元
	16春申儷影	戴云云著	280元
	17上海俗語圖說（上）	汪仲賢著	280元
	18上海俗語圖說（下）	汪仲賢著	280元
	19上海怪味街	童孟侯著	240元
	20老上海	宗部策劃	2500元
	21		
	22		
	23		
	24		
	25		
	26		
	27		
	28		
	29		
	30		

P 柯賴二氏探案（賈德諾著）

	1來勢洶洶	周辛南譯	180元
	2招財進寶	周辛南譯	180元
	3雙倍利市	周辛南譯	180元
	4全神貫注	周辛南譯	180元
	5財源滾滾	周辛南譯	180元
	6失靈妙計	周辛南譯	180元
	7面面俱到	周辛南譯	180元
	8不是不報	周辛南譯	180元
	9一髮千鈞	周辛南譯	180元
	10因禍得福	周辛南譯	180元
	11一目了然	周辛南譯	180元
	12驚險萬狀	周辛南譯	180元
	13一波三折	周辛南譯	180元
	14馬失前蹄	周辛南譯	180元
	15網開一面	周辛南譯	180元
	16峰迴路轉	周辛南譯	180元
	17詭計多端	周辛南譯	180元
	18自求多福	周辛南譯	180元
	19一誤再誤	周辛南譯	180元
	20禍福無門	周辛南譯	180元

Q 阿嘉莎．克莉絲蒂探案（三毛主編）

	1A.B.C謀殺案	宋碧雲譯	180元
	2加勒比海島謀殺案	楊月蓀譯	180元
	3東方快東謀殺案	楊月蓀譯	180元
	4鏡子魔術	宋碧雲譯	180元
	5魔手	張艾茜譯	180元
	6第三個女郎	楊月蓀譯	180元
	7諜海	陳紹鵬譯	180元
	8此夜綿綿	黃文範譯	180元
	9不祥的宴會	陳紹鵬譯	180元
	10鐘	張伯權譯	180元
	11謀殺啓事	張艾茜譯	180元
	12死亡約會	李永熾譯	180元
	13葬禮之後	張國禎譯	180元
	14白馬酒店	張艾茜譯	180元
	15褐衣男子	張國禎譯	180元
	16萬靈節之死	張國禎譯	180元
	17鴿群裡的貓	張國禎譯	180元
	18高爾夫球場命案	宋碧雲譯	180元
	19尼羅河謀殺案	林秋蘭譯	180元
	20艷陽下的謀殺案	景翔譯	180元
	21死灰復燃	張國禎譯	180元
	22零時	張國禎譯	180元
	23畸形屋	張國禎譯	180元
	24四大魔頭	陳惠華譯	180元
	25殺人不難	張艾茜譯	180元
	26死亡終局	張國禎譯	180元
	27破鏡謀殺案	鄭麗淑譯	180元
	28啤酒謀殺案	張艾茜譯	180元
	29七鐘面之謎	張國禎譯	180元
	30年輕冒險家	邵均宜譯	180元
	31底牌	宋碧雲譯	180元
	32古屋疑雲	張國禎譯	180元
	33復仇女神	邵均宜譯	180元
	34拇指一豎	張艾茜譯	180元
	35漲潮時節	張艾茜譯	180元
	36空幻之屋	張國禎譯	180元
	37黑麥奇案	宋碧雲譯	180元
	38清潔婦命案	宋碧雲譯	180元
	39柏翠門旅館之秘	張伯權譯	180元
	40國際學舍謀殺案	張國禎譯	180元
	41假戲成眞	張國禎譯	180元
	42命運之門	李永熾譯	180元
	43煙囪的秘密	陳紹鵬譯	180元
	44命案目睹記	陳紹鵬譯	180元
	45美索不達米亞謀殺案	陳紹鵬譯	180元
	46天涯過客	孟華譯	180元
	47無妄之災	張國禎譯	180元
	48藍色列車	張國禎譯	180元
	49沉默的證人	張國禎譯	180元
	50羅傑．亞克洛伊命案	張國禎譯	180元

R 史威德作品集

	1經濟門楣	史威德著	240元
	2經濟家學	史威德著	240元
	3投資族譜	史威德著	240元
	4一脈相承	史威德著	240元
	5投資漫談	史威德著	240元

S 遠景藝術叢書

	1要藝術不要命	吳冠中著	240元
	2梵谷傳	常濤譯	320元
	3夏卡爾自傳	黃翰荻譯	240元
	4雷諾瓦傳	黃翰荻譯	320元
	5音樂大師與世界名曲	劉璞編著	450元

遠景出版事業公司圖書目錄(五)

7銀波翅膀	七等生著	240元
8重回沙河	七等生著	240元
9譚郎的書信	七等生著	240元
10一紙相思	七等生著	240元

L 金學研究叢書

0金庸傳	冷夏著	350元
1我看金庸小說	倪匡著	160元
2再看金庸小說	倪匡著	160元
3三看金庸小說	倪匡著	160元
4讀金庸偶得	舒國治著	160元
5四看金庸小說	倪匡著	160元
6通宵達旦讀金庸	薛興國著	160元
7漫談金庸筆下世界	楊興安著	160元
8諸子百家看金庸（第一輯）	三毛等著	160元
9談笑傲江湖	溫瑞安著	160元
10金庸的武俠世界	蘇墱基著	160元
11五看金庸小說	倪匡著	160元
12韋小寶神功	劉天賜著	160元
13情之探索與神鵰俠侶	陳沛然著	160元
14析雪山飛狐與鴛鴦刀	溫瑞安著	160元
15諸子百家看金庸（第二輯）	羅龍治等著	160元
16諸子百家看金庸（第三輯）	翁靈文等著	160元
17諸子百家看金庸（第四輯）	杜南發等著	160元
18天龍八部欣賞舉隅	溫瑞安著	160元
19話說金庸	潘國森著	160元
20續談金庸筆下世界	楊興安著	160元
21諸子百家看金庸（第五輯）	餘子等著	160元
22淺談金庸小說	丁華著	160元
23金庸小說評彈	董千里著	160元
24金庸傳說	楊莉歌著	240元
25破解金庸寓言	王海鴻 張曉燕 著	160元
26給金庸小說挑毛病（上）	閻大衛著	160元
27給金庸小說挑毛病（下）	閻大衛著	160元
28挑燈看劍話金庸	戈革著	240元
29解放金庸	餘子主編	240元
30金庸小說人物印譜	戈革著	800元

M 中國古典詩詞賞析

1青青子衿（詩經選）	林振輝選註	180元
2公無渡河（樂府詩選）	張春榮選註	180元
3世事波舟（古體詩選）	李正治選註	180元
4冰心玉壺（絕句選）	李瑞騰選註	180元
5飛鴻雪泥（律詩選）	簡錦松選註	180元
6重樓飛雪（宋詞選）	龔鵬程選註	180元
7杜鵑啼情（散曲選）	汪天成選註	180元
8相思千行（明清民歌選）	陳信元選註	180元
9秋雁邊聲（杜甫詩選）	張敬校訂	180元
10滄海曉夢（李商隱詩選）	朱梅生選註	180元
11寒月松風（五言絕句選）	鄭騫校訂	180元
12江帆千里（七言絕句選）	鄭騫校訂	180元

N 諾貝爾文學獎全集

1緣起、普魯東詩選	普魯東著	
米赫兒	米斯特拉爾著	
2羅馬史	蒙森著	
3超越人力之外	班生著	
大帆船	葉卻加萊著	
4你往何處去	顯克維支著	
5撒旦頌、基姆	卡度齊、吉卜齡著	
6人生的意義與價值	奧鏗著	
青鳥	海特靈克著	
7尼爾斯的奇遇	拉格洛芙著	
驕傲的姑娘	海才著	
8織工、沉鐘	霍普特曼著	
祭壇佳里	泰戈爾著	
9約翰克利斯朵夫（三冊）	羅曼羅蘭著	
10查理士國王的人馬	海登斯坦著	
奧林帕斯之春	史比德勒著	
11樂土	龐陀彼丹著	
明娜	傑洛拉普著	
12土地的成長	哈姆生著	
13天神們口渴了	法朗士著	
利害牽制	貝納勉特著	
14農夫們（二冊）	雷蒙特著	
15聖女貞德、母親	蕭伯納、德雷達著	
16葉慈詩選	葉慈著	
創造的進化	柏格森著	
17克麗絲汀的一生（二冊）	溫茜特著	
18布登勃魯克家族（二冊）	湯瑪斯・曼著	
19白璧德	劉易士著	
卡爾菲特詩選	卡爾菲特著	
20密賽特世家（三冊）	高爾斯華綏著	
21鄉村、舊金山一紳士	布寧著	
六個尋找作者的角色	皮藍德婁著	
長夜漫漫路迢迢	奧尼爾著	
22尙・巴華的一生	杜嘉德著	
23大地、兒子們、分家	賽珍珠著	
24聖者的悲哀	西蘭帕著	
荒原	艾略特著	
25玻璃珠遊戲	赫塞著	
26僞幣製造者、窄門	紀德著	
27西瑪蘭短篇小說集	密絲特拉兒著	
柏拉特羅與我	希蒙聶茲著	
28聲音與憤怒、熊	福克納著	
29西洋哲學史（二冊）	羅素著	
30巴拉巴	拉格維斯特著	
苔蕾絲、毒蛇之結	莫里亞克著	
31第二次世界大戰回憶錄	邱吉爾著	
32老人與海、戰地春夢	海明威著	
33獨立之子	拉克斯內斯著	
34墮落、異鄉人、瘟疫	卡繆著	
35齊瓦哥醫生	巴斯特納克著	
36人生非夢、遠征	瓜西莫多、佩斯著	
37德里納河之橋	安德里奇著	
38不滿的冬天、人鼠之間	史坦貝克著	
39阿息涅的國王	謝斐利士著	
嘔吐、牆	沙特著	
40靜靜的頓河（四冊）	蕭洛霍夫著	
41訂婚記	阿格農著	
伊萊	沙克絲著	
42總統先生	阿斯杜里亞斯著	
等待果陀	貝克特著	
43雪國、古都、千羽鶴	川端康成著	
44第一層地獄（二冊）	索忍尼辛著	
45一般之歌	聶魯達著	
九點半的彈子戲	鮑爾著	
46人之樹	懷特著	
47詹生短篇小說選	詹生著	
馬丁遜詩選	馬丁遜著	
孟德雷詩選	孟德雷	
48阿奇正傳	索爾・貝婁著	
亞歷山卓詩選	亞歷山卓著	
49莊園	以撒・辛格著	
50伊利提斯詩選	伊利提斯著	
米洛舒詩選	米洛舒著	
被拯救的舌頭	卡內提著	
51一百年的孤寂	賈西亞・馬奎斯著	
52蒼蠅王、啓蒙之旅	威廉・高定著	
53塞佛特詩選	魯斯拉夫・塞佛特著	
54豪華大酒店	克勞德・西蒙著	
55解釋者	沃爾・索因卡著	
56布洛斯基詩選	約瑟夫・布洛斯基著	
57梅達格胡同	納吉布・馬富茲著	

遠景出版事業公司圖書目錄(四)

21夢遊者的外甥女	方能訓譯	180元
22口吃的主教	魏廷朝譯	180元
23危險的富孀		
24跛腳的金絲雀		
25面具事件		
26竊貨者的鞋		
27作僞證的鸚鵡		
28上餌的釣鉤		
29受蠱的丈夫		
30空罐事件		
31溺死的鴨		
32冒失的小貓		
33掩埋的鐘		
34蚊惑	詹錫奎譯	180元
35傾斜的燭火		
36黑髮女郎	李淑華譯	180元
37黑金魚	張國禎譯	180元
38半睡半醒的妻子		
39第五個褐髮女人		
40脫衣舞孃的馬		
41懶惰的愛人		
42寂寞的女繼承人		
43猶疑的新郎		
44粗心的美女		
45變亮的手指		
46憤怒的哀悼者		
47嘲笑的大猩猩		
48猶豫的女主人		
49綠眼女人		
50消失的護士		
51逃亡的屍體	魏廷朝譯	180元
52日光浴者的日記		
53膽小的共犯		
54最後的法庭	詹錫奎譯	180元
55金百合事件		
56好運的輸家	呂惠雁譯	180元
57尖叫的女人		
58任性的人		
59日曆女郎	葉石濤譯	180元
60可怕的玩具		
61死亡圍巾		
62歌唱的裙子		
63半路埋伏的狼		
64複製的女兒		
65坐輪椅的女人	黃恆正譯	180元
66重婚的丈夫		
67頑抗的模特兒		
68淺色的礦脈		
69冰冷的手		
70繼女的祕密		
71戀愛中的伯母		
72莽撞的離婚婦人		
73虛幻的幸運		
74不安的遺產繼承人		
75困擾的受託人		
76漂亮的乞丐		
77憂心的女侍		
78選美大會的女王	詹錫奎譯	180元
79粗心的愛神		
80了不起的騙子	張艾茜譯	180元
81被圍困的女人		
82擱置的謀殺案		

H 台灣文學叢書

1亞細亞的孤兒	吳濁流著	180元
2寒夜三部曲—寒夜	李喬著	320元
3寒夜三部曲—荒村	李喬著	320元
4寒夜三部曲—孤燈	李喬著	320元
5邊秋一雁聲	吳念眞著	180元
6台灣人三部曲	鍾肇政著	900元
7遠方	許達然著	160元
8濁流三部曲	鍾肇政著	900元
9魯冰花	鍾肇政著	160元
10含淚的微笑	許達然著	160元
11藍彩霞的春天	李喬著	180元
12波茨坦科長	吳濁流著	180元
13一桿秤仔	賴和等著	240元
14一群失業的人	楊守愚等著	240元
15豚	張深切等者	240元
16薄命	楊華等著	240元
17牛車	呂赫若等著	240元
18送報伕	楊逵等著	240元
19植有木瓜樹的小鎮	龍瑛宗等著	240元
20閹雞	張文環等著	240元
21亂都之戀	楊雲萍等著	240元
22廣闊的海	水蔭萍等著	240元
23森林的彼方	董祐峰等著	240元
24望鄉	張冬芳等著	240元
25市井傳奇	洪醒夫著	160元
26大地之母	李喬著	390元
27殺生	何光明著	200元
28紅塵	龍瑛宗著	240元
29泥土	吳晟著	180元
30沒有土地·那有文學	葉石濤著	240元
31文學回憶錄	葉石濤著	240元
32土	許達然著	160元

I 遠景大人物叢書

1生根·深耕	王永慶著	220元
2金庸傳	冷夏著	350元
3王永慶觀點	王永慶著	180元
4黎智英傳說	呂家明著	180元
5李嘉誠語錄	許澤惠編著	99元
6倪匡傳奇	沈西城著	180元
7辜鴻銘印象	宋炳輝編	240元
8辜鴻銘(第一卷)	鍾兆雲著	450元
9辜鴻銘(第二卷)	鍾兆雲著	450元
10辜鴻銘(第三卷)	鍾兆雲著	450元

J 歷史與思想叢書

1西洋哲學史(二冊)	羅素著	600元
2羅馬史	蒙森著	480元
3王船山哲學	曾昭旭著	380元
4奴役與自由	貝德葉夫著	280元
5群眾之反叛	奧德嘉著	180元
6生命的悲劇意識	烏納穆諾著	240元
7奧義書	林建國譯	180元
8吉拉斯談話錄	袁東等譯	180元
9中國反貪史(二冊)	王春瑜主編	900元
10現代俄國文學史	湯新楣譯	320元
11歷史的覺音	李永熾著	180元
12鄉土文學討論集	尉天驄編	550元
13末代皇帝	愛新覺羅·溥儀著	320元
14當代大陸作家風貌	潘耀明著	480元
15第二次世界大戰回憶錄	邱吉爾著	360元

K 七等生全集

1初見曙光	七等生著	240元
2我愛黑眼珠	七等生著	240元
3僵局	七等生著	240元
4離城記	七等生著	240元
5沙河悲歌	七等生著	240元
6城之迷	七等生著	240元

遠景出版事業公司圖書目錄㈢

27諸世紀（第二卷）	諾斯特拉達姆士著	180元
28諸世紀（第三卷）	諾斯特拉達姆士著	180元
29諸世紀（第四卷）	諾斯特拉達姆士著	180元
30諸世紀（第五卷）	諾斯特拉達姆士著	180元
31鑿空行—張騫傳	齊桓著	280元
32宰相劉羅鍋	胡學亮編著	280元
33都是夏娃惹的禍	陳紹鵬譯	180元
34都是亞當惹的禍	陳紹鵬譯	180元
35都是裸體惹的禍	陳紹鵬譯	180元
36文學的視野	胡菊人著	180元
37小說技巧	胡菊人著	180元
38紅樓水滸與小說藝術	胡菊人著	180元
39諾貝爾文學獎秘史	王鴻仁譯	240元
40張愛玲的畫	陳子善編著	240元
41把水留給我	盧嵐著	180元
42多少英倫新事㈠	魯鳴著	240元
43多少英倫新事㈡	魯鳴著	240元
44中國經濟史㈠	葉龍編著	240元
45中國經濟史㈡	葉龍編著	240元
46歷代人物經濟故事㈠	葉龍著	240元
47歷代人物經濟故事㈡	葉龍著	240元
48歷代人物經濟故事㈢	葉龍著	240元
49太平廣記豪俠小說	楊興安著	240元
50行止・行止	駱友梅等著	240元
51天怒	陳放著	280元
52淚與屈辱	九皐著	240元
53十年浩劫	九皐著	240元
54逝者如斯夫	丁中江著	390元
55林行止作品集目錄	沈登恩編	240元
56亂世文談	胡蘭成著	240元
57石破天驚逗秋雨	金文明著	280元
58香港情懷	文灼非著	320元
59事實與偏見	黎智英著	240元
60我退休失敗了	黎智英著	240元
61我的理想是隻糯米雞	黎智英著	240元
62水清有魚	練乙錚著	240元
63說Ho—Ho的權利	練乙錚著	240元
64斷訊官司	尤英夫著	240元
65饑遊四海㈠	張建雄著	160元
66饑遊四海㈡	張建雄著	160元
67另類家書	張建雄著	160元
68說不盡的張愛玲	陳子善著	240元
69張愛玲短篇小說論集	陳炳良著	180元
70箱子裡的男人	安部公房著	120元
71饑遊四海㈢	張建雄著	160元
72六四前後（上）	丁望著	240元
73六四前後（下）	丁望著	240元
74初夜權	丁望著	240元
75蘇東坡	丁望編著	240元
76前九七紀事一：矮人看戲	戴天著	240元
77前九七紀事二：人鳥哲學	戴天著	240元
78前九七紀事三：群鬼跳牆	戴天著	240元
79前九七紀事四：囉哩哩囉	戴天著	240元
80中西文學的徊想	李歐梵著	240元
81方術紀異（上）	王亭之著	280元
82方術紀異（下）	王亭之著	280元
83風眼中的經濟學	雷鼎鳴著	240元
84用經濟學做眼睛	雷鼎鳴著	240元
85紀德日記	詹宏志譯	180元
86愛與文學	宋碧雲譯	240元
87酒逢知己	楊本禮著	240元
88皇極神數奇談	阿樂著	160元
89蜀山劍俠評傳	葉洪生著	240元
90佛心流泉	孟祥森譯著	180元
91朱鎔基跨世紀挑戰	任慧文著	320元
92戰難和亦不易	胡蘭成著	280元
93藤夢花落	京梅著	280元
94大宅門（上）	郭寶昌著	280元
95大宅門（下）	郭寶昌著	280元
96如夢如煙恭王府	京梅著	280元
97餘力集	戈革著	280元
98張愛玲與胡蘭成	王一心著	240元
99一滴淚	巫寧坤著	280元
100飲水詞箋校	納蘭性德撰	280元

F 王度廬作品集

1鶴驚崑崙（上）	王度廬著	180元
2鶴驚崑崙（中）	王度廬著	180元
3鶴驚崑崙（下）	王度廬著	180元
4寶劍金釵（上）	王度廬著	180元
5寶劍金釵（中）	王度廬著	180元
6寶劍金釵（下）	王度廬著	180元
7劍氣珠光（上）	王度廬著	180元
8劍氣珠光（下）	王度廬著	180元
9臥虎藏龍（上）	王度廬著	180元
10臥虎藏龍（中）	王度廬著	180元
11臥虎藏龍（下）	王度廬著	180元
12鐵騎銀瓶（一）	王度廬著	180元
13鐵騎銀瓶（二）	王度廬著	180元
14鐵騎銀瓶（三）	王度廬著	180元
15鐵騎銀瓶（四）	王度廬著	180元
16鐵騎銀瓶（五）	王度廬著	180元
17風雨雙龍劍	王度廬著	
18龍虎鐵連環	王度廬著	
19靈魂之鎖	王度廬著	
20古城新月（上）	王度廬著	
21古城新月（中）	王度廬著	
22古城新月（下）	王度廬著	
23粉墨嬋娟	王度廬著	
24春秋戟	王度廬著	
25洛陽豪客	王度廬著	
26綉帶銀鏢	王度廬著	
27雍正與年羹堯	王度廬著	
28寶刀飛	王度廬著	
29風塵四傑	王度廬著	
30燕市俠伶	王度廬著	
31紫電青霜	王度廬著	
32金剛王寶劍	王度廬著	
33紫鳳鏢	王度廬著	
34香山俠女	王度廬著	
35落絮飄香（上）	王度廬著	
36落絮飄香（下）	王度廬著	

G 梅森探案（賈德諾著）

1大膽的誘餌	張國禎譯	180元
2倩影	鄭麗淑譯	180元
3管理員的貓	張國禎譯	180元
4滾動的骰子	張慧倩譯	180元
5暴躁的女孩	張國禎譯	180元
6長腿模特兒	張艾茜譯	180元
7蟲蛀的貂皮大衣	張國禎譯	180元
8艷鬼	施寄青譯	180元
9沉默的股東	宋碧雲譯	180元
10拘謹的被告	施寄青譯	180元
11淘氣的娃娃	張艾茜譯	180元
12放浪的少女		
13不服貼的紅髮		
14獨眼證人	張國禎譯	180元
15謹慎的風塵女子	鄭麗淑譯	180元
16蛇蠍美人案	葉石濤譯	180元
17幸運腿		
18狂吠之犬		
19怪新娘		
20義眼殺人事件		

遠景出版事業公司圖書目錄(二)

15黛絲姑娘	哈代著	180元
16山之音	川端康成著	160元
17齊瓦哥醫生	巴斯特納克著	360元
18飄（二冊）	宓西爾著	360元
19約翰．克利斯朵夫（二冊）	羅曼．羅蘭著	750元
20傲慢與偏見	珍．奧斯汀著	160元
21包法利夫人	福婁拜著	240元
22簡愛	夏綠蒂．白朗特著	180元
23雪國	川端康成著	160元
24古都	川端康成著	160元
25千羽鶴	川端康成著	160元
26華爾騰——湖濱散記	梭羅著	160元
27神曲	但丁著	240元
28紅字	霍桑著	160元
29海狼	傑克倫敦著	180元
30人性枷鎖	毛姆著	390元
31茶花女	小仲馬著	160元
32父與子	屠格涅夫著	160元
33唐吉訶德傳	塞萬提斯著	180元
34理性與感性	珍．奧斯汀著	180元
35紅與黑	斯湯達爾著	280元
36咆哮山莊	愛彌兒．白朗特著	180元
37瘟疫	卡繆著	180元
38預知死亡紀事	賈西亞．馬奎斯著	180元
39基姆	吉卜齡著	240元
40二十年後（四冊）	大仲馬著	800元
41塊肉餘生錄（二冊）	狄更斯著	400元
42附魔者	杜斯妥也夫斯基著	480元
43窄門	紀德著	160元
44大地	賽珍珠著	160元
45兒子們	賽珍珠著	160元
46復活	托爾斯泰著	180元
47分家	賽珍珠著	160元
48玻璃珠遊戲	赫塞著	240元
49天方夜譚（二冊）	佚名等著	500元
50鹿苑長春	勞玲絲著	180元
51一見鍾情	愛倫．坡著	180元
52獵人日記	屠格涅夫著	180元
53憨第德	伏爾泰著	160元
54你往何處去	顯克維支著	390元
55農夫們（二冊）	雷蒙特著	500元
56獨立之子	拉克斯內斯著	420元
57異鄉人	卡繆著	160元
58一九八四	歐威爾著	160元
59第一層地獄（二冊）	索忍尼辛著	500元
60還魂記	愛倫．坡著	180元
61娜娜	左拉著	180元
62黑貓	愛倫．坡著	180元
63鐵面人（八冊）	大仲馬著	2000元
64羅生門	芥川龍之介著	240元
65細雪	谷崎潤一郎著	360元
66浮華世界	薩克萊著	360元
67靜靜的頓河（四冊）	蕭洛霍夫著	1000元
68僞幣製造著	紀德著	180元
69鐘樓怪人	雨果著	280元
70嘔吐	沙特著	180元
71希臘左巴	卡山札基著	180元
72浮士德	歌德著	280元
73死靈魂	果戈里著	240元
74湯姆．瓊斯（二冊）	菲爾汀著	400元
75聶魯達詩集	聶魯達著	120元
76基度山恩仇記（二冊）	大仲馬著	400元
77奧德賽	荷馬著	320元
78少年維特的煩惱	歌德著	120元
79白璧德	辛克萊．劉易士著	280元
80坎特伯雷故事集	喬叟著	200元
81兒子與情人	D.H．勞倫斯著	200元
82謝利	夏綠蒂．白朗特著	480元
83明娜	傑洛拉普著	240元
84十日談（二冊）	薄伽丘著	360元
85我是貓	夏目漱石著	240元
86罪與罰	杜斯妥也夫斯基著	280元
87小婦人	阿爾柯特著	160元
88尙．巴華的一生	杜嘉德著	280元
89明暗	夏目漱石著	280元
90悲慘世界（五冊）	雨果著	900元
91酒店	左拉著	240元
92憤怒的葡萄	史坦貝克著	360元
93凱旋門	雷馬克著	240元
94雙城記	狄更斯著	240元
95白癡	杜斯妥也夫斯基著	280元
96高老頭	巴爾扎克著	160元
97人世間	阿南達．杜爾著	360元
98萬國之子	阿南達．杜爾著	360元
99足跡	阿南達．杜爾著	360元
100玻璃屋	阿南達．杜爾著	360元
101伊甸園東	史坦貝克著	280元
102迷惘	卡內提著	280元
103冰壁	井上靖著	180元
104白鯨記	梅爾維爾著	280元
105國王的人馬	羅伯特．潘．華倫著	360元
106克麗絲汀的一生（二冊）	溫茜特著	560元
107草葉集	惠特曼著	240元
108人之樹	懷特著	480元
109莊園	以撒．辛格著	280元
110里斯本之夜	雷馬克著	180元
111被拯救的舌頭	卡內提著	240元
112戰地春夢	海明威著	240元
113阿奇正傳	索爾．貝婁著	480元
114土地的成長	哈姆生著	240元
115九點半的彈子戲	鮑爾著	240元
116熊	福克納著	100元
117一位年輕藝術家的畫像	喬埃斯著	180元
118聲音與憤怒	福克納著	180元
119戰地鐘聲	海明威著	180元
120洛麗塔	納布可夫著	180元

E 遠景叢書

1預言者之歌	劉志俠譯著	300元
2兩性物語	何光明著	160元
3桃花源	陳慶隆著	180元
4溪邊往事	陳慶隆著	180元
5水鬼傳奇	陳慶隆著	180元
6結婚的條件	陳慶隆著	180元
7閒遊記饞	張建雄著	160元
8錢眼見聞	張建雄著	160元
9商海興亡	張建雄著	160元
10饞話連篇	張建雄著	160元
11一元五角車票官司	尤英夫著	160元
12請問芳名(一)	周平譯	200元
13請問芳名(二)	陳生保譯	200元
14請問芳名(三)	譚晶華譯	200元
15請問芳名(四)	莫邦富譯	200元
16縱筆	張文達著	160元
17洋相	蕭芳芳著	160元
18饞遊偶拾	張建雄著	160元
19陸鏗看兩岸	陸鏗著	280元
20點與線	松本清張著	180元
21霧之旗	松本清張著	180元
22由莎士比亞談到碧姬芭杜	陳紹鵬等譯	180元
23濟慈和芳妮的心聲	陳紹鵬等譯	180元
24現代俄國短篇小說選	高爾基等著	180元
25天仇	鄭文輝著	240元
26諸世紀（第一卷）	諾斯特拉達姆士著	180元

遠景出版事業公司圖書目錄(一)

遠景出版事業公司

A遠景文學叢書

1今生今世	胡蘭成著	280元
2山河歲月	胡蘭成著	180元
3遠見	陳若曦著	180元
4懺情書	鹿橋著	160元
5地之子	臺靜農著	180元
6人子	鹿橋著	160元
7酒徒	劉以鬯著	180元
8一九九七	劉以鬯著	180元
9建塔者	臺靜農著	180元
10小亞細亞孤燈下	高信譚著	180元
11花落蓮成	姜貴著	180元
12尹縣長	陳若曦著	180元
13邊城散記	楊文璞著	160元
14再見・黃磚路	詹錫奎著	180元
15早安・朋友	張賢亮著	180元
16李順大造屋	高曉聲著	180元
17小販世家	陸文夫著	180元
18心有靈犀的男孩	祖慰著	180元
19藍旗	陳村著	240元
20男人的一半是女人	張賢亮著	240元
21男人的風格	張賢亮著	240元
22萬蟬集	孟東籬著	180元
23電影神話	羅維明著	180元
24不寄的信	倪匡著	160元
25心中的信	倪匡著	160元
26羅曼蒂克死啦	高信譚著	180元
27大拇指小說選	也斯編	180元
28生命之愛	傑克・倫敦著	180元
29成吉思汗	董千里著	280元
30馬可波羅	董千里著	180元
31董小宛	董千里著	180元
32柔福帝姬	董千里著	180元
33唐太宗與武則天	董千里著	180元
34楊貴妃傳	井上靖著	180元
35續愛眉小札	徐志摩著	180元
36郁達夫情書	郁達夫著	180元
37郁達夫卷	王潤華編	180元
38我看衛斯理科幻	沈西城著	160元

B高陽作品集

1緹縈	高陽著	260元
2王昭君	高陽著	180元
3大將曹彬	高陽著	160元
4花魁	高陽著	140元
5正德外記	高陽著	160元
6草莽英雄（二冊）	高陽著	360元
7劉三秀	高陽著	160元
8清官冊	高陽著	140元
9清朝的皇帝（三冊）	高陽著	600元
10恩怨江湖	高陽著	140元
11李鴻章	高陽著	180元
12狀元娘子	高陽著	240元
13假官眞做	高陽著	140元
14翁同龢傳	高陽著	280元
15徐老虎與白寡婦	高陽著	280元
16石破天驚	高陽著	210元
17小鳳仙	高陽著	280元
18八大胡同	高陽著	160元
19粉墨春秋（三冊）	高陽著	420元
20桐花鳳	高陽著	160元
21避情港	高陽著	120元
22紅塵	高陽著	140元
23再生香	高陽著	160元
24醉蓬萊	高陽著	160元
25玉壘浮雲	高陽著	150元
26高陽雜文	高陽著	150元
27大故事	高陽著	150元

C林行止政經短評

1身外物語	林行止著	240元
2六月飛傷	林行止著	240元
3怕死貪心	林行止著	240元
4樓台煙火	林行止著	240元
5利字當頭	林行止著	240元
6東歐變天	林行止著	240元
7求財若渴	林行止著	240元
8難定去從	林行止著	240元
9戰海蜉蝣	林行止著	240元
10理曲氣壯	林行止著	240元
11蘇聯何解	林行止著	240元
12民選好醜	林行止著	240元
13前程未卜	林行止著	240元
14賦歸風雨	林行止著	240元
15情迷失位	林行止著	240元
16沉寂待變	林行止著	240元
17到處風騷	林行止著	240元
18撩是鬥非	林行止著	240元
19排外誤港	林行止著	240元
20旺市蓄勢	林行止著	240元
21調控神州	林行止著	240元
22熱錢興風	林行止著	240元
23依樣葫蘆	林行止著	240元
24人多勢寡	林行止著	240元
25局部膨脹	林行止著	240元
26鬧酒政治	林行止著	240元
27治港牌章	林行止著	240元
28無定向風	林行止著	240元
29念在斯人	林行止著	240元
30根莖同生	林行止著	240元
31股海翻波	林行止著	240元
32劫後抖擻	林行止著	240元
33從此多事	林行止著	240元
34幹線翻新	林行止著	240元
35金殼蝸牛	林行止著	240元
36政改去馬	林行止著	240元
37衍生危機	林行止著	240元
38死撐到底	林行止著	240元
39核影幢幢	林行止著	240元
40玩法弄法	林行止著	240元
41永不回頭	林行止著	240元
42誰敢不從	林行止著	240元
43變數在前	林行止著	240元
44釣台血海	林行止著	240元
45粉墨登場	林行止著	240元

D世界文學全集

1魯拜集	奧瑪・開儼著	180元
2人間的條件（三冊）	五味川純平著	720元
3源氏物語（三冊）	紫式部著	720元
4蒼蠅王	威廉・高定著	180元
5查泰萊夫人的情人	D・H・勞倫斯著	180元
6安娜・卡列尼娜（二冊）	托爾斯泰著	400元
7戰爭與和平（四冊）	托爾斯泰著	800元
8卡拉馬佐夫兄弟（二冊）	杜斯妥也夫斯基著	660元
9三劍客（三冊）	大仲馬著	600元
10一百年的孤寂	賈西亞・馬奎斯著	180元
11美麗新世界	赫胥黎著	160元
12麥田捕手	沙林傑著	160元
13大亨小傳	費滋傑羅著	160元
14夜未央	費滋傑羅著	180元

譚郎的書信

七等生全集 K⑨

作者	七等生
主編	張恆豪
發行人	沈登恩
出版者	遠景出版事業有限公司 郵撥：0765255—8 電話：（02）8226—9900 傳真：（02）8226—9907 網址：http://www.vistagroup.com.tw 台北郵局7—501號信箱
香港發行所	遠景（香港）出版集團 九龍旺角西洋菜街62號2樓
總代理	藍圖出版事業有限公司 台北縣板橋市中正路13號
印刷	加斌有限公司 台北市復興南路二段210巷30號
定價	新台幣240元．港幣80元
初版	2003年10月

行政院新聞局登記證局版台業字第0105號

ISBN 957-39-0637-6